Eine Sommerliebe in Paris

Dieses Buch ist auch als eBook erhältlich.

Verlag Krug & Schadenberg, Hauptstr. 8, 10827 Berlin
Tel. (030) 61 62 57 52, info@krugschadenberg.de
www.krugschadenberg.de

Wenn Sie mögen, folgen Sie uns auf Facebook und Twitter.

Louise Auger

Eine Sommerliebe in Paris

Aus dem kanadischen Französisch
von Claudia Kalscheuer

Krug & Schadenberg

»Il n'y a pas de liberté sans obéissance
et fidélité à ce qu'on a choisi.«

JEAN-LOUIS BARRAULT

Der Saal ist gedrängt voll. Wie jedesmal in solchen Situationen kann sie plötzlich nichts mehr unterscheiden, nur noch ein Gewirr sich bewegender Formen, Krawattenstreifen, Haarbüschel, Blumen auf Blusen, Farbkleckse, Köpfe und Arme ohne Gesichter, Gelächter, unzusammenhängende menschliche Laute. Übelkeit steigt in ihr auf und der Wunsch, Hals über Kopf davonzulaufen. Sie weiß nicht einmal mehr, was sie hier überhaupt wollte. Sie kennt niemanden, bis auf die Rechercheurin von *Femmes-Plus*, wie hieß sie noch gleich? Heiliger Sigmund, sagt sich Isabelle, mach, dass ich ihr nicht über den Weg laufe! Sie sucht nach ihrem Namen, ihrem Vornamen, irgend etwas, einer Spur. Aber in ihrem Kopf herrscht absolute Leere.

»Ein einmaliges Ereignis in der Verlagswelt«, hatte die Rechercheurin getönt, »eine Super-Party, Sie werden sehen, alle wichtigen Leute sind da!«

»Ich mag solche gesellschaftlichen Anlässe nicht besonders«, hatte Isabelle erklärt. »Außerdem kenne ich niemanden.«

»Ach was!«, hatte die andere ausgerufen. »Sie müssen sich sehen lassen, sich bekannt machen!« Und als letztes Argument, es würde ihr eine Freude sein, sie Pivot vorzustellen, »den ich gut kenne ...«, hatte sie geflötet, mit verwegenem Blick. Im biblischen Sinne? Isabelle hatte die Replik zurückgehalten. Wenn der Geist galoppiert, müssen die Worte im Stall bleiben. Ihre Devise. Abgedroschen, hat ihr jedoch schon mehr als einen Tritt ins Fettnäpfchen erspart. Ihr Geist war ständig am Wiederkäuen, als müsste sie das Leben dreimal verdauen. Ihre stets hellwachen Sinne bohrten sich in die Menschen hinein, durchdrangen Gesichtsausdrücke, nahmen Blicke auseinander, loteten Betonungen aus, hakten sich an belanglosen Kleinigkeiten fest, nahmen Misstöne wahr, witterten kleinste Temperaturschwankungen; ohne dass sie es merkte, schlitzten ihre Sinne die Menschen auf, durchbrachen ihre Fassaden und spießten eine Menge zusammenhangloser Details auf. Sehr früh hatte sie lernen müssen, dieses fieberhafte Radarsystem einzudämmen, das zu viele Fragen stellte, zu viele Geheimnisse erriet, zu viel Unbedachtes sagte und die Erwachsenen störte. Es war besser, still zu sein. Nur schade um die Spontaneität, die sie bei anderen bewunderte.

Ihre Augen gewöhnen sich an die Bewegungen im Saal. Ihr Körper regt sich, sie beginnt ihre Füße wieder zu spüren, den Boden durch ihre Schuhsohlen, sie wird wieder klar im Kopf, die Flecken nehmen nach und nach wieder menschliche Formen an, die Geräusche bilden Wörter, die sie im Flug auffängt, sie kommt langsam auf der Party des Verlegerverbandes an. Was ist das überhaupt für eine Veranstaltung? Erneut fühlt sie sich unbehaglich. Warum hat sie kein Auge für all die Kleinigkeiten des Lebens, denen die anderen so viel Bedeutung beimessen? Ein auffälliges buntes Plakat prangt überall an den Wänden des Saals: ein Liegestuhl aus blendendweißen Holzlatten steht zu drei Vierteln in hellbraunem Sand, in dem Fußspuren darauf hindeuten, dass das aufgeschlagene Buch, das neben einer Sonnenbrille und einem großen rosaroten Hut auf dem Stuhl liegt, von seiner Leserin nur für einen kurzen Augenblick hingelegt worden ist, während sie einem rosaroten und gelben Luftballon hinterherläuft, der in der Nähe des Wassers durch eine endlose türkisfarbene Fläche schwebt, auf der sich in sonnenfarbenen Lettern der Slogan abhebt: »Ein Buch an der Sonne«. Sie geht näher heran, um die Signatur zu entziffern. Cloustel, ein Comic-Zeichner vielleicht oder ein berühmter französischer Maler, dessen Name ihr natürlich nichts sagt. Die engen Grenzen ihrer Kultiviertheit lassen sie in dem überfüllten Saal abdriften und untergehen, ein Bild drängt sich ihr auf, ein Hintern zwischen zwei Stühlen.

Eine Person auf einmal, zur Not drei oder vier, die sie bereits kennt, dann blüht sie auf, strahlt, schwelgt im Glück. Sie kann gut mit Menschen umgehen, in kleinem Rahmen. In der Masse, wie hier, verblasst der Mensch, vereinzelt in der Geselligkeit, und ihre Drachen werden panisch. Ihre Seele fühlt sich eingeengt und zwinkert im Dunkeln. All ihre Sinne sind überwach, es kommt zum Kurzschluss und sie fühlt sich leer und bodenlos. Sie ist niemand mehr in diesem Ozean, wo niemand ist, nichts als Spiegelflächen, stumm und taub. Die Menschen hier streifen einander nur, ohne sich wirklich zu berühren. Und sie beneidet sie. Sie schaffen es, da zu sein, ohne abwesend auszusehen; sie wissen, wie man redet, ohne etwas von sich preiszugeben; sie können schwimmen, ohne sich die Füße nasszumachen; sie beherrschen den Tanz und verstehen es wunderbar, einander nicht auf die Zehen zu treten. Und wenn sie sich weh tun, stecken sie es einfach weg; mit der größten Unbekümmertheit können sie Schläge austeilen wie einstecken. Sie hat es nicht gelernt, und das ist ein Handikap, nicht ganz sie selbst zu sein, ohne sich aus dem Blick zu verlieren. Stur beharrt sie darauf, sich ihren Ängsten zu stellen, ihre Drachen zu zähmen. Großtuerisch redet sie sich ein, dass sie sich diesmal mit Erfolg mondän geben wird, locker vom Hocker, wie Jackie bei Onassis, Régine im Elysée-Palast, jemand Entzückendes, Feinsinniges, Leichtes, den man als Appetitanreger genießt. Aber sie ist unverbesserlich, sobald sie die Nase herausstreckt, wird sie verletzlich, ein Nichts bringt sie aus der Fassung, wie Proust bei Guermantes sucht sie die verlorene Zeit.

Alle haben ein Glas in der Hand. Isabelle sucht die Bar, sagt sich, das ist etwas, was sie noch immer gefunden hat. Ihre Selbstironie muntert sie ein wenig auf. Sie macht einen kleinen Bogen um ein Grüppchen von vier Personen; im Vorbeigehen erkennt sie den vertrauten Duft von *Eau Sauvage*, dann die wohlklingende Stimme, den dunkelblauen und zerknitterten Anzug von ...

Wie hieß er doch gleich? Von den Leuten, die zu ihr in die Praxis kommen, behält sie die Namen, die Vornamen; ihre Eltern, ihre Kinder, ihren Großvater, ihre Großmutter, ihre Geliebte, ihren Liebhaber, gegebenenfalls auch im Plural, alles über sie weiß sie auswendig, sogar den Namen ihres Hundes, eine Stunde genügt ihr und es ist gespeichert, eingeordnet, ein für allemal in ihr Gedächtnis gegraben. Aber jetzt, da sie es braucht, entgleiten ihr sämtliche Anhaltspunkte; sie wird dastehen wie eine Sphinx, wenn er sie anspricht. Er bemerkt sie aus dem Augenwinkel, als er sich zu einer blonden Frau zu seiner Linken umdreht. Ihre Blicke begegnen sich. Jean-Louis, nun fällt es ihr wieder ein! Sie grüßt ihn mit einem Kopfnicken, ergänzt durch ein Lächeln, von dem sie zu ihrem eigenen Erstaunen spürt, dass es äußerst gewinnend ist. Jean-Louis und wie weiter? Er schnappt nach ihren rechten Arm: »Isabelle Coache!« Er spricht die Silben ihres Nachnamens korrekt einzeln aus, ihres französischen Nachnamens, den seine Landsleute hartnäckig englisch auszusprechen pflegen, Coach, ganz abgehackt und mit einer Bremse hinten, eine klapprige Kutsche in einem staubigen Western, mit den Sioux auf den Fersen und von Pfeilen durchlöcherter Plane ... Jean-Louis Trouë! Der Journalist, der sie in einem Interview in eine peinliche Situation gebracht hat: »Sagen Sie mir, könnten die Frauen denn Ihrer Meinung nach ohne Männer auskommen?« Sie saß da wie ein Armleuchter und faselte: »Das würde freilich keine starken Kinder ergeben!« Die unsinnige Antwort ließ ihn in der Sendung losprusten, ohne dass sie gewusst hätte, ob er sich über sie lustig machte oder ob er versuchte, vor seinem treuen Publikum zu verbergen, wie ungeniert sie mit ihrer Antwort die Plumpheit seiner Frage herausgestellt hatte. Sein vertrauliches Auftreten lässt darauf schließen, dass er ihr jedenfalls nichts nachträgt. »Wie geht es Ihnen, meine liebe Madame Coache?« Mit Betonung auf »liebe«, was sie die Zudringlichkeit seiner Hand, die ihren Unterarm knetet, noch stärker spüren lässt.

Isabelle beobachtet ihn aufmerksam. Meine leichteste Übung, amüsiert sie sich innerlich. Mit seinen bald fünfzig Jahren und gewappnet mit dem Glanz seiner Berühmtheit, trägt Jean-Louis Trouë seine hohe, spitze Gestalt dennoch wie einen Anzug, den er sich ausgeliehen hat. Den Oberkörper gebeugt, als würde er gleich vornüberkippen, widersteht er dem Taifun in seinem Rücken; er wankt eher, als dass er sich umdreht, um sie direkt anzusprechen. Mit durchdringender Stimme, eine echte Sackpfeife, redet er ohne Punkt und Komma, ruft aus, wundert sich, ereifert sich, stellt sich Fragen und antwortet im selben Atemzug. Er hat ein Mundwerk, das nie stillsteht und in den hohen Lagen quietscht; er ist wach und aufgekratzt, während er sich mit seinem zerknitterten Gesicht über sie beugt, in dem ernst und ergreifend zwei traurige Mandelaugen funkeln, die um Liebe flehen. Sie mit seinem Grüppchen bekanntzumachen bereitet ihm unverhohlene Freude. Ihm zufolge sei sie genial, ein Muss, an dem kein Weg vorbeiführe, ein in ihren Kreisen verkannter Stern, den jedoch er, der glückliche Visionär, vor ihnen allen entdeckt habe. Seine unermüdlichen Lippen murmeln Lobeshymnen, seine Baritonstimme gleitet von einem Ohr zum nächsten und schmeichelt ihr unablässig. In seiner Gier nach ihrer Dankbarkeit trägt er so dick auf, dass Isabelle sich wundert, dass der Journalist und der Regisseur, denen er sie vorstellt, nicht loslachen. Aber er selbst ist es, den zwischen zwei Strichpunkten ein verlegenes Lachen überkommt; mit fieberhafter Geste streicht er eine ergrauende Strähne zurück, immer dieselbe, die sogleich wieder nach vorn fällt, rebellisch wie er selbst, ein ewiger Jüngling, dem es an Eroberungen mangelt. Sie findet ihn rührend; er macht ihr den Hof, wie er seine Interviews führt, mit dem naiven Ungestüm eines alternden Schuljungen.

Ihr malvenfarbener Blick richtet sich auf Isabelle, die darin hängenbleibt, während eine Hand mit langen Fingern sich kräftig um die ihre schließt. Ihr Lächeln strahlt die gleiche Wärme aus wie ihre Augen, zwei Seen aus nördlichen Wassern; sie ist mit ihr allein auf der Welt, etwas Friedliches, Tiefes und Frisches, eine Mischung aus Stein und Seide. Isabelle ringt nach Atem. Blond, sie ist märchenhaft blond, mit den aschfarbenen Strähnen einer Frau aus Norwegen, Dänemark, Schweden oder einem anderen nordischen Land, wo die Frauen zum Verrücktwerden blond sind. Ihr Mund, voll und genießerisch, ohne lasziv zu sein, lächelt auch dann, wenn sie nicht lächelt, ein kaum merklicher spöttischer und aufmerksamer, amüsierter und neugieriger Zug, mit zwei leichten Falten um die Mundwinkel, Lippen, die aufspringen müssen wie Fontänen, wenn sie lauthals lacht. Sie ist groß, hat überall Muskeln, die Isabelle unter der raffiniert bis zum Brustansatz geöffneten bauschigen Bluse erahnt. Isabelles Augen genügen ihr nicht, um alles zu betrachten. Sie versucht, ruhig stehen zu bleiben, einfach da zu sein, der Film spult sich in Zeitlupe ab, sie geht leicht in die Knie, um ihre Füße besser zu spüren, strafft ihren Rücken, nimmt die Schultern zurück. Die lange Hand hält ihre noch immer umschlossen, der Mund öffnet sich leicht, lächelt, spricht sie an. Die schleppende Stimme, der ausländische Akzent, sie hört Romy Schneider, sie sieht Marthe Keller, ihre Eierstöcke zucken. Isabelle versinkt im See ihres Blickes, brennt darauf, sie zu berühren, die malvenfarbenen Steine, die sich in ihre Augen gebohrt haben, machen Kringel in ihrem Bauch. Die warme Hand, ein flaumiger Kokon, eine Welle von Genuss, eine Reuse, die sie gefangennimmt; Isabelle fängt Feuer, ihr Blut gerät in Wallung, ihre Ohren sausen. Sie bekommt den Namen nicht mit, den Jean-Louis ihr samt Stammbaum aufsagt, jemand Bekanntes. Isabelle landet wieder auf dem Boden. Bestimmt zieht sie Männer vor. Keine Chance, sie zum Erschauern zu bringen oder auch nur ihre Aufmerksamkeit zu erregen. Ihr Mund wird trocken, sie erlischt. Nein, ich kenne diese Dame nicht, ich habe nicht das Vergnügen, lassen Sie uns das schnell beenden, in ihrem Vorzimmer drängeln sich die Verehrer bestimmt zu Dutzenden!

Die Schönheit lächelt weiter, ihre Augen fixieren sie intensiv, Isabelle beginnt wieder zu brennen. Jean-Louis Trouë wird unruhig, ja, ich bin erfreut, entzückt, im siebten Himmel, in Ekstase, lieber Jean-Louis, aber sie sagt nur schlicht: »Guten Tag, Madame«, und erwidert ihren Händedruck.

Isabelle hört plötzlich, dass sie doch zumindest die Buchreihe, die Jean-Louis gerade erwähnt, kennen muss. Sie sagt, ja, natürlich, Kaufmann sei dort unter anderem erschienen. Die Blonde ist erstaunt. Ob Isabelle Psychoanalytikerin sei? Jean-Louis greift das Stichwort auf, spricht von Gewalt in der Ehe, erklärt in Kürze ihr Buch, rühmt ihren Eklektizismus, als wäre es sein eigener; Isabelle schiebt ein, zwei Worte ein, die Blonde macht »hmm, hmm ...«, murmelt, »ich verstehe ...«, und das Gespräch reißt ab. Sie hat mir nichts zu sagen, stellt Isabelle fest, ich ihr auch nicht, abgesehen von: »Ich werde mit Ihnen schlafen«. Isabelle sieht sie an, lange und zu intensiv. Die Schönheit schweigt, lange und zu beharrlich. Wenn der Teufel galoppiert, fressen die Pferde Heu. Ihr Begehren säuft ab, ein Kanarienvogel in einem Aquarium, eine Hummel in einer Fingerhutblüte. Lächerlichkeit tötet, schlussfolgert Isabelle. Unter dem Vorwand, sie habe Lust auf einen Aperitif, verabschiedet sie sich mit einem höflichen Kopfnicken in die Runde und tritt einen Schritt zurück, wobei sie ihren Arm, den Jean-Louis die ganze Zeit nicht losgelassen hat, wieder in Besitz nimmt, ihm ein letztes Mal die Hand schüttelt, auf Wiedersehen und danke, mein lieber Trouë.

Diese Frau ist ein Mythos, ein Trugbild, sinniert sie, als sie sich einen Weg durch die Menge bahnt. Unerträglich oder strohdumm oder mannstoll oder frigide oder verkopft oder schon Mutter und Großmutter, sie wird verheiratet sein, treu, unberührbar. Großmutter ... Coache, du spinnst, sie ist in deinem Alter, vielleicht etwas darüber. Achtunddreißig? Vierzig, höchstens? Isabelle rechnet, sechs, acht Jahre Unterschied ... Und überhaupt, warum sollte diese prachtvolle Blonde Frauen lieben?

Aber wo ist denn nur diese Bar, verflixt! Das Rätselraten geht ihr auf die Nerven. Isabelle befiehlt sich, nicht mehr daran zu denken. Im Übrigen, woran erkennt man schon, ob eine Frau Frauen liebt? Es gibt kein einziges untrügliches Zeichen. Das erste Mal, als eine Frau sie auf den Mund geküsst hat ... Aua! Sie ist gerade mit einer kurvenreichen kleinen Rothaarigen zusammengestoßen.

Eine Erscheinung, eine Sehenswürdigkeit, die aus der sonstigen Umgebung heraussticht. Ein Busen wie aus einer Dessous-Reklame, bemerkt Isabelle, üppig und prall. Der Anblick entlockt ihr ein Lächeln, voller Erleichterung, wieder in Kontakt mit dem gewöhnlichen Leben in all seiner Pracht und Fülle zu treten, quirlig, leicht und sorglos. Die Erscheinung erkundigt sich: Wo ist die Bar? Mit der Stimme einer Maus, die zwei Päckchen Gauloises am Tag raucht. Eine Säuferstimme, hatte Isabelles Mutter sich immer über Henriette empört, die Schwester ihres Vaters, eine Exzentrikerin, und immer in einem unmöglichen Aufzug, wie die Mutter dazusagte. Einmal hatten sie sie an einem Januarmorgen am Windsor-Bahnhof in Montreal abgeholt, als sie aus Toronto zu Besuch kam. Henriette stieg aus dem Zug; ihre Mutter holte tief Luft und stieß dabei einen lauten Ton der Entrüstung aus. Die Zigarette im Mundwinkel, in Nachthemd und Hausschuhen, ihre eingemummelte Spitzhündin gegen den massigen Busen gedrückt und den Strickbeutel am Arm baumelnd, winkte Henriette mit der Pfote des Hundes Isabelles Mutter zu, die schnaubte und sagte: »Henri! Nun erzähl mir nicht, dass sie sich nicht anziehen könnte, wenigstens für die Reise!« Und Henri, der die Unverfrorenheit seiner Schwester bewunderte, antwortete, ohne zu wagen, seine Gisèle anzusehen: »Ein Glück, dass sie Negligés hasst. Flanell ist doch noch züchtig!« Isabelle hatte laut losgelacht. Der Humor ihres Vaters vermochte selbst die bedrohlichsten Unwetter zu entschärfen. Dennoch hat ihre Mutter es ihr nie verziehen, für Henriette Partei genommen zu haben. Ein Verrat mehr zu Isabelles Lasten in dem großen Buch der Gefühle, das ihre Mutter seit ihrer Geburt führte, welche ihr zufolge eine einzige sinnlose Schlächterei gewesen sei. Bis heute hat sie ihre schlampige Tante, ihre stumme Komplizin, im Verdacht, den Dünkel ihrer Mutter mit Absicht gereizt zu haben, nur um ihr Lachen zu hören. Die Perlen deiner Seele, sagte ihre Tante, wenn sie sie in der Bettmulde kitzelte.

Die Maus Henriette zappelt vor ihrer Nase. »Ich weiß nicht, ich bin gerade erst gekommen«, antwortet Isabelle ihr lachend. »Da hinten links vielleicht – in der Ecke ballt es sich.« Ohne ein Wort des Dankes kehrt die Rothaarige ihr den Rücken und stürzt in die angegebene Richtung davon, die Unterarme als Stoßstange vorgestreckt, hier einen Ellenbogen, da einen Arm rempelnd. Als räche sie sich dafür, so kurz geraten zu sein. Isabelle folgt ihr, nutzt den Weg, den sie ihr bahnt, und kommt sich vor wie eine Giraffe, die in luftiger Höhe hinter einer galoppierenden Wüstenspringmaus herläuft.

Es war ganz hinten in einer Garderobe. In einer Februarnacht. Das Lokal hatte einen englischen Namen, Malcolm's oder Harris' Bar. Pascal hatte sie hingeführt. Um zwei Uhr morgens, sagte er, ist das der einzige Laden, wo es noch swingt. Da keine Garderobenfrau da war, mussten sie sich selbst in einen langen, schmalen Gang bemühen. Ein Gedränge war das, Leute, die schubweise mit ihren Mänteln herausquollen; andere standen Schlange, um hineinzugelangen, ein Mordsrummel! Sie zog ihren Mantel aus, und Pascal ging ihn zusammen mit seinem riesigen Cape aufhängen. Mit glühendem Gesicht kam er wieder heraus und besetzte eilends einen Tisch direkt gegenüber der Garderobe, der soeben freigeworden war. Während sie ihm folgte, wühlte sie in ihrer Tasche herum, sie hatte ihre Zigaretten in der Manteltasche vergessen. Also ging sie zurück, um sie zu holen: »Wenn ich in einer halben Stunde nicht wieder da bin, ruf die Feuerwehr, dann bin ich die Wände hochgegangen.« Die Garderobe war nun leer; sie ging ganz nach hinten durch, tastete ihre Taschen ab, nahm die Zigaretten heraus, und als sie sich umdrehte, kam gerade eine Frau herein, ihren Pelz über den Arm gehängt. Eine große, geschminkte Schwarze, die nach Parfum und Puder roch und mit ihrem bonbonrosafarbenen Mund breit lächelte. Aunt Jemima hat Ausgang, das Bild hatte sich ihr aufgedrängt. Sie nahm allen Platz ein mit ihrem Pelz, ganz zwanglos, und warf ihr ein höchst laszives *Hello!* zu. Sie ist beschwipst, schlussfolgerte Isabelle und versuchte, sich links um sie herumzuschlängeln, auf der anderen Seite des Nerzes, den die große Jemima lässig von der Hüfte bis zum Boden hängen ließ. Da geschah es, so unaufhaltsam wie ein Stein einen Hügel hinabrollt. Die Frau schlang ihren rechten Arm um Isabelles Taille, drückte sich an sie, wobei sie sie sehr sanft gegen die Mäntel schob, und küsste sie auf den Mund, langsam, sehr langsam, und murmelte dabei etwas auf Englisch, drei oder vier Worte, von denen sie nur »Honey« verstand. Inmitten von Wolle und Pelz schmolz sie dahin. Eine Ewigkeit, eine Sekunde, höchstens eine Minute. Gerade Zeit genug für die schöne Jemima, um ihren Mund in Besitz zu nehmen, ihn mit ihrer Zunge zu befeuchten, als sie ihn öffnete wie eine Auster, ihre Unterlippe zwischen ihre vollen Lippen zu nehmen, Zeit genug, um den süßen Geschmack ihres bonbonrosafarbenen Mundes auf dem ihren zu schmecken, Zeit genug für das kleine feuchte Geräusch, als sie sich wieder löste, das war alles. Ihr Arm führte Isabelle zurück in die Mitte der Garderobe, während sie irgend etwas murmelte und dabei lachte. Isabelle konnte die Worte nicht verstehen, aber die Stimme klang laut und fröhlich, als sei das, was gerade passiert war, das Gewöhnlichste von der Welt! Wie ein Blitz in Farbe ging es ihr auf, dass sie eine naive Gans war. Sie manövrierte sich aus dem Gang heraus, strich sich die Haare glatt, die von der Reibung an den Mänteln elektrisch aufgeladen waren. Kein Mensch würde ihr glauben; sie hatte sich das alles eingebildet. Ihre Hände zitterten, die Härchen auf ihren Armen waren aufgestellt, ihre Knie weich, das Höschen feucht, sie träumte nicht, eine Frau hatte sie geküsst. Die Situation war vollkommen verrückt. Sie hatte sie gewähren lassen, eine völlig Unbekannte; hätte ein Mann das gewagt, hätte sie Zeter und Mordio geschrien! Sie tauchte aus der Garderobe auf, strahlend, aufgekratzt und leicht benommen. Da waren Ellenbogen, Köpfe, schwere Körper, Lärm, Rauch, Watte, die sie vor sich wegschob, und plötzlich vor ihr, Pascal. Sie wurde wieder nüchtern. Von seinem Platz aus hatte er alles gesehen. Sie hörte auf zu atmen. Sie geriet aus der Fassung und suchte nach ihrem Feuerzeug. Was würde er denken – dass Frauen sie anzogen? Sein belustigter Blick ließ diese delikate Frage, die ihr die Eingeweide verknotete, in der Schwebe. Als er in herzhaftes Lachen ausbrach, lösten sie sich wieder: »Sie haben einen unwiderstehlichen Charme, Madame ...« Er beugte sich zu ihr herüber und drückte ihr das Knie. Die Szene hatte ihm gefallen, damit hielt er nicht hinterm Berg. Dass sie Frauen gefiel war für ihn eine köstliche, süße Anekdote. Mit seiner Hand, die nach der ihren griff, beruhigte er sie vollends: Um so besser für dich, wenn sie gut küssen! Für diesen komplizenhaften kleinen Satz wird sie ihm ihr Leben lang dankbar sein. Das hat sie ihm bloß noch nie gesagt.

Ihren Scotch in einer Hand, eine Marlboro in der anderen, beobachtet sie die bunte Fauna um sich herum und langweilt sich höflich. Ihre Augen schweifen durch den Saal, kein blonder Schopf in Sicht, zu viele Leute, ihr Horizont beschränkt sich auf die sechs oder sieben Grüppchen um sie herum. Ein strahlend blonder Schopf, der alle anderen überragt. Sie würde ihn erblicken, würde direkt auf sie zugehen und zu ihr sagen ... Was würde sie zu ihr sagen? Ich fühle mich in deinen Armen so klein, so klein in deiner Nähe ... Sie hatte die näselnde 78er-Platten-Stimme von Lucienne Boyer nachgeahmt, und er hatte gelacht. Pascal war lebendig, lustig und bestrickend. Sie drückte sich an ihn, eine riesige, warme Höhle, die nach *Eau Sauvage* von Dior roch. Göttlich schön, viel größer als sie, extravagant gekleidet, ragte er aus der Menge heraus, ein Antidot gegen Langeweile, mit seinem Cape, seinem Borsalino, seinen zwei Metern, die er stolz zur Schau trug, sichtlich glücklich, über die gewöhnlichen Sterblichen erhaben zu sein. Mit Pascal hat sie gelacht wie mit keinem anderen Mann. Sie waren Vertraute, wie es Frauen untereinander sein können. Tatsächlich war genau das ihr Problem; sie hatten ein Verhältnis wie von Frau zu Frau, statt eines von Mann zu Frau. Sie verschlangen einander mit den Augen, machten einander den Hof, heiß, erregend, aber leider immer in der Vertikalen. Nichts, was sie umgeworfen hätte, was sie dazu getrieben hätte, sich atemlos aufeinander zu stürzen. Das einzige Mal, als sie ihn nackt gesehen hatte, war eine Katastrophe gewesen. Er hatte eine begeisterte Erektion, war selbst ganz verblüfft darüber; er schien überrumpelt und nicht recht zu wissen, was er damit anfangen sollte. Sie standen mitten im Zimmer, und statt sich fester an sie zu pressen, rückte er sein Becken von ihr ab, während er sie weiter küsste, damit sein Geschlecht sie nur nicht berührte. In dem Glauben, es handele sich um einen strategischen Rückzug, packte sie beherzt danach. Die Entschiedenheit ihres Zugriffs erschreckte ihn, er wich mit einemmal zurück. Vor Überraschung hielt sie ihn fest, er schrie auf und schlug ihr schallend auf die Hand. Sie stammelte unbeholfene Entschuldigungen, er zog sich in zorniges Schmollen zurück, das sie nicht zu durchbrechen wagte, aus Angst, aus seinem Munde die Schmähungen zu hören, mit denen sie sich, zerknirscht und beschämt, schon selbst überhäufte. Dies blieb ihr einziger sexueller Versuch. Manche würden sagen: ein Fiasko, andere: ein ganz alltägliches Missgeschick. Für sie beide war es die Offenbarung dessen, was sie schon ahnten: Pascal liebte Männer, wie sie Frauen liebte. Sie war mangels Erfahrung grob gewesen und er mangels Interesse vollkommen unerfahren. Sie hätten darüber lachen können, aber es war der Anfang vom Ende, der Zauber war zerbrochen, das schöne Paar, das sie bildeten, war leerer Schein, und ihre Integrität nahm ihnen die Lust, weiterhin so zu tun, als ob.

Isabelle lauert weiter auf die Rechercheurin, deren Name ihr immer ferner rückt, ebenso wie ihre Einladung im Übrigen. Wie könnte sie sie auch wiederfinden, in diesem Gewühl von Menschen? Vielleicht wäre es sinnvoller gewesen, sich in der Nähe der Garderobe zu postieren, um sie nicht zu verpassen. *Aus dem Schrank kommen*. Sie hatte laut gelacht, als sie Jahre später bei Renaud-Bray diesen Ausdruck entdeckt hatte, den ein Homosexueller als Titel seines Buches gewählt hatte. Er schrieb darin über die Herausforderung, in der Hetero-Welt zu seiner Homosexualität zu stehen. Sie war mitten in einer Garderobe aus dem Schrank gekommen. Jedenfalls hatte sie bei dieser Gelegenheit erfahren, dass das Aussehen einer Frau nichts mit ihrer Orientierung zu tun hat, nicht mehr als die Farbe der Segel mit dem Ziel eines Dreimasters. So, sagt sie sich, wenn ich noch lange hier herumstehe, ist es zu spät, um noch zu Abend zu essen. Ich trinke meinen Scotch aus und gehe, beschließt sie.

Claire Lescop, endlich ein vertrautes Gesicht! Claire küsst sie auf beide Wangen, gibt ihr Bussis, wie sie sagt. Sie springt herum, sie tiriliert, glücklich, ganz in ihrem Element, das Isabelle gesellschaftliches Leben nennt und sie Arbeit. Claire wundert sich, sie hier zu sehen. Sie hat es nicht für ratsam gehalten, sie einzuladen, »mit der Zeitverschiebung, du musst doch völlig neben dir stehen«, säuselt sie; sie hat nicht geglaubt, dass Isabelle Zeit hätte, »bei all den Verpflichtungen, die ich dir aufhalse ...« fügt sie unschuldig hinzu; »oh, du warst großartig heute Morgen, mit Troué!«, schiebt sie besänftigend hinterher. Claire repräsentiert ihren Verlag in Europa, und ohne sie wäre Isabelle nicht in Paris, um ihr Buch zu promoten. Warum also macht sie dieses ganze Getue um diesen Empfang? Im Grunde wird Claire einfach keine Lust gehabt haben, sie mitzuschleppen. Sei's drum, sie ist ja dennoch eingeladen worden! Claire erkundigt sich, von wem, die Neugier ist ihr Beruf. Isabelle antwortet, der Name falle ihr nicht ein; Claire hebt die Augen zum Himmel, einmal mehr genervt von dem, was sie ihre mangelnde Professionalität nennt. Amüsiert gibt Isabelle die Frage an sie zurück – das ist ihr Beruf: »Du kennst sie bestimmt, es ist die Rechercheurin von *Femmes-Plus*.«

»Chloé Saint-Germain?« Claire kennt Gott und die Welt und erinnert sich mühelos an jeden Namen, ein wandelndes *Who's who*, in dem alle nützlichen und berühmten Menschen des schillernden Tout-Paris verzeichnet sind. Isabelle bewundert dieses erstaunliche Gedächtnis, das ihr schmerzlich fehlt. Sie zögert einen Moment, denkt an Daphnis und Chloe ... Ein Opernvorname, die Rechercheurin hatte einen Opernvornamen.

»Nein«, sagt sie, »nicht Chloé. Den Namen hätte ich behalten ...«

»Dann ... Gisèle Casevant?«

»Ja, genau, Gisèle Casevant!«, ruft Isabelle aus, erleichtert, dass das Rätsel sich gelöst hat. »Komisch«, denkt sie laut. »Es ist der Vorname meiner Mutter und ich habe mich nicht daran erinnert ...« Claire starrt sie einen Moment lang an und spricht dann weiter, ohne auf diese Nebensächlichkeit einzugehen: »Ich wusste gar nicht, dass sie noch dort ist. Ich dachte, sie hätte zum *Figaro* gewechselt. Sie ist die Geliebte von Jean-Louis Pervenche, dem Chefredakteur, weißt du? Das ist mir eine, die gute Casevant!« Isabelle hat es nicht gewusst. Ihre Neugier für Klatsch ist so gering wie das Interesse einer Amöbe an Voodoo. Was Claire zur Weißglut bringt, die sich ein Bein ausreißt, um sie darüber aufzuklären, wer was mit wem treibt, wie, wo, wann und warum. »Aber diese Leute vergessen mich, kaum dass sie mich gesehen haben!«, hatte Isabelle erwidert, als Claire ihr einmal ihre mangelnde Aufmerksamkeit für Stars jeglicher Art vorgehalten hatte.

»Mag sein, meine Liebe, mag sein ... Aber das ist ihr Privileg. Deine Karriere hängt von ihnen ab – die ihre ist gemacht!«

»Ein Grund mehr, dass sie meine Lobhudeleien nicht brauchen, um zu überleben.«

»Mit dieser Haltung wirst du dir aber keinen Namen machen!«

»Meinen Namen habe ich seit über dreißig Jahren, Claire, mir fehlt nichts! Und was meine Karriere angeht, da setze ich jetzt mein volles Vertrauen in dich – mein Buch ist geschrieben.«

»Ja sag mal, was glaubst du denn? Dass deine Arbeit getan ist? Die fängt gerade erst an, meine Liebe! Man veröffentlicht ein Buch, damit es *gelesen* wird ...« Isabelle hatte eine Predigt über die Gesetze der Medienwelt zu hören bekommen, die Claire ihr in anklagendem Ton entgegenschleuderte. Sie nahm die Sache persönlich und schien Isabelles lässige Haltung als Missachtung ihr gegenüber aufzufassen. Ganz unrecht hatte sie nicht; Isabelle verachtet jeden Opportunismus, und Claire legt einen begeisterten Eifer an den Tag, alles zu verführen, was Rang und Namen hat. Sie lagen nicht auf derselben Wellenlänge, und es war klar, dass ihr Verhältnis nie sehr eng werden würde. Das war für Isabelle jedoch kein Grund zu wünschen, dass ihre bisher fruchtbare Zusammenarbeit wegen persönlicher Differenzen endete. Sie unterbrach Claires Redeschwall, als diese ihr gerade vorwarf, dass sie keinen Anrufbeantworter zu Hause hatte.

»Claire, du hast vollkommen recht, ich bin undiszipliniert und will mich um Besserung bemühen. Ich werde also nach Frankreich zum Teufel gehen ...«, Claire hatte ein diskretes Lachen nicht unterdrücken können, sie mag Zweideutigkeiten und Wortspiele, »... und ich vertraue voll und ganz auf dich, um mich dorthin zu schicken!« Claire hatte sie leicht mit dem Ellenbogen angestupst, nun offen lachend, der Friede war geschlossen.

Aber er steht weiter auf unsicheren Füßen. Trotz ihrer guten Vorsätze muss Isabelle sich geschlagen geben. Sobald ihr Kontakt über die Routine der Termine hinausgeht, die Claire ihr rechts und links organisiert, um ihr Buch zu vermarkten, kommt Isabelle sich plump vor, elefantös und in ihren Augen so uninteressant wie die Erinnerung an ihren ersten Schluck Wasser. Claire begeistert sich für Menschen, die in der Öffentlichkeit brillieren; sie liebt es, sich beeindrucken zu lassen, wie andere es lieben, gestreichelt zu werden. Isabelle bietet ihr weder das eine noch das andere. Sie hat ihre Aufmerksamkeit nicht länger als drei Minuten fesseln können. Claire gibt ihr wieder Bussis, Wange rechts, Wange links, den gespitzen Mund ins Leere: »Bis nachher, meine Liebe, ich mach mal die Runde, es sind ja jede Menge Leute da! Wir sehen uns später, du gehst doch noch nicht gleich? Wenn ich Bastide erwische, stelle ich ihn dir vor, du wirst sehen, das ist ein Typ! Ansonsten rufe ich dich auf jeden Fall morgen an ...« Und schon hat sich Claire in Luft aufgelöst, schneller als ihr Parfum, das sich um Isabelles Hals klammert.

Gisèle Casevant zeigt sich noch immer nicht. Der Eiswürfel schmeckt nach Claire. *Poison*, Gift, was für ein Name für ein Parfum! Sie verzichtet auf ihren letzten Schluck, verspürt das Bedürfnis nach einem zweiten Scotch und reiht sich wacker wieder in die Barschlange ein. Da sieht sie sie, wie sie sich ein neues Glas Weißwein holt. Ihr Rücken ist breit, stark, ihre Taille lang und geschmeidig, ihre Hüften und ihr Hintern verschwinden unter der Stofffülle eines schwarzweißen Rockes mit aufgedruckten Motiven, die bei jeder ihrer Bewegungen mitschwingen. Sie dreht sich um, sucht jemanden, entdeckt Isabelle, die auf sie zusteuert. Diese lässt sich dabei Zeit, um das schwere Goldarmband und den kostbaren Ring zu registrieren, die Lässigkeit ihres auf der Theke liegenden Armes und die Eleganz ihrer Hand zu bewundern, die Kraft zu spüren, die von ihren langen Fingern ausgeht.

»Auf die Gefahr hin, ungebildet zu erscheinen – ich habe Ihren Vornamen vorhin nicht verstanden.« Ihre Stimme klingt seltsam sicher, trotzig. Ein Gefühl streift sie, dass ihr als Fremder in dieser Stadt, als durchziehendem Gast in diesem mondänen Milieu alle Kühnheiten erlaubt sind. Das Club-Med-Syndrom. Ein Buchtitel. Sie denkt lauter Unsinn, ihr Geist beginnt zu vagabundieren, sobald ihr Herz erstarrt.

»Evankört.« Die Blonde fügt nichts hinzu, nur diese Silben, die sich in Isabelles Kopf aufreihen. Wenn der Teufel galoppiert, müssen die Pferde ... Sie reißt sich zusammen, versucht Namen und Vornamen voneinander abzugrenzen, da geht ihr ein Licht auf.

»Wie in Adam und Eva?«

»Ohne a und ohne Adam.« Das »a« zieht sich in die Länge, genau wie ihr Blick. Sie mustert Isabelle sorgfältig, ohne Eile, mit einer offensichtlichen Aufmerksamkeit, die an Unverschämtheit grenzt. Sie prüft alles, den braunen Schopf, die breite Stirn von Henriette, die grünen Augen von Gisèle, die schmale Nase, die vorspringenden Wangenknochen, die kräftigen Kiefer von Henri, das zarte Kinn von Großmutter Coache und ihre geschwungenen Lippen – Isabelle weiß, was ihr Gegenüber anschaut, nicht aber, was sie darin sieht.

Sie will gerade anfangen, sich darüber zu beunruhigen, da beginnt die schöne Blonde wieder zu reden: »Man hat mir gesagt, Ihr erstes Buch handele von der Leidenschaft. Erzählen Sie mir davon ...« Ihr Akzent durchtränkt die Silben mit einer einschmeichelnden Sinnlichkeit, die Isabelle lähmt wie einen auf seinen Angelhaken gespießten Wurm. Die Blonde greift nach ihrem Weinglas, trinkt einen Schluck, lächelt den Kellner an, wendet sich wieder Isabelle zu. Sie ist überall und nirgends, ihre Frage ist bloße Höflichkeit, denkt Isabelle niedergeschlagen. Mit einem Jahrhundert Verspätung begreift sie plötzlich, was sie mit Eva ohne a meinte. Sie heißt Ev – Ev Irgendwas, das mit -ört endet. Und ohne Adam ... Sie meint, dass es in ihrem Leben keinen Mann gibt oder dass sie keinen will. Das wäre zu schön! Ev ohne a, ohne eine Frau? Isabelles Herz spielt verrückt, es schlägt ihr bis ins Hirn.

Wie durch Zauberei kommt das Gespräch zuerst auf ihr erstes Buch, dann auf das zweite. Isabelle redet die ganze Zeit, viel zu viel, vom Schreiben, ihrer Tätigkeit als Psychologin, über die Promotiontour für ihr Buch, ein bisschen von Gewalt, sehr wenig von Leidenschaft, überhaupt nicht vom Begehren, das ihr im Moment als das einzig interessante Thema erscheint. Sie erfährt nichts über Ev, die Frage um Frage stellt, ohne ihr den geringsten Einfluss auf den Gesprächsverlauf zu lassen. Wie eine professionelle Journalistin. Sie ist unergründlich, sinniert Isabelle, als ihr ohne jede Vorwarnung die Frage entgegenschlägt: »Und was denken Sie über die homosexuelle Liebe?« Ein kurzes Zögern, nur lang genug, um wieder zu Atem zu kommen, entweder ist sie hoffnungslos naiv oder sie gibt ihr einen Wink mit dem Zaunpfahl, nein mit einem Baumstamm, und Isabelle hört sich erwidern: »Nichts Besonderes, aber es wäre mir eine Freude, Sie dazu zu bekehren!«

In Evs Gesicht liest sie erst Überraschung, dann Belustigung, bevor sie das Lachen vernimmt, in das Ev ausbricht, während sie den Kopf abwendet. Isabelle hat sie verlegen gemacht. Sie ist leicht rot geworden und richtet den Blick langsam wieder auf Isabelle. Diese stellt fest, dass Ev weder verärgert noch verwirrt aussieht. Ev lässt ihre Augen über sie wandern, ungeniert, mit einer Selbstsicherheit, die Isabelle schweigend einsteckt. Ev ist nicht wirklich verlegen, eher aus dem Konzept gebracht. Sie war nicht darauf gefasst, dass Isabelle die Initiative ergreift. Sie lächelt wieder, öffnet den Mund, Isabelle fragt sich, was sie erwartet. »Bleiben Sie länger in Paris?« Isabelle antwortet willig.

»Einen Monat, vielleicht zwei ...« Sie will Ev die Macht, ihrer kühnen Einladung eine ausweichende Antwort entgegenzusetzen, nicht allein überlassen. Sie fügt hinzu, das hänge vom Verlauf ihrer Tour ab und davon, wie lange sie Urlaub machen werde, in Paris oder anderswo, das wisse sie noch nicht.

Ev wühlt in ihrer Tasche herum. Isabelle verliert allmählich den Mut. Heiliger Sigmund, worauf wartet sie, um zu reagieren? Sie hat ihr gerade einen elefantengroßen Ball zugespielt, und zurück kommt ein Mäuschen! »Und ist ein drittes Buch in Aussicht?«, erkundigt sich Ev. Sie erwidert, ja, sicher werde es eines Tages ein weiteres Buch geben. Sie kann nicht mehr, es macht sie ungeduldig, sich derart im Kreis zu drehen. Warum sie danach frage, ob sie länger in Paris bleibe? Ev antwortet nicht sofort. Sie hält Isabelle ihre Karte hin, mit einer sehr sanften, langsamen Geste. Ich mag ihre fliederblauen Augen, denkt Isabelle. Ev reicht ihr die Karte, wünscht, dass sie ihr ihre beiden Bücher zukommen lässt, so bald wie möglich, fügt sie hinzu. »Rufen Sie mich am Dienstag unter dieser Nummer an ... Mir liegt daran! Vor fünfzehn Uhr.« Ev Anckert, Verlegerin. Isabelle hebt die Augen wieder, Editions Anckert, das ist sie, murmelt, ja, natürlich. Ohne ihr die Hand zu reichen, lächelt Ev das Lächeln von Marthe Keller, sagt noch: »Sie mögen doch Muscheln, nehme ich an?« und geht dann ruhig davon, ohne ihre Antwort abzuwarten. Sie wird nicht umsonst hergekommen sein.

Paris. Freitag, den 28. April

Die Blauglockenbäume an der Place Fürstemberg stehen in voller Blüte. Ein verspäteter Frühling dieses Jahr, sagt man mir. Ich habe mir gerade mit Genuss die Ausstellung »Floralies Naïves« in dem nahegelegenen kleinen Museum für Naive Kunst (ja, ganz recht!) angeschaut. Es hätte Dir nicht gefallen: kein schwarzweiß! Paris ist immer noch so berauschend. Habe mein Herz verloren ... eine prachtvolle Blonde, die ich gestern Abend kennengelernt habe. Fortsetzung folgt in meinem nächsten Brief. Ich umarme Dich.

Isabelle

Timothée, seit zehn Jahren Komplizin ihres Liebeslebens, wird vor Ungeduld mit den Füßen scharren, wenn sie diese Postkarte liest. Wenn ihre Finanzen nicht so knapp wären, hätte sie sie in Montreal angerufen, einfach um der Freude willen, sie quer über den Atlantik in Lachen ausbrechen zu hören.

Sie wünschte, Timothée wäre da und könnte mit ihr an diesem Tisch des Café Flore sitzen. Ihr, die die Menschen mit einem einzigen Blick erfasst, würde Isabelle von ihrer Begegnung mit Ev erzählen, ohne das geringste Blinzeln, das geringste Zucken des Mundes auszulassen, und es auch nicht versäumen, ihr die Wirkung ihrer Mezzostimme und das Vibrieren ihres Akzents in jeder ihrer Zellen auszumalen. Sie würde Timothée alles berichten, und die würde ihr daraufhin das Porträt von Ev Anckert zeichnen können, ihre Erfolgschancen abschätzen und sie über die Gefahren beruhigen, die sie darin sieht, sich Hals über Kopf in ein Abenteuer mit dieser großen blonden Frau zu stürzen, die ihr den Atem raubt. Timothée hat die Gabe, die Distanz einzunehmen, die sie selbst meistens vergisst zu wahren, um nicht verletzt zu werden. Timothée die Fotografin, die einen Schritt zurückzutreten weiß, ehe sie handelt; Timothée die Weise, die ihre eigene zurückhaltende Natur kompensiert, indem sie in den Höhen und Tiefen von Isabelles Liebeslebens schwelgt. Timothée, flüstert Isabelle für sich, du fehlst mir, und ich werde am Dienstag an dich denken, wenn ich versuche, deinen Rat zu befolgen und nicht umzufallen, ehe die andere auf dem Boden liegt. Aber wenn mir das gelingt, wenn ich es schaffe, vorsichtig zu bleiben, wirst du dich vielleicht langweilen – sogar mehr als ich mich selbst –, mich so brav zu sehen.

Die Liebesleidenschaft zieht ihre gewaltige Kraft aus der schöpferischen Energie, die sie in uns entfacht. Zwischen der Ekstase, sich mit Leib und Seele hinzugeben, und dem Schmerz, vielleicht zu leiden, wenn der andere uns verließe, zwischen diesen beiden Polen der Leidenschaft, dem Selbstverlust und dem Verlust des anderen, erwächst uns immer wieder die Überzeugung, dass das eigene Leben es wert ist, gelebt zu werden. Ohne diese erlösende Überzeugung würde der Künstler vor seiner jungfräulichen Leinwand vor Schrecken erstarren, vor dem leeren Blatt für immer verstummen. Die Kunst ist eine Lüge, die die Wahrheit spricht. Picasso hatte recht. Wie die Kunst treibt uns die Liebesleidenschaft zur Aktion und bringt uns in Verbindung mit unserer eigenen Wahrheit, verwurzelt uns in unserem Wunsch, trotz allem zu leben. In der Lust des Selbstverlustes riskieren wir es, zu lieben und geliebt zu werden, erschaffen wir unser Leben jenseits unserer stummen Ängste, jenseits unserer verdrängten Schmerzen, und das Kind in uns, das ungeliebte und furchtsame, das einsame und verzweifelt nach Anerkennung hungernde, atmet plötzlich auf, kritzelt sein leeres Blatt voll, erfindet sein Leben entsprechend seinem authentischen Selbst.

Bequem in ihre Kissen gelehnt, liest Ev diese Passage ein drittes Mal. Das hätte eine alte Seelenklempnerin mit zwanzig Jahren Praxis auf dem Buckel schreiben können, befindet sie, und nicht diese junge Schönheit, die auf Cocktailpartys herumspringt. *Eine Lüge, die die Wahrheit spricht* ... Natürlich ist mir dieses Zitat bekannt – Coache hat auf den Wälzer zurückgegriffen, den ich selbst vor vier Jahren herausgegeben habe! Aber die Leidenschaft als schöpferischen Prozess zu sehen, auf diese Idee, das gesteht Ev sich ein, wäre sie nie gekommen. Sie fragt sich, was Mado darüber denken würde ... Oder Guido, der wäre bestimmt platt! Sein großer Picasso, zwischen Marilyn French und Alice Miller aufgefahren! Dieser Frau fehlt es wirklich nicht an Kühnheit ... Und Guido wäre begeistert. Er, der nur danach verlangt, in Erstaunen versetzt zu werden, wäre mit der schönen Coache voll bedient! *Die Liebesleidenschaft: Zwischen Ekstase und Schmerz.* Ev gelingt es nicht, die verschiedenen Eindrücke zusammenzubringen; diese Frau ist ihr ein Rätsel. Unwillkürlich muss sie lächeln. Sie kramt in ihrer Vergangenheit herum, kann sich nicht erinnern, dass eine Frau ihr jemals derartig derbe Avancen gemacht hätte. Nein, nicht derb, korrigiert sie sich. Es lag keinerlei Vulgarität weder in ihrem Ton noch in ihrer Haltung. Eher Eleganz. Eine Spur von Dreistigkeit, gemischt mit einer entwaffnenden Unschuld. Sie hätte sie küssen mögen. Sie starb vor Verlangen danach. Von Anfang an, stellt Ev fest. Ich bin schwach geworden, sobald ich sie gesehen habe ... Zwei unglaubliche Smaragde, die sie durchbohrten, sie immer wieder suchten. Ev schaut sich den Buchumschlag näher an. Auf dem Foto umschmeichelt das Licht die linke Wange, jeder Gesichtszug tritt wie gemeißelt hervor. Profiarbeit, folgert Ev. Endlich ein Verlag, denkt sie, der begriffen hat, dass man kein Papier verkauft, sondern ein Gesicht. Mit ihrem kehligen Akzent wird die schöne Quebecerin Frankreich im Sturm erobern. Trouë hatte sie jedenfalls schon für sich eingenommen. Meine Güte, trug der dick auf! Die Arme war ganz verlegen ... Nein, korrigiert sich Ev, an Schüchternheit leidet sie nicht gerade. »Es wäre mir eine Freude, sie dazu zu bekehren ...« Die Replik war geistreich und auf den Punkt gebracht. Jede andere hätte irgendeine Platitüde gestammelt. Nicht aber sie. Ganz gleich, ob Sie noch nie mit einer Frau geschlafen haben, ich will Sie, und Sie werden sehen, es wird Ihnen gefallen! Ev hatte gespürt, wie sie rot wurde. Wie eine Jungfrau im Freudenhaus! Die

Erinnerung daran versetzt ihr einen Stich. Verdammt, diese Frau ist wirklich unverfroren! Ev lacht vor sich hin ... Und für Bastide hat sie gerade mal ein Kopfnicken übrig gehabt. Ev freut sich noch immer daran, was der für ein Gesicht gemacht hat, der alte Depp! Sie hat schon so manch andere vor ihm schöntun und sich verrenken sehen, woraufhin das Schwein sie demütigte und im Handumdrehen zur Schnecke machte. Coache dagegen hat ihn dumm dastehen lassen, indem sie ihn einfach ignorierte. Ev denkt, dass die schöne Quebecerin sich wahrhaftig was traut. Denn er hat einen langen Arm, dieser Bastide, ein Lüstling, der in dem Ruf steht, in drei Sätzen eine Karriere zu lancieren oder zu zerstören. Bastide erträgt es nicht, dass man ihn ignoriert, Ev kennt ihn nur zu gut, er wird Hackfleisch aus ihr machen. Kaum hatte Coache ihm den Rücken gekehrt, wetzte er schon die Zähne. »In was für einer Absteige haben Sie denn diese kleine Provinzlerin aufgelesen, mein armer Trouë?« Ev hatte rot gesehen. Diesem Bauerntrampel würde sie es zeigen! »Ach übrigens, Léon«, erwiderte sie ihm, »wie geht es denn Ihrer Frau? Ich habe sie heute Abend noch gar nicht gesehen. Sollte sie ohne Sie in die Auvergne zurückgekehrt sein?« Trouë, Léautaud und der ganze Kreis sahen das Bild vor sich. Ein gewöhnliches Mädchen, immer in zu enge Röcke gezwängt, mit roten Haaren und zu Markte getragenem Busen und Hintern ... Ev hat Bastides Frau nie begegnen können, ohne an eine Regimentshure zu denken. Eine billige Person, die ihn betrog wie sie rauchte, in Kette. Und ausgerechnet er lässt es sich einfallen, eine andere als Flittchen und Provinzlerin zu beschimpfen! Ev kocht noch immer. Und deren Bücher er obendrein nicht mal gelesen hat! Ob er sie liest oder nicht, Bastide wird kein Pardon kennen! Sollte er eine Rezension schreiben, wird sie vor Gift und Galle sprühen. Es ist aber auch idiotisch, denkt sie gleich darauf, sich so lässig zu geben, wenn man sein Buch verkaufen will! Dabei fehlt es Coache eigentlich nicht an Professionalität. Lescop hat sie neulich Abend in den Himmel gelobt. Ein durchschlagender Medienerfolg! Ev zweifelt keinen Augenblick daran; Lescop versteht diesen Job wie keine zweite in Frankreich. Sie fragt sich plötzlich, was da los war. Coache ist eigentlich zu klug, um einem Star wie Bastide die kalte Schulter zu zeigen. Vielleicht war sie sich seiner Bedeutung nicht bewusst. Schwer zu glauben – Lescop hätte sie nicht in diesen Dschungel losgelassen, ohne sie vorzubereiten ... Obwohl, denkt Ev weiter, Coache hat auch Léautaud keinerlei Beachtung geschenkt ... Tatsächlich hatte sie nur Augen für sie, wird ihr klar. Isabelle Coache war nicht dort, um sich ins Fernsehen zu bringen oder um sich Stars wie Bastide an den Hals zu werfen ... Verflixt noch mal, was ist das nur für eine Frau? Kaum angekommen, macht sie schon einer Frau Avancen! Und außerdem schreibt man nicht auf diese Art über Leidenschaft, ohne eine Menge vom Thema zu verstehen. Vorsicht ist angebracht, beschließt Ev. Es kommt nicht in Frage, auf eine Abenteuerin hereinzufallen! Im übrigen wird bestimmt das eine oder andere Gerücht über sie in Umlauf sein ... Chloé wird Bescheid wissen. Sie verkehrt in allen Nachtclubs. Und in Sachen Klatsch, da kann ihr nicht mal Lescop das Wasser reichen! Am besten wird sie sie gleich morgen früh vom Büro aus anrufen.

Mit ihrer Idee zufrieden, muss Ev gähnen. Sie wirft einen Blick auf die Uhr. Fünf vor halb eins. Sie nimmt ihre Brille ab, schüttelt die Kopfkissen auf. Für heute hat sie genug an Isabelle Coache gedacht. Bastide taucht vor ihrem Auge auf. Ev knipst das Licht aus, streckt sich unter den Laken aus. Bastide hatte sprachlos dagestanden. Er fürchtet sie, mit ihrem Geld und ihrem Rang. Armer Kerl! ... Lina Bastide kam gerade von der Bar, Ev sieht sie wieder vor sich. Sie war im Gespräch mit Isabelle, als sich Bastides Gattin hinter ihr vorbeischlängelte, in ziemlich angeheitertem Zustand. Was für ein Kontrast zwischen den beiden Frauen. Sie erinnert sich an ihr Gefühl, es wurde ihr klar, dass Bastides Beleidigungen sie persönlich getroffen hatten. Genau in dem Augenblick hat Ev es gespürt – dieses große Raubtier gehörte ihr bereits ... Ev atmet tief aus. Alles oder nichts. Kein Abenteuer für eine Nacht. Es wird alles oder nichts sein, das weiß sie. Völlig verrückt, murmelt sie. Sie überlässt sich dem Schlaf.

»Madame Anckert ist im Moment in einer Sitzung. Möchten Sie eine Nachricht hinterlassen?« Es ist Punkt fünfzehn Uhr. Warum sagt sie ihr, sie solle um diese Zeit anrufen, wenn sie da einen Termin hat? Isabelle ist wirklich unverbesserlich naiv. »Nein danke, ich rufe wieder an ...« Sie wird nicht wieder anrufen. Ev Anckert hat sie vollkommen vergessen.

»Einen Moment bitte, ich bin gleich wieder bei Ihnen ...« Sie hatte *vor* fünfzehn Uhr gesagt. Das ist es, ich rufe zu spät an, Ev hat keine Zeit mehr. Hätte sie nur nicht zehn Minuten gezögert, bevor sie zum Hörer griff! Diese Frau bringt sie aus der Fassung. Sie schüchtert sie ein, mit ihrem Selbstbewusstsein, ihrer natürlichen Eleganz, ihrem ironischen Lächeln und ihrer atemberaubenden Schönheit. Und diese Art, sie anzuschauen, wie ein Möbelstück, das im Auktionshaus zum Verkauf steht! »Hallo? Madame Coache? Ich verbinde Sie sofort mit Madame Anckert. Bleiben Sie bitte dran.«

Isabelle atmet tief ein. Heiliger Sigmund, fleht sie, mach, dass sie keine Zeit hat! Hör auf, den Kopf in den Sand zu stecken, widerspricht sie sich sofort, du stirbst vor Verlangen, sie wiederzusehen! Sie hat Lampenfieber, das ist es, sie steht zwei Meter neben sich. Schon den ganzen Tag hat sie in einer Art Trancezustand über ihrem eigenen Körper geschwebt, das Hirn im Koma und das Herz im Griff einer eisernen Faust. Kein erhebendes Gefühl, eher etwas wie Panik. Elend, so was von elend hat sie sich den ganzen Tag gefühlt! Man hätte ihr auf den Fuß treten können, und sie hätte sich noch entschuldigt! Schuld war diese alte Kuh. Normalerweise mangelt es ihr ja nicht an Schlagfertigkeit, aber das war zu viel des Guten gewesen ... Eine widerwärtige Alte mit einer klapprigen Brille auf der Nasenspitze. Ein Waschweib im Kabäuschen der Fahrkartenausgabe. Sie hat sich zusammengerissen, hat deutlich artikuliert, mit so wenig Akzent wie möglich. Zwo, vier, sechs, die verfluchte Alte zählte die Maschen ihres Strickzeugs. Ganz ruhig, hat sie sich gesagt, wahrscheinlich ist sie stocktaub. Sie hat also noch einmal wiederholt, diesmal mit erhobener Stimme: »Zwei Billets für die Metro!« Und die andere zählte weiter die Maschen, ohne mit der Wimper zu zucken. Isabelle glaubte zu träumen. Das gibt's doch nicht, ich bin in einem Film! Nein, bei *Versteckte Kamera!* Ein Mann hatte lautstark gemeckert: »Also was ist jetzt?! Wollen Sie nun mit der Metro fahren oder nicht?« Sie hat sich umgedreht, und hinter ihr steht eine ganze Schlange! Das war zu viel. Sie klopft an die Scheibe. Das Waschweib hebt die Augen zu ihr: »Ich verkaufe keine Billets, sondern Tickets!« Sie wendet sich wieder ihrem Strickzeug zu, ohne ihr die zwei Fahrkarten zu geben. Sie hätte schreien mögen. Von hinten schimpfte es, von vorn zickte es, sie hatte die Phantasie, der Alten eine Stricknadel in die Nase zu stoßen, und gleichzeitig sah sie sich in einer Ecke zusammensacken und jammern wie ein Kind. Da hat ihr gesunder Menschenverstand die Oberhand gewonnen, und sie sagte mit ihrem breitesten Akzent: »Okay, Donnerkeil, jetzt reicht's aber! Schiebense rüber, was ich verlangt hab!« Jetzt bist du dran mit Übersetzen, hat sie sich gefreut. »Also, was wollen Sie denn?«, ohne die Nase von ihrem Strickzeug zu heben! Da hat sie sich geschlagen gegeben: »Zwei Tickets ...« Ihre Stimme war im Keller. Und als ob es noch nicht genug wäre, raunt das Waschweib ihr mit einem triumphierenden Lächeln auf den pergamentenen Lippen zu: »Na also, sehen Sie? Tut doch gar nicht weh!« Das hat sie für den Tag zur Strecke gebracht. Kolonisiert, niedergewalzt. Ein Putenei in einem Hühnernest. Den ganzen Tag neben sich ... Und jetzt zappelt sie am Ende der Leitung. Tief atmen, Coache, atmen! Zumindest, redet Isabelle sich zu, hat sie meine Bücher zugeschickt bekommen. Vielleicht ist das ja alles, was sie interessiert. Claire war beunruhigt: »Soso, meine Liebe, die gute Anckert interessiert sich also für dich! Vergiss nur nicht, dass du einen Exklusivvertrag mit uns hast!« Ev Anckert glaubt vielleicht, dass sie sie umgarnt, um von ihr verlegt zu werden ... Nein, nicht nach dem, was Isabelle an dem Abend zu ihr gesagt hat. Sie bekehren! Toll stehst du jetzt da, sie muss dich für eine Wölfin halten ... Coache, atme, atme, du bist doch schließlich auch nicht Rotkäppchen!

»Wie geht es Ihnen, liebe Frau Doktor?« Evs Stimme stürzt über sie herein. Eine Lawine. Isabelle bekommt Magenflattern. Sie spürt den neckenden Unterton. Die Stimme nimmt sie gefangen, warm, ganz warm.

»Ich erlaube Ihnen, mich Isabelle zu nennen.« Ev lacht. Ein Lachen, das aus dem Bauch kommt. Isabelle erschauert.

»Ihre Bücher habe ich schon bekommen, und ich danke Ihnen dafür. Ihre Pressestelle ist sehr effizient. Die Lektüre hat mir viel Spaß gemacht. Ich hoffe, Sie haben zum Abendessen Zeit?« Ja, natürlich. Wildes Herzklopfen in den Ohren. »Ich komme vorbei und hole Sie in Ihrem Hotel ab, und ...« Isabelle findet den Gebrauch der Sprache wieder und unterbricht sie.

»Ist es nicht einfacher, wenn wir uns im Restaurant treffen?«

»Nein, überhaupt nicht, das versichere ich Ihnen. Und ich hasse es, zu warten.« Warum lacht sie dabei?

»Es ist Ihnen also lieber, dass ich auf Sie warte?«

»Ich werde um achtzehn Uhr da sein. Ich werde Sie nicht schmachten lassen.«

»Oh, das ist schon passiert!« Jetzt weiß Isabelle wenigstens, warum sie lacht.

»Ich verabschiede mich jetzt ... Wir sehen uns später.«

Isabelle versucht, ihren Akzent zu ergründen, der weder deutsch noch flämisch ist. Ev ist im Begriff aufzulegen.

»Aber Sie haben meine Adresse gar nicht!« Sie schreit fast in den Hörer, um sie noch zu erwischen.

»Keine Angst«, erwidert Ev. »Ich habe alles, was ich brauche!« Sie legt auf.

Wie ist sie an ihre Pariser Adresse gekommen?

Als Isabelle die Tür öffnet, fällt ihr Blick sofort auf sie. Ev sitzt in einem der Sessel im Empire-Stil, die die Besitzer des Gasthauses großzügig in der Nähe der Toiletten plaziert haben, in einer Nische, die durch eine kleine Glaswand vom Korridor abgetrennt ist und wie ein Vorzimmer wirkt. Isabelle errötet, geschmeichelt, dass Ev hier auf sie gewartet hat, und sagt ihr in scherzhaftem Ton, sie passe perfekt in dieses sinnliche Ambiente. Ev steht lachend auf, kommt auf sie zu und sagt leise: »Es ist elf Uhr vorbei ... Ich lasse Ihnen die Wahl.« Ihr Gesicht ist ganz nah an dem ihren. »Wir fahren zurück nach Paris, und ich bringe Sie ganz brav in Ihr Hotel ...«, Isabelle hat nicht die geringste Lust, brav zu sein; sie legt ihre Hände auf Evs Taille, »oder wir verbringen die Nacht hier ...« Mit beiden Händen öffnet Ev einen Knopf ihrer Bluse, lässt ihren Blick in den noch sehr diskreten Spalt gleiten, den sie mit den Fingerspitzen erweitert. »... und ich verspreche dir, nicht brav zu sein.« Das plötzliche Du ist bereits eine Liebkosung. Ev taucht ihre Augen wieder in die ihren, erwartet ihre Antwort. Isabelles Finger gleiten ihren Rücken hinauf bis zum Nacken, sie reckt Ev ihre Lippen entgegen, ihre Brüste, ihren Bauch, ihre Schenkel, ihr feuchtes Geschlecht, Isabelle sagt mit dem ganzen Körper ja.

Ev macht Liebe wie sie ein Menü bestellt oder einen Termin vereinbart, mit der ruhigen Sicherheit einer Frau, die genau weiß, was sie will, ohne Arroganz, gelassen und friedlich, überzeugt von ihren Rechten, ganz ohne Selbstgefälligkeit, aber ihrer Ziele gewiss und der Mittel, über die sie verfügt, um sie zu erreichen. Ev nimmt ihr Geschlecht in den Mund, genießt ihre Lust wie eine

Feinschmeckerin, die sich am Ende eines Mahls eine Frucht gönnt. Isabelle ist der samtene Pfirsich, den sie benetzt und den sie leckt, die Himbeersauce, die Ev im Mund zergehen lässt, die Kirsche, an der sie knabbert, die in Sahne getauchte Erdbeere, die sie mit einem Happen verschlingt, sie ist die saftige, rosige, triefende Mango, an der Ev zart nagt und lutscht.

Ev hatte alles vorbereitet und kaum etwas dem Zufall überlassen. Zuerst ihre Adresse, die sie sich von Lescop hatte geben lassen. Dann dieses behagliche Gasthaus, das sich am Ufer der Loire in ein atemberaubendes mittelalterliches Ambiente einfügte. Ev hatte das Menü im Voraus ausgewählt, im Einvernehmen mit dem Küchenchef – ein achtgängiges, aber leichtes Feinschmeckermenü, große Weine, in Maßen ausgeschenkt, nichts, was zu Kopf stieg, alles, um die Sinne und das Begehren zu wecken. Malerei, Kino, Literatur, die Konversation floss zwischen den Gängen dahin. Eine steigende Flutwelle. Geschliffene Sätze ließen Isabelle an Evs Lippen hängen, mit eleganten Wortspielen und diskretem Siezen näherte Ev sich ihr sachte, mit Pausen und vielsagenden Blicken wickelte sie sie ein. Isabelle ging auf Ev zu, die hinter ihr Lachen zurückwich und sie doch mit magischen Bewegungen anzog und gefangen nahm; unmerklich wurden die Blicke zwischen ihnen feucht. Lausanne, Paris, die Balearen, Korfu, Sydney, Florenz, mit der intimen Geographie ihres Vorlebens umwarb Ev sie von ihrem Planeten aus, den Isabelle rundherum erforschte. Die Anmut ihrer Gesten, das ruhige Wasser ihrer Augen, die Berührung ihrer Stimme auf ihrer Haut, Isabelle geriet in Wallung, zupfte an ihrer Kette herum und spielte an ihrem Hals, Sand in der Kehle, Isabelle tauchte ein, um sie zu erreichen, und der Strand zwischen ihnen schmolz unversehens dahin. Isabelle sog ihre Gerüche ein, Ev verschlang sie mit Blicken, der Tisch zwischen ihnen verschwand. Eine geflüsterte Erinnerung, Ev hörte zu, interessierte sich, fragte nach, ihr Körper suchte den ihren,

Isabelle antwortete, Ev staunte, der Tisch tauchte wieder auf. Ev lächelte, ihr Finger spielte mit einem Salzkorn auf der Tischdecke, der Tisch zog sich zurück, ich will dich. Isabelle folgte mit den Augen einer blauen Ader bis unter das Wildlederblouson, der Tisch plusterte sich auf, ich werde mit dir schlafen. Ev schwieg, wir haben alle Zeit der Welt, der Tisch wurde lang. Isabelle griff nach dem Salz und ihre Hände leckten einander, ich vergehe vor Sehnsucht nach dir, der Tisch stürzte zusammen, und die Flut stieg.

Das Zimmer, endlich, das zusammen mit dem Tisch reservierte Zimmer, vorgesehen für die flammende Nacht, von der Ev ohne zu zögern ausgegangen ist. Ein sinnliches, lauschiges Zimmer, gemacht für rückhaltloses, schamfreies Schwelgen in der Lust. Als Isabelle es ihrerseits unternimmt, Ev die Bluse aufzuknöpfen, schiebt diese ihre Hände ruhig weg: »Nein, nicht jetzt. Ich will mich erst an deiner Lust erfreuen ...« Ev zieht sie aus, streichelt sie und redet dabei: »Mmmh ... Du hast Brüste wie eine Nixe!«, als sie mit der Hand über ihren Hintern fährt: »... zwei frische Brotlaibe!«, als sie mit dem Kopf zwischen ihre Schenkel taucht: »Du bist genau reif, scheint mir ...« Ev redet, und ihre Schamlosigkeit erregt Isabelle ebenso sehr, wenn nicht mehr, wie ihr Mund, der sie gierig verschlingt. Isabelle ist gekommen, im Stehen, mit weichen Knien. Dann noch einmal auf dem Bett, auf das Ev sie danach legte, während sie mit dem Blick tief in sie eindrang, tief in Isabelles Augen verankert, bis diese überliefen, bis sie unter ihren fliederblauen Augen explodierte und bei Evs letztem Vorstoß in ihren Leib die ihren schloss. Erst danach zog Ev sich ohne Eile aus, und sie durfte sie streicheln, während Ev sie sanft noch einmal nahm.

Später in der Nacht hat Ev sich nehmen lassen, mit der gleichen aufmerksamen Leidenschaft, die sie daran gesetzt hatte, Isabelle alles zu entlocken, was sie geben konnte. Isabelle hatte erst auf der Autobahn, unterwegs zu diesem traumhaften Landgasthaus, in das sie zum Essen entführt wurde, begriffen, warum Ev über ihr Angebot gelacht hatte, im Restaurant auf sie zu warten. Und von dem Moment an hatte sie gewusst, dass sie es mit einer außergewöhnlichen Frau zu tun hatte, deren Verführungskunst nicht nur in ihrem lebhaften, souveränen Humor und ihrem natürlichen, mit Geschick eingesetzten Charme lag, sondern zuallererst in der raffinierten Eleganz ihrer Selbstsicherheit. Sie bekehren, was musste sie da gelacht haben!

Geölt wie eine geschmeidige Mechanik, nimmt die Promotiontour seit acht Tagen ihren immer schneller werdenden Lauf und lässt ihr kaum mehr Ruhe zum Verschnaufen. Sie hätte Zeit gehabt, sich am späten Vormittag kurz ins Musée du Jeu de Paume abzusetzen. Eine Stunde, vielleicht zwei, um ihre Bruchstücke vor Bruchstücken von Licht wieder zusammenzusetzen ... Jetzt ist ihr Tag im Eimer! Sie hätte einfach nein sagen sollen – soll Claire doch sehen, wie sie mit ihren Terminen klarkommt. Ein Live-Fernsehauftritt um zwanzig Uhr, dann noch das Gespräch mit *Elle*, zack, zwischen zwei Radioterminen! Sie müsste sie zwingen, abzusagen ... Heiliger Sigmund, sie hat sich schon wieder überreden lassen! Ein zwangloses Mittagessen ... Sie wird ein Taxi ergattern müssen, wenn sie aus dem jüdischen Radiosender kommt. In der Hoffnung, dass die Aufnahme nicht ewig dauern wird. Das Restaurant ist am anderen Ende der Stadt. Zwangloses Mittagessen, von wegen! Isabelle kocht innerlich. Frage, Antwort, Frage, Antwort, ich drücke mich genauer aus, ich berichtige, ich erkläre, ich wiederhole, ich zitiere mich, ich wühle in meinem Hirn, ein Beispiel, etwas Konkretes, Fassbares. Währenddessen isst die andere, ihr Mikro in meinem Teller, ich picke zwischen zwei Fragen etwas, ich esse kalt, sie warm, ich trinke zu viel, sie nicht, ich komme k.o. da heraus, mit knurrendem Magen, benebeltem Hirn und erschöpftem Mundwerk! Auch wenn Isabelle es sich noch so fest vornimmt, sich selbst belehrt, sich vorbetet, es in Zukunft anders zu machen – sie redet sich in Fahrt, verteidigt ihr Buch, nimmt sich alles zu Herzen, man könnte schwören, dass ihr Leben davon abhängt. Timothée findet sie exzessiv. Du fährst immer mit vollen Segeln, verausgabst dich zu sehr, hält sie ihr vor. Vielleicht, Tim, vielleicht ... Manchmal beneide ich dich um deine Fähigkeit, jammert Isabelle, das Leben mit etwas Abstand angehen zu können. Manchmal, wie heute Morgen.

Verflixt, der Taxi-Funk rauscht ununterbrochen, es ist unmöglich, in Ruhe nachzudenken! Näselnde Stimmen, »Hallo, Zweiundfünfzig? Bitte kommen! Zweiundfünfzig? La Villette ist total dicht, ich wiederhole: total dicht!«, und das Ganze ins Mikro gebrüllt. Man kommt sich vor wie im Widerstand, mit den verschlüsselten Botschaften. »Hier Dreiundvierzig, Nachricht erhalten, ich wiederhole, Nachricht erhalten, Zweiundfünfzig!« Bei ihr geht jedenfalls alles den Bach hinunter. Die ersehnten Ferien am Ende ihrer Promotiontour muss sie noch einmal überdenken. Sie wird einen Blick in ihre Spielkasse werfen müssen. Trotz ihres Tickets mit offenem Rückflug wird sie, wenn ihre Mittel weiter dafür draufgehen, dass sie herumreist, um ihr Buch zu verkaufen, bald nicht mehr genug haben, um eine Weile frei wie der Wind zu sein. Alles hängt natürlich davon ab, wie viele Termine noch hinzukommen werden ... Was ist nur in sie gefahren, dass sie das vorgeschlagen hat? Eine Eskalation, wie in einer Zweierbeziehung. Isabelle hat sich betrogen, verraten gefühlt. Für Claire zählt allein das Buch. Und sie ist nichts als das Aushängeschild, das Claire von einem Ende Frankreichs bis ans andere schleift. Heiliger Sigmund, hier drin versteht man ja sein eigenes Wort beim Denken nicht! »Könnten Sie das Radio nicht etwas leiser stellen? Um sieben Uhr früh ist das ziemlich unangenehm!«

»Meinen Sie vielleicht, mir macht es Spaß, um diese Zeit in dieser Stadt von Bekloppten herumzufahren?« Sie warnen sich gegenseitig vor Polizeikontrollen. Der Taxifahrer, der sie kürzlich von der Gare du Nord zum Hotel fuhr, hat es ihr lang und breit erklärt. Ein echtes Netzwerk der Solidarität, sagte er stolz. Dafür ist dieser Fahrer heute ein Paradebeispiel! Er lässt das Mikro nicht aus der Hand, verpasst keine Nachricht, gibt seine Kommentare durch, brüllt Befehle, als bestünde akute Gefahr, durch eine Mine in die Luft gejagt zu werden! Wie ein nostalgischer alter Soldat. Er und Zweiundfünfzig müssen zusammen in der Résistance in die Lehre gegangen sein, in den Vierzigern.

»Ich verstehe, dass Sie Ihre Informationen brauchen, Monsieur, aber ginge das nicht auch etwas leiser?«

»Schon gut, schon gut!« Sie hat ihn entschärft. Er knurrt, dreht aber den Ton leiser. Das Knistern ist nun gedämpft. Sie atmet auf.

Und in dem Ganzen ist da noch Ev. Isabelle würde sich gern ein paar Abende freihalten, und ein paar Vormittage vor allem ... Am Mittwoch war sie nicht gerade fit gewesen. Mittags wäre sie am liebsten wieder ins Bett gegangen. Aber das konnte sie Claire nun wirklich nicht erklären. »Ist dir klar, meine Liebe, dass dein Buch sehr gut läuft? Man kann keine Interviews ablehnen ...« Isabelle ist hochgegangen. An die Promotiontour zwei Jahre zuvor kann sie sich noch gut erinnern, nein danke, so einen Marathon macht sie nicht noch einmal mit! Claire hat nichts begriffen. Sie hörte nicht einmal zu. »Tja ... Wenn du dir jetzt Starallüren leisten willst, musst du den Preis dafür zahlen!« Isabelle hätte sie erwürgen mögen. Statt dessen hat sie ins Telefon geschrien: »Allüren oder nicht, ich will keine so vollgestopften Tage mehr, wie du sie mir gerade aufhalst. Ist das klar? Ich werde ein oder zwei Wochen länger bleiben, wenn es sein muss, aber du wirst die Gespräche so verteilen, dass ich mich nicht völlig erschöpfe, wie es unweigerlich passieren wird, wenn du mir weiter wie in den letzten drei Tagen Zusatztermine reindrückst – übrigens ohne mein Einverständnis!« Claire hat am Ende der Leitung einen Moment geschwiegen und dann mit trockener, schneidender Stimme erwidert: »Wie du willst, meine Liebe! Ich sage dir allerdings gleich, dass ich nichts unternehmen werde, um in Montreal eine Verlängerung der einmonatigen Tour herauszuschlagen. Du willst die Tour ausdehnen, zwischen den Interviews Pausen haben? Einverstanden! Das geht dann auf deine Rechnung, nicht auf meine! Du kommst für die Zusatzkosten auf, einschließlich Fahrtkosten, haben wir uns verstanden?« Claire war dabei immer lauter geworden. Am Schluss brüllte sie in den Hörer. Isabelle hasst jeden Streit. Das ist ihre Achillesferse; sie verliert den Boden unter den Füßen, weiß nicht mehr, ob sie sich zu Recht oder Unrecht aufregt. Es kommt sogar vor, dass sie gar nicht mehr weiß, warum sie sich überhaupt aufgeregt hat. Sie hat nachgegeben. Um des lieben Friedens willen. Ihre Schwäche, ihr wunder Punkt, Frieden zu wollen um jeden Preis.

»Einverstanden, Claire. Es ist mir noch lieber, aus eigener Tasche zu zahlen, als mich in einem derartigen Marathon zu verausgaben.« Sie hatte sich soeben mit ihrem eigenen Strick erhängt. Ihre Antwort brachte Claire zum Lachen, die Atmosphäre entspannte sich, Isabelle legte auf, zufrieden mit ihrem Punktsieg. Um zehn Minuten später unter der Dusche zu realisieren, dass sie ihre vierwöchige Zwangslage soeben selbst auf sechs Wochen verlängert hatte. Ganz abgesehen von dem Geld, das es sie kosten würde. Das war es, was man einen Phyrrussieg nannte!

Aber wenn ihr Urlaub schon im Eimer ist, denkt sie trotzig, wird sie wenigstens etwas mehr Zeit haben, um Ev zu sehen! Vorausgesetzt, dass sie sie überhaupt wiedersieht. Schon Freitag, und sie hat noch nichts von ihr gehört. Jetzt, wo sie dich gehabt hat, Coache, und nicht zu knapp, wird sie in ihrem Eroberungsregister ein Häkchen neben deinen Namen machen, eine saftige, pikante Affäre, gewiss, aber nichtsdestotrotz abgehakt! Isabelle hatte beim Abschied gedacht, dass ihr »Auf Wiedersehen« auf künftige Rendezvous hindeute. Jetzt war sie sich nicht mehr so sicher. Die schöne Ev hatte sich den ganzen Heimweg über zurückhaltend gegeben – vielleicht auch einfach nur vorsichtig, wer weiß? Sie hatte sie am Morgen galant mit dem Auto bis unter das Vordach ihres Hotels gefahren. »Sie haben mir einen unvergesslichen Abend geschenkt.« Ev siezte sie, sehr 1900, sehr aristokratisch, die respektvolle, distanzierte Höflichkeit nach der orgiastischen Intimität. Dennoch lag auch Wärme in ihrer Stimme. Sie schien aufrichtig. »Das beruht auf Gegenseitigkeit ...« Heiliger Sigmund, so dummes Zeug in einem solchen Moment kann auch nur sie reden! Ev hatte gelächelt. Dann: »Auf Wiedersehen, Isabelle ...«, ohne ihr auch nur die Hand zu reichen, ohne anderen körperlichen Kontakt als den ihrer fliederblauen Augen, die sie noch einmal erforschten. Aber es vibrierte in der Tiefe. Sie hat eine Himmelbettstimme, in deren Klang Isabelle sich am liebsten neben sie legen würde. Hätte sie sich getraut, hätte sie sie ein letztes Mal geküsst. Nicht vor dem Hotel ... Der Gedanke, sich zu verrenken, um sie hinter dem Steuer zu erreichen, war absurd. Isabelle beließ es dabei, ebenfalls auf Wiedersehen zu flüstern; sie stieg aus und betrat das Hotel, ohne sich umzusehen. Ein Schauer überlief sie. Dieser Blick in ihrem Rücken, der sie noch liebkoste ... Ev wartete, bis sie durch die Tür war, ehe sie wieder losfuhr. Vielleicht war die Straße ganz einfach nicht frei gewesen.

»Ah, was für ein Saustall, dieses Land! Schauen Sie sich diesen Idioten da vorne an, der nicht mal Auto fahren kann! Und so was nennt sich Franzose! Scheißeinwanderer, jawohl!« Sie ist an einen Psychopathen geraten! Er sieht überall Idioten, eine regelrechte Paranoia! Die Fußgängeridioten, die den Autofahrern vor die Räder rennen, diese Idioten am Steuer, die nicht fähig sind, rechtzeitig Gas zu geben, die idiotischen Busse, die sich an den verdammten Endstationen kreuz und quer stellen und den ganzen Idiotenverkehr aufhalten, die verfluchten Staus an der Kreuzung, wo dieser Idiot von Polizist nichts tut, um den Verkehr zu regeln, und so geht es weiter, alles kommt dran, die Ampeln, der Kreisverkehr, der holprige Asphalt, die ungewöhnliche Hitze dieses Maimonats, die anderen Autofahrer vor allem, die er allesamt am liebsten erwürgen würde und als Sonntagsfahrer, Arschlöcher, Hinterlader und Drecksäcke beschimpft und, wenn ihm das Vokabular ausgeht, als Scheißalgerienfranzosen, sein höchstes Schimpfwort, das er unweigerlich mit einer obszönen Geste begleitet. Wenn sie sich sicher wäre, ein anderes Taxi zu finden, würde sie auf der Stelle aussteigen. Er bringt sie zur Weißglut. Wenn er nur zwei Minuten still sein könnte ...

»Du scheinst eine erstaunlich sittsame Frau zu sein ... oder eine sehr diskrete. Es sind jedenfalls keinerlei Gerüchte über dich in Umlauf!«, hatte Ev während einer Atempause zu ihr gesagt. Als umsichtige Frau hatte sie eine kleine Ermittlung über Isabelles Lebenswandel angestellt. Ev selbst ist stadtbekannt ... Ohne dass sie paranoid wäre, muss sie doch immer darauf achten, was geredet wird. Du hast gut daran getan, sie vor dem Hotel nicht zu küssen, redet Isabelle sich zu. Nein, das passt nicht zusammen ... Ev hatte sie mitten auf dem Korridor geküsst, da hätten Gott und die Welt sie überraschen können! Und vor der Zimmertür auch, zum Teufel, da hatte Ev schon angefangen, sie auszuziehen! Sie war keinesfalls übermäßig vorsichtig ... Eher strategisch, sie ließ sie in ihrem eigenen Saft schmoren. Das würde zu ihr passen, sich begehren lassen und sie dann pflücken, wenn sie »genau reif« war, wie sie sagte! Wer hat wen herumgekriegt, das ist hier die Frage. Ev wollte es jedenfalls ebenso sehr wie sie, da ist sie sich sicher. Wenn sie auf ihr Gefühl hörte, würde sie sofort zum Telefon greifen, um die Sache voranzutreiben ... Nein, nein, nein, nein, Coache, nichts überstürzen! Das ist das Letzte, was man bei Ev Anckert tun darf. Sie hat gern die Zügel in der Hand, man müsste dumm sein, das nicht zu sehen. Und bis jetzt, Coache, hast du richtig gesehen. Sie lässt sich gern nehmen, aber erst, nachdem sie dich genommen hat. Das Letzte, was man bei einer solchen Frau tun darf, ist, ihr nachzulaufen. Wenn sie Lust hat, dich wiederzusehen, weiß sie, wo sie dich finden kann ... Lass den Berg zu dir kommen, Coache ... Nur dieses eine Mal. Tja, meine liebe Timothée, wenn du mich hören könntest, du würdest dein Stativ fressen! Und wohlgemerkt, ich habe mich auch nicht interessierter als nötig gezeigt, sie wiederzusehen. Ich war letztlich auch eher distanziert, fast schon gleichgültig ...

Ihre Blicke begegnen sich im Rückspiegel, ein kurzer Kontakt, den er als Komplizenschaft deutet. Sofort bereut Isabelle die flüchtige Neugier, die sie bewogen hat, ihm den Blick zuzuwenden. »Es gibt keinen Respekt mehr in diesem Land, sag ich Ihnen, keinen Respekt mehr für gar nichts, mit diesen Scheißalgerienfranzosen da, diesen Lumpen, die uns unsere Jobs wegschnappen! Und es kommen jeden Tag Tausende von neuen dazu, in Marseille, wissen Sie? Lauter Mistkerle, sag ich Ihnen, Mistkerle, die überall Bomben legen. Die wollen hier alles hochgehen lassen, wissen Sie? Diese elende Drecksbande, diese miesen Schweine! Ich sag's Ihnen, die wollen alles hochgehen lassen in diesem Land, diese Wilden!« Seine rassistische Hasstirade übersteigt alles, was sie bisher gehört hat. Ein wilder, sinnloser Hass, der aus ihm herausquillt und sie angreift. Die Härchen auf ihren Armen stellen sich auf, sie sitzt sprachlos da und starrt ihn an. Er fährt fort: »Zum Glück gibt's Le Pen, da in Marseille. Der wird überall aufräumen, dieser Le Pen! Ich sag's Ihnen, der wird aufräumen, und keine Gnade! O nein, keine Gnade! Man ist ja nicht mehr Herr im eigenen Haus! Hier ... schauen Sie sich diese Schlampe an, da ... Ah, das ist ein Kerl, dieser Le Pen! Kennen Sie ihn?« Er dreht sich zu ihr um, um ihre Zustimmung zu erhaschen. Sie beeilt sich zu antworten: »Nein, und es interessiert mich auch nicht!« Aber er ist nicht aufzuhalten. Dieser Mann erschüttert sie. Sie kann nicht einmal seinem Blick standhalten, ein gequälter, verrückter, blinder Blick. Dieser Mann hat keine Ahnung, was er mit sich herumschleppt. Sie wendet den Kopf nach rechts, um Paris vorbeiziehen zu sehen, versucht ihm damit zu bedeuten, dass sie ihm nicht mehr zuhört ... Er soll still sein, das Maul halten, seine Gewalt versetzt sie in Angst und Schrecken!

Er schimpft weiter vor sich hin. Isabelle sieht ihn nicht mehr an, versucht, ihn nicht mehr zu hören. Jedesmal, wenn er sich zu ihr umdreht, greift seine rauhe Stimme sie an. Sie antwortet nicht, klammert sich an der äußeren Umgebung fest. Seine Sätze werden immer kürzer, unterbrochen von mürrischen Pausen.

Wieder speit er los: »Pah, sehen Sie, diese Scheißstaus! Wenn das nicht ein Elend ist!... Dieses Pack, das nach Paris strömt, verstopft die ganze Stadt! Die sind jetzt überall ... Das wird sich ändern ... muss sich ändern! Mit denen werden wir aufräumen, mit diesen Dreckslumpen, saubermachen werden wir!« Und er lacht, seine Schultern zucken, er fühlt sich stark. Ihr läuft es kalt den Rücken herunter. Sie fragt sich, wie viele Menschen es sein mögen, die wie er Le Pen mit dem Messias verwechseln, die ihr Land säubern wollen von all jenen, die ihren Müll fortschaffen, ihre Straßen neu teeren und ihre Wohnungen putzen. Sie fragt sich, wie viele es sind, die zu einem Blutbad aufhetzen ... Dieser Typ macht sie krank.

»Halten Sie hier an! Ich steige aus!«, befiehlt sie.

»Hier? Aber Sie sind noch nicht da, gute Frau! Es sind noch zehn Minuten, vielleicht eine Viertelstunde, wissen Sie?«

»Ja, ich weiß. Lassen Sie mich trotzdem hier raus.«

»Wollen Sie denn zu Fuß gehen?«

»Was schulde ich Ihnen?«

»Na gut. Wie Sie wollen ... Oje, oje, was für eine Scheiße, dieser Beruf!«

»Sie sollten ihn wechseln!« Sie will hinzufügen: zum Wohl der Allgemeinheit, aber er unterbricht sie.

»Ich – den Beruf wechseln? Sie machen wohl Witze! Ich fahre seit dreißig Jahren Taxi!« Er lacht und schüttelt den Kopf, bezeichnet sie sicher innerlich als idiotische Touristin.

Sie verlangt keine Quittung, gibt ihm kein Trinkgeld und steigt schleunigst aus. Sie schämt sich, sie hat nicht den Mut gehabt, ihn zurechtzuweisen, ihm zu sagen, wie sehr er sie anwidert, und sie zittert vor Wut, als sie den Boulevard überquert, um in den Parc Monceau zu gelangen, den sie auf der anderen Seite erblickt hat. Herrlich, ein Hafen der Ruhe und des Friedens nach diesem Schwall rassistischer Gewalt.

Sie war nur fünf Minuten von dem jüdischen Radiosender entfernt, hat ihn jedoch trotz des Stadtplans, den sie immer mit sich herumträgt, weitere fünf Minuten suchen müssen, weil die sorgfältig notierte Adresse an das Ende einer Sackgasse führte, in die man erst durch einen Torbogen ohne Nummer und ohne Hinweis auf den Sender hineinfinden musste. Sogar die riesige Holztür, die sie am Ende eines Innenhofes entdeckt, ist anonym, stumm bis auf eine Vinyltafel: Bitte klingeln und warten. Die Tafel hebt sich von dem wurmstichigen Holz des Tores ab, das zum früheren Stall eines herrschaftlichen Stadthauses zu gehören scheint. Ein Tor, das sich zu ihrer Überraschung automatisch öffnet, durch eine elektrische Vorrichtung, von der sie nur das leise Klicken des Auslösers hört. Und sie hat plötzlich das Gefühl, aus dem Widerstand in den Bunker überzugehen.

In der ersten Nacht hat Isabelle nichts als das Feuer des nackten Begehrens gesehen, als Ev sie um fünf Uhr weckte, um sie zu überraschen und sie mitten aus dem Schlaf heraus von hinten zu nehmen. Ev genießt sichtlich die Lust, die sie ihrem Körper geduldig entlockt, wenn sie, erschöpft von den erlebten Orgasmen, unter ihrer Zunge oder ihren Fingern wieder feucht zu werden beginnt. Ev flüstert Unanständigkeiten, die sie schrecklich erregen, und sie gibt sich hin, jedes Mal erstaunt, noch ein weiteres Mal zu kommen, wenn sie sich gerade für klinisch tot erklären will.

Ev hat ihr gesagt, sie gebe sich mit der Großzügigkeit eines jungen Mädchens hin. »Da kennst du dich wohl aus!«, hat sie ihr süß-sauer geantwortet.

»Sag mal, was glaubst du denn? Dass ich Minderjährige verführe?«

»Nein, nicht unbedingt. Aber ich kann mir gut vorstellen, dass du bei den jungen Dingern Verheerungen anrichtest. Ob minderjährig oder nicht, sie werfen sich dir bestimmt alle an den Hals!«

»Sehr schmeichelhaft, danke! Ist aber nicht mein Fall.«

»Ach, wenn das so ist, was weißt du denn dann von der Großzügigkeit der jungen Mädchen?«

»Du verlierst wohl nie den Faden, scheint mir ...« Da Isabelle nichts erwidert, fügt Ev amüsiert hinzu: »Ich habe eine entschiedene Vorliebe für reife Frauen. Beantwortet das deine Frage?«

»Nicht wirklich ... Es fällt mir schwer, dir zu glauben.«

»Na sag mal, was muss ich denn noch alles tun, um dich davon zu überzeugen, dass ich gerne mit Frauen in den Dreißigern vögele? Und ganz besonders mit zweiunddreißigjährigen?«

»Oh, das weiß ich bereits ... Das weiß ich sogar sehr gut ... Aber der Rest?«

»Was, der Rest? Die jungen Mädchen?«

»Ja ...«

»Na hör mal, Isa, hast du denn noch nie eine Affäre mit einer ganz jungen Frau gehabt?« Diese Kurzform ihres Namens haben andere auch schon benutzt, nach ein paar Wochen oder Monaten. Ev dagegen erlaubt es sich schon in der zweiten Nacht.

»Nein, nie«, antwortet sie lachend.

»Das glaube ich dir nicht ...«

»Wenn ich's dir sage, Ev, nie! Aber ich habe meine ganze Jugend über davon geträumt, von einer zehn, zwanzig Jahre älteren Frau verführt zu werden ...«

»Von einer erfahrenen Frau eben!«, präzisiert Ev sofort.

»Ja ...«

»Aha, soso ... Die beim zarten Körper eines jungen Mädchens schwach wird?«

»Ev Anckert! Erst schwärmst du von ihrer Hingabefähigkeit und jetzt von ihrem zarten Körper ... Junge Mädchen machen dich wirklich an, oder?«

»Jaja, ist ja gut, ich gestehe! Ich habe es probiert, es hat mir gefallen, sehr sogar, aber es ist eine hochexplosive Sache! Es ist entsetzlich kompliziert, und ich habe seit Ewigkeiten keine mehr angerührt! Beruhigt Sie das, Frau Doktor?«

Isabelle lässt sich nicht mehr täuschen. Wenn Ev verlegen ist, reibt sie ihr ihren akademischen Titel unter die Nase, mit einer Spur von Misstrauen in der Stimme, wie ein belastendes Indiz, ein verräterisches Höschen, das sie ganz unten in ihrer Handtasche entdeckt hat. Isabelle geht darüber hinweg, ihre Neugier siegt über die Spottlust.

»Zu gefährlich oder zu anstrengend?«

»Beides. Und dazu noch der mütterliche Instinkt, der unfehlbar geweckt wird. Aber sag mal ...« Evs Stimme an ihrem

Hals heckt etwas aus, Isabelles Sinne sind auf der Hut. »... Ist das ein Verhör, dem du mich hier unterziehst?« Evs Mund umschließt ihr Ohr, kriecht unter das Läppchen, ihr Atem spielt Horn, ihre Zunge spielt Schubert, Isabelle lacht los und schlingt den Arm um ihren Hals.

»Nein, ein Persönlichkeitstest!«

Evs Lachen stürzt über ihre Hügel hinab, die ihre Hände alsbald belagern. Ev verliert niemals das Ziel aus den Augen.

»Dachte ich es mir doch, mit einer Seelenklempnerin ...« Ev nimmt sie um die Taille und zieht sie auf sich. »Ich werde einen Persönlichkeitstest mit *dir* machen ...« Isabelle küsst sie leidenschaftlich, Ev öffnet sich unter ihr und packt ihre Pobacken mit beiden Händen. »Los«, befiehlt sie lachend, »jetzt zeig mir mal, was du kannst!«

Isabelle hat sie langsam genommen, mit ruhigen Bewegungen, geduldigen Liebkosungen, in der Schwebe gehaltener Lust. Sie liebte es, ihr Begehren zu spüren, wie sie sich bewegt, ihre Hand, ihren Mund sucht, schnell atmet, sich auf ihrem Schenkel aufbäumt, sich anspannt, sehnend und gierig, und zu sehen, wie sie ihr entgegenkommt, wenn sie in sie eindringt, sie liebt es, sie weit offen zu sehen, glücklich und bewegend, sich in ihr tiefstes Inneres zu begeben und dort ein Feuerwerk zu entzünden, panoramische Klänge hervorzurufen, sie liebt es zu hören, wie sie kommt, sie zu hören und zu sehen, wenn sie in ihren Armen wiedergeboren wird.

Isabelle schläft wie ein Murmeltier im Winterschlaf. Ev hat sie gegen fünf Uhr genommen, draußen war die Luft blau. Sie ist untergegangen wie ein Stein, wie beim ersten Mal, während Ev ihrem tiefsten Unbewussten die Lust entriss, sich tief in sie hineingrub, ohne Umwege, die Brüste gegen ihre Schulterblätter gepresst, einen Arm fest um ihre Taille geschlungen, und sie bei jedem Stoß an sich zog. Und als sie kam, so heftig wie in der ersten

Nacht, flüsterte Ev, den Mund dicht an ihrem Ohr, mit ihrer eigentümlich kehligen Morgenstimme, etwas über Hengste, die den Sattel nicht ertragen, die man ohne reiten muss, die Schenkel gegen die Flanken gepresst, um dem Pferd zu spüren zu geben, besser als mit den Zügeln, dass es seinen Meister gefunden hat. Immer noch in ihr, hat Ev sie erneut genommen, diesmal mit mehr Zärtlichkeit als Leidenschaft, ist dann aufgestanden, hat ihr die Laken bis zum Hals hochgezogen und geflüstert: »Schlaf weiter, Belle, ich komme dich in zwei Stunden wecken.« Isabelle ist wieder in Schlaf versunken, sie hat nicht gehört, wie Ev zu ihrem Morgenlauf hinausging.

Ev weckte sie mit einem keuschen Kuss auf die Lippen und mit dem Duft von Kaffee und Croissants, die auf einem riesigen Tablett voller Früchte, Käse und Wurst standen. »Ev, du verwöhnst mich, ich werde nirgendwo anders mehr schlafen wollen als bei dir!«

»Das will ich auch meinen!«

»Läufst du jeden Morgen einen Marathon?«

»Nein, Darling, nur nach den Nächten, die ich mit dir verbringe!«

»Darling! Mmmh ... das gefällt mir! Ich dachte, du seist Schwedin oder so? Das klingt eher britisch, oder? Wie dein Humor, im Übrigen.«

»Was ist mit meinem Humor?«

»Du hast den Humor einer englischen Lady ... Und dein Akzent, ist der slawisch oder skandinavisch oder was?«

»Ah ... Na endlich! Dein Mangel an Neugier wurde langsam beunruhigend.«

»Oh, du wirst sicher so viel angeflachst, mit deinem Akzent ...«

»Angeflachst! ... Manche deiner Ausdrücke sind köstlich!«

»Mach dich nicht lustig. Mein Französisch ist ebenso gut wie deins oder das von sonst wem in Frankreich!«

»Hui ... Das ist wohl ein kitzeliger Punkt, wie?«

»Stimmt! Ständig werde ich korrigiert, in der Metro, in der Kneipe, auf der Post – heiliger Sigmund, das ist schon zum Kitzeligwerden, wie du sagst!«

Ev lacht laut los. Isabelle betrachtet sie, hingerissen. Ev lacht oft, lebhafte Ausbrüche, die sie plötzlich überkommen, wegen eines Witzes, einer Formulierung, einer zotigen Anspielung, eines unerwarteten Vergleichs, einer Anekdote ... Ev lacht wegen Kleinigkeiten, spontan, ihren Spaß im Augenblick genießend, dann erlischt ihr Lachen so schnell, wie es gekommen ist, ein Blitz von Freude auf dem tiefen, stillen Wasser ihres schönen Gesichts.

»›Heiliger Sigmund!‹ Wo hast du denn den Fluch her?«

»Das ist ein blütenreiner Coache!«

»Blütenrein ... Noch einer von deinen Ausdrücken?«

»Du machst dich schon wieder über mich lustig ...«

»Überhaupt nicht, Darling ... Es gefällt mir!«, erklärt sie und küsst sie in die Halsbeuge, um sofort weiterzuspotten: »Ich hatte keine Ahnung, dass man ihn heiliggesprochen hat!«

»Das haben die Psychoanalytiker längst erledigt, ist dir das entgangen?« Ev lacht wieder, eine sprudelnde, unversiegbare Quelle. Isabelle lässt sich von der Freude mitreißen, da zu sein, lebendig in dem großen, zerwühlten Bett mit dieser energiegeladenen, sagenhaft blonden Frau, die so gern lacht und liebt. Was weiß sie noch über sie? Vereinzelte Bruchstücke, die sie versucht, sinnvoll anzuordnen. »Nun erzähl mir doch einmal etwas von dir«, setzt sie wieder an. »Bist du Engländerin?«

»Mmmh ...« Evs lange Hand zeichnet eine vage Geste in die Luft. Isabelle lässt ihr Zeit, ihren Bissen herunterzuschlucken.

»Bist du in England geboren?«, hakt sie nach.

»Es ist komplizierter!«

»Ev, ich hasse Rätselraten!«

»Dann hast du Pech!«

»Heiliger Sigmund! Also gut ... Dein Vater ist Engländer, deine Mutter Schwedin ... Nein, das ist es nicht. Anckert – ist das deutsch?« Ev lässt sie im Dunkeln tappen, amüsiert sich königlich. »Gut, jetzt hab ich's gleich ... Dein Vater ist Deutscher, deine Mutter ... sagen wir mal Skandinavierin, stimmt's? Und du bist von einer französischen Kinderfrau im tiefsten Devon aufgezogen worden!« Ev lacht tief aus dem Bauch.

»Und warum Devon?«

»Irgendwas Englisches muss doch dabei sein, oder? Ach was, ich gebe auf, ich sage nichts mehr, eher beiße ich mir die Zunge ab!« Evs Augen funkeln über ihrer Butterschnitte.

»O nein, Darling! Die brauche ich noch ...« Ihr »r« gurrt aufreizend; Isabelle spürt, wie sie bis ins Mark errötet, was Ev vorgibt zu ignorieren. Mit triumphierendem Lächeln fährt sie fort: »Aber zugegeben, du bist nah dran. Mein Großvater war Niederländer, Diamantenhändler. Sehr reich, versteht sich. Was ihm erlaubt hat, die jüngste Tochter einer alten englischen Familie zu heiraten, eine Stevenson ...«

»Stevenson wie der Tee?«

»Wie der Tee, unter anderem. Kurz und gut, sie bekamen viele Kinder, darunter meinen Vater, der es als junger Mann für sinnvoller hielt, sich um den Import von Ideen zu kümmern, statt um Diamanten. Er hat die Editions Anckert gegründet.«

»Dein Akzent – ist der niederländisch?«

»Ein Mischmasch ... Meine Mutter als gute Diplomatentochter – sie ist Schwedin, wie du richtig erraten hast –, meine snobistische Mutter hat es für unabdingbar gehalten, dass ihren Töchtern, wir sind drei, eine hochkarätige Erziehung in einem internationalen Milieu zuteil wird. Und so geschah es! Ich war also von meinem siebten Lebensjahr an in einem Internat in der Schweiz, gefolgt von weiteren Internaten, wo ich diesen Akzent und alles andere her habe!«

»Was denn noch?«

»Na, den Charme einer englischen Lady, Darling!«

»Verstehe ... Die Vorliebe für Pferde, Reisen, alte Autos, die feine Küche ...«

»... den ganzen Firnis der alten europäischen Aristokratie, jawohl!« Ihr Lachen verschluckt die letzten Silben.

»Und die Vorliebe für Frauen?«, lässt Isabelle zwischen zwei Schlucken Kaffee einfließen.

»Habe ich auch in den Internaten erworben, Darling, zusammen mit meiner Bierkutschersprache!«

»Du redest mit Bitterkeit davon, oder täusche ich mich?« Ihre fliederblauen Augen spießen sie auf, ihre zwei schönen Falten an den Mundwinkeln vertiefen sich, Ev lacht spöttisch. »Warum lachst du?«, erkundigt sich Isabelle.

»Ich lache über die Seelenklempnerin in dir, die unablässig analysiert. Hast du dir jetzt dein Bild gemacht, ja? Bei all den Beobachtungen, die du seit dem ersten Abend sammelst!«

»Schockiert dich das?«

»Nein, überhaupt nicht, nein ... Ich würde eher sagen, dass es mich erregt, mit einer Frau Doktor der Psychologie ins Bett zu gehen ...« Hoppla, das ist es also, der Reiz des Unbekannten, eine Feder an ihrem Hut!

»Ist das der Grund, warum du mich wolltest? Wegen eines Stück Papiers, das eingerahmt an der Wand hängt?« Die Frage ist ohne Vorwarnung herausgeplatzt.

»Und wolltest du mich, weil ich Verlegerin bin?« Auf die Gegenfrage war Isabelle nicht gefasst. Verflucht, hat diese Frau ein schnelles Mundwerk! Und es macht ihr obendrein noch Spaß!

»Nein, Ev, wegen deines Akzents. Wegen deiner Stimme vor allem ... Die Farbe deiner Augen, die Art, wie du dich bewegst, wie du mich ansiehst. Dein Händedruck, auch ... Nichtige Einzelheiten, die mich verzaubert haben ...« Isabelle ist ernst geworden. Sie hat keine Lust mehr herumzualbern. Ev sagt nichts, hört ihr aufmerksam zu. »Ich wusste nicht, dass du Verlegerin bist, Ev. Ich wollte dich gleich auf den ersten Blick. Ich schlafe mit dir, weil ich dich begehre. Der Rest ist mir egal. Ich gehe jedenfalls nicht mit Titeln ins Bett!« Ev fährt sich mit der Zunge über die Lippen, schluckt schweigend.

»Tja, also ... jetzt weiß ich wenigstens, woran ich bin! Bist du immer so direkt?«

»Du bist es, die direkt ist. Du sagst mir, es errege dich, Doktorspiele zu spielen. Ich schieße nur zurück.«

»Und zwar ziemlich scharf ...« Ev lässt ihr Lachen zu ihr hinüberschwappen. Isabelle bleibt in der Defensive.

»Das ist scharf? Du findest mich scharf?«

»Mmmh ... Und das erregt mich mehr als Ihre Urkunde, Frau Doktor!« Ev sucht mit den Augen Schutz in den ihren. Sie leistet Abbitte, ganz nebenbei, in scherzhaftem Ton. »Liegt die Psychologie eigentlich bei euch in der Familie?«, knüpft sie lächelnd an. »Du hast mir noch nichts über sie erzählt ...«

»Was genau willst du wissen?« Isabelles Stimme ist wieder sanfter geworden, die fliederblauen Seen funkeln, die Sache ist erledigt.

»Alles ... Komm, erzähl ... Hast du Brüder, Schwestern?«

»Ich bin Einzelkind. Die erste Psychologin und Doktorin in der Familie.«

»Ach ja? Ich hatte mir eine Familie von lauter Intellektuellen vorgestellt. Wissenschaftler, Denker, ich weiß nicht, ein Vater mit einem Lehrstuhl an der Universität?«

»Mein Vater war Priester und meine Mutter Miederwarenhändlerin.«

»Wie bitte? Priester? Du willst mich verschaukeln, oder?«

Isabelle schüttelt den Kopf. »Er war Jesuit. Es war Liebe auf den ersten Blick, als er meiner Mutter begegnete. So hat er es mir zumindest erzählt. Sechs Monate später legte er das Priestergewand ab und heiratete sie.«

Ev schaut sie verblüfft an. »Isabelle Coache, jetzt nimmst du mich aber wirklich auf den Arm, gib's zu!«

Isabelle schüttelt den Kopf, zuckt die Schultern. Was kann sie dafür, wenn die Geschichte ihrer Eltern wie ein Boulevardstück klingt?

Ev lacht über die Antwort und setzt ihre Befragung fort. »Wo sind sie sich denn begegnet?«

»Im Laden meiner Mutter. Er begleitete seine Schwester, eine Stammkundin. Sie kam dreimal im Jahr aus Toronto, um sich bei meiner Mutter einzudecken. Meine Mutter fertigte Leibwäsche nach Maß an, Hüfthalter, Büstenhalter, feine Dessous, kurz, du kannst du dir den Laden vorstellen.«

»Und er hat ihr den Hof gemacht, sobald er sie erblickt hatte? Im Jesuitengewand?«

»Nein, seine Schwester war ja dabei. Ich denke, er hat es erst einmal bei einer höchst verwirrenden Erektion und der Feststellung belassen, dass es mit seinem Keuschheitsgelübde nicht so ganz klappte. Drei Tage später ist er allein wiedergekommen, um ein seidenes Bettjäckchen für seine Schwester zu bestellen. Er hatte sich Hals über Kopf verliebt!«

»Was für eine unglaubliche Geschichte!«

»Glaubst du, ich erfinde sie?«

»Wenn das der Fall ist, Darling, dann stelle ich ganz Paris auf den Kopf und treibe dich Lelouch in die Arme! Der würde sich einen Ast lachen und einen Film daraus machen ...«

»Was haben denn Äste hier verloren?«

»Nicht Äste, Darling, einen Ast!«

»Na gut, dann eben einen Ast ... Und das heißt?«

»Also jetzt staune ich aber! Sich einen Ast lachen ... Kennst du das nicht? Sich kaputtlachen, sich krumm und schief lachen, das ist doch ein geläufiger Ausdruck ...«

»Na ja, du musst zugeben, dass das nicht gerade auf der Hand liegt!«

»›Blütenrein‹ allerdings auch nicht, würde ich sagen.«

»Also wenn wir jetzt anfangen, über Wörter zu streiten, haben wir ja 'ne Menge Holz zu bereden!«

»Eine Menge Stoff, Darling! Auf Holz klopfen wir hier, wir bereden es nicht!«

»Jaja, das ist wohlbekannt, ihr tragt gern Holz in den Wald!«

»Oje! Jetzt bist du schon wieder beleidigt! Die Empfindlichkeit gehört bei euch wohl zum Nationalcharakter, wie?«

»Wie der Schwachsinn zum französischen!«

Ev verschluckt sich, ihr Stück Käse verharrt zwei Fingerbreit vor ihren Lippen in der Luft. Ihre Augen wandern forschend über Isabelles Gesicht, die über die Heftigkeit ihrer Antwort selbst erschrocken ist und mit einemmal errötet. Wenn der Geist galoppiert ... »Tut mir leid, Ev, aber ich kann diesen hochmütigen Ton einfach nicht leiden, in dem ihr uns ständig korrigiert, sobald wir den Mund aufmachen. Du hättest mehr Sprachprobleme als ich, wenn es dich morgen nach Quebec verschlüge. Ich habe dir zumindest voraus, dass ich alles verstehe, was du sagst ... Abgesehen von dem einen oder anderen Ast, natürlich!«

Ev legt ihr Stück Käse auf das Tablett zurück. Sie bewegt sich ganz langsam. Sie nimmt Anlauf, um mich zum Teufel zu jagen, denkt Isabelle mit plötzlich verknotetem Magen.

»Gut, ich verstehe ... Ich werde es mir merken, da darf man nicht dran rühren! Einverstanden! Aber du sollst doch wissen, dass es nicht in meiner Absicht lag, dich zu verletzen. Ich finde ihn im Gegenteil ganz entzückend, deinen Akzent ... und dein blütenreines Quebecois!«

Isabelle lächelt schwach; es ist ihr unangenehm, sich wegen einer Sache so aufgeregt zu haben, die ihr jetzt nichtig erscheint. Es ist wahr, denkt sie, ich bin empfindlich. Sie hätte still sein sollen, es vorbeiziehen lassen, ihr Zorn war lächerlich. Der Reflex der Kolonisierten. Sie hat Verachtung in etwas gesehen, das nur eine Neckerei war. Nein, korrigiert sie sich sofort, es war ein Wortgefecht. In solchen Spielen ist sie nicht gut, und das ärgert sie. Sie möchte am liebsten gehen, jetzt sofort. Sich nicht mehr verteidigen müssen, sich auch nicht mehr ducken.

Ev streckt den Arm aus, streicht mit dem Rücken ihrer langen Hand über Isabelles Wange. »Na komm«, murmelt sie. »Du wirst doch wegen dieser kleinen Reiberei nicht mit mir schmollen, hm?« Eine flaumige Zärtlichkeit, die sie erschauern lässt. Evs Stimme fährt fort, ganz warm: »Sag mal, war es damals in Quebec schon ohne Weiteres möglich, das Priestergewand abzulegen? Wann hat sich das genau abgespielt?«

»Oh, Anfang der vierziger Jahre, glaube ich. Nein, warte ... Ich bin '52 geboren, es war nach dem Krieg, '49 oder '50 ...« Evs Aufmerksamkeit ist auf sie gerichtet, Isabelle fasst wieder Fuß, lächelt ihr zu. »Nein, so ohne Weiteres ging das nicht. Mein Vater hat sich mit dem Erzbischof von Montreal anlegen müssen. Er hat Schlagzeilen gemacht; ich erinnere mich, einmal einen Artikel gelesen zu haben, den er aufgehoben hatte ...«

»Eine unerhörte Geschichte, ist dir das klar? Hast du nie daran gedacht, einen Roman daraus zu machen?«

»Doch, natürlich. Als Kind habe ich versucht, die Comtesse de Ségur neu zu schreiben, indem ich meine Eltern, meine Tanten und Onkel einsetzte. Das passte wie angegossen!«

»Dabei hat die Ségur doch so gar nichts Modernes ...«

»Nein. Aber es erschien mir echter als meine Eltern. Ich fand, ich hätte keine echten Eltern, einen echten Vater oder eine echte Mutter, wie die anderen Kinder. Die meinen wirkten irgendwie falsch ... Na ja, es ist schwer zu erklären ...«

»Ich verstehe, Darling. Echte Eltern, die uns das Gefühl geben, echte Kinder zu sein, etwas in der Art.«

Isabelle nickt, stimmt schweigend zu. Diese Frau rührt sie plötzlich. Sie hat sie für abgeklärt gehalten, und nun zeigt sie sich sensibel, begabt mit dem Feingefühl einer Juwelenhändlerin, denkt sie lächelnd. Ev erwidert ihr Lächeln. Sie ist schön, weil sie lebendig ist, befindet Isabelle.

»Jedenfalls weiß ich jetzt, woher du deine Kühnheit hast!«, schließt Ev kichernd.

»Oh, meine Mutter war viel kühner als er ... Sie hatte ihr eigenes Geschäft aufgezogen und kümmerte sich ganz allein darum. Dazu brauchte man als Frau in jener Zeit Schneid! Und den hatte sie. Sie hat sich immer geweigert, den Laden zu verkaufen. Auch als sie verheiratet war, wollte sie nicht von einem Mann abhängig sein. Und sie stand bis zum Schluss hinter der Ladentheke.«

»Sie ist gestorben?«

Isabelle nickt.

»Oh ... Und dein Vater?«

»Er auch ... Zwei Monate nach ihr. Vor sieben Jahren.«

»Tut mir leid, Darling ...«

»Ach, weißt du, sie haben so alt geheiratet, da konnten sie gar nicht jung sterben.«

Ev prustet los, wendet den Kopf ab.

»Entschuldige, Darling! Ich wollte nicht lachen ...« Sie kann sich nicht beherrschen, ein liebenswerter Lachanfall. »Herrgott, ich kann nichts dafür, du hast eine Art, Sachen zu sagen ... Woher hast du nur diesen Humor?«

»Von meiner Mutter, glaube ich.«

»War die so lustig?«

»Nein, sie lachte selten ... Aber sie war ausgesprochen schlagfertig. Und ein Dickschädel. Ihr verdanke ich es, sehr früh gelernt zu haben, dass Lächerlichkeit nicht tötet. Na ja, manchmal schon, aber man ersteht sehr schnell wieder auf ...«

»Sie hatte also einen trockenen Humor?«

»Na ja ...« Isabelle trinkt einen Schluck Kaffee. »Sie hieß Gisèle. Mit Mädchennamen Bourré – ›ausgestopft‹. Ihr Laden in der Rue St-Denis trug ihren Namen. G. Bourré, Miederwaren. So stand es auf ihrem Schild, in großen Lettern in gold und pfirsichfarben. G. Bourré, Miederwaren ... Sie war die Einzige in ganz Montreal, die den Doppelsinn nicht sah. Oder nicht darüber lachte, was letztlich aufs gleiche hinausläuft ...« Ev biegt sich vor Lachen, dass das Bett wackelt. Isabelle lacht darüber, sie lachen zu sehen. Sie ist herrlich, wenn sie lacht.

»Oooh ... Mir tun die Rippen weh ... Sie hat doch bestimmt ein bisschen darüber geschmunzelt, oder? Sie kicherte allein in ihrer Ecke und machte euch allen was vor, glaubst du nicht?«

»Das würde mich wundern. Sie nahm sich sehr ernst. Und trocken – das war sie allerdings, da wuchs kein Gras mehr! Lustig war sie wirklich nicht ...«

»Hat sie dich geschlagen?«, fragt Ev wie auf Zehenspitzen.

»Nein, das war nicht nötig ... Sie war einschüchternd und verächtlich. Unzugänglich. Ganz reizend zu den Nachbarn, ihren Freunden, ihrer Kundschaft. Alle Welt liebte sie. Doch uns gegenüber war sie eisig. Sie erhob nie die Stimme, verstehst du, aber sie brauchte dich bloß anzuschauen und du versankst im Erdboden. Wenn man an ihrer Seite lebte, war es jedenfalls besser, einen ausgeprägten Sinn für Humor zu entwickeln, eine Frage des Überlebens.« Ev wischt sich mit ihrer Serviette das Lachen vom Mund. Sie ist schön. Ohne jede Künstlichkeit. Isabelle schaut sie an und denkt an das Geschenk, das Ev ihr gemacht hat, indem sie ihren Weg kreuzte.

»Ich verstehe.« Ihr Mund lächelt noch, ihre Augen lachen nicht mehr. »Eine Frage des Überlebens«, murmelt sie. »Ja, ich weiß, was du meinst.«

Ein Bild steigt in Isabelle auf, ein Gedanke jagt den anderen. Sie stellt die Frage ganz vorsichtig.

»Ev, lebt deine Mutter noch?«

»Oh, ja, sie ist überaus lebendig! Möchtest du noch etwas Kaffee?«

Isabelle schüttelt den Kopf. Sie hat einen wunden Punkt getroffen, Ev weicht aus. Sie schenkt sich ein, Isabelle beobachtet sie schweigend; eine Ewigkeit vergeht. Dann wendet Ev ihr den Blick wieder zu.

»Und – lebt sie in England?«, hakt Isabelle nach.

»In Stockholm.«

»Mit deinem Vater?«

»Mein Vater ist tot, schon lange. Sie lebt allein. Na ja, wie man's nimmt ... mit sieben oder acht Dienstboten. Ein Monument, du kannst es dir nicht vorstellen!«

»Ist sie denn so alt?«

»Nein, sie ist erst einundsechzig ...« Ev muss lächeln. »Du verstehst das nicht, Darling ...«

»Ich kann es immerhin versuchen!«

»Oh, Isa, sei nicht beleidigt! In Amerika habt ihr doch keine Ahnung von der Aristokratie! Du kannst das nicht begreifen, wenn du es nicht aus der Nähe gesehen hast.«

»Das habe ich nicht, aber ich habe Gide, Mauriac, Proust gelesen, ich kann mir den Zwangsapparat vorstellen, wenn du das meinst.«

»Oooh ... Mauriac, Proust, das sind noch Possen im Vergleich zur Johanssen-Sippe! Du kannst dir die Rigidität dieses Milieus nicht vorstellen! Sie siezt ihre Enkelkinder, das sagt doch schon alles ... Echt zum Kotzen!«

»Hattest du Angst vor ihr, als du klein warst?«

»Sag mal, willst du mich jetzt auf die Couch legen oder wie?«

Der Ton ist eher neckend als ironisch, denkt Isabelle beruhigt. »Findest du mich indiskret?«

»Zumindest direkt.«

»Zu scharf, ja?«

»Du sagst es!«

Diesmal ist der Ton trockener, stellt Isabelle fest. »Willst du mir nicht antworten?«

»Ach, verdammt, lässt du denn nie locker?«

»Eine Manie der Frau Doktor, nehme ich an.«

Ev kichert, die Antwort gefällt ihr. »Du musst mir schon ein bisschen Zeit lassen, mich daran zu gewöhnen, ja?«

»Mhmm ...« Isabelle zieht ihre Lektion daraus – bei Ev hat es keinen Sinn, zu scharf nachzufragen. Sie isst schweigend weiter und beobachtet dabei Ev, die genießerisch in eine Marmeladenschnitte beißt und sich die klebrigen Finger ableckt, ganz vertieft, einen nach dem anderen, gründlich. Isabelle denkt an ein rebellisches Kind, das man nicht hat brechen können. »Ev ... Weiß deine Mutter, dass du lesbisch bist?« Ev richtet ihre fliederblauen Seen auf sie, ihren Eroberinnenblick, denkt Isabelle, und bricht ohne Vorwarnung in Lachen aus.

»Isa, du bist unglaublich! Wo denkst du hin! Sie würde auf der Stelle tot umfallen, die Arme!«

»Aber sie muss sich doch etwas denken, oder?«

»Oh, bestimmt ... Aber sie besitzt die Diskretion ihrer Kaste, Darling, und ich werde ihr ohne Not nicht mein Herz ausschütten, glaub mir! Im Übrigen, selbst wenn sie es weiß, pfeift sie darauf ... Hauptsache, es gibt keinen Skandal.«

»Siehst du sie oft?«

»Jedesmal, wenn ich in Stockholm bin.«

»Und wie sagt man das auf Schwedisch?« Ev starrt sie an, drei Absätze hinter Isabelles Gedanken her hinkend. »Echt zum Kotzen – wie sagt man das auf Schwedisch? Du wirst ihr doch sicher von Zeit zu Zeit deinen Aristokratieekel unter die Nase reiben, oder?«

»Lust dazu hätte ich wohl ... Verdammt! Du verlierst wirklich nie den Faden, wie?« Ihre fliederblauen Seen haben sich geglättet, ein sehr kurzes Lachen, eine Aufheiterung, die Isabelle lächelnd genießt. Ev sagt nichts mehr, nichts als das, was Isabelle überall auf ihrer Haut spürt, noch ehe sie den Mund aufmacht: »Und jetzt habe ich Lust auf dich ... Bist du fertig mit dem Frühstück?« Ohne die Antwort abzuwarten, zieht Ev das Tablett zu sich herüber, hebt es hoch, streckt ihr linkes Bein aus und setzt es auf den Boden, neigt sich vor, eine Athletin, ihr muskulöser Rücken beugt sich und richtet sich langsam wieder auf, geschickt hat sie die Last balanciert, nichts ist vom Tablett gerutscht, das sie neben das Bett gestellt hat. Die Effizienz, die Kraft, die von Ev ausgehen, versprechen einen Flächenbrand, und die auf sie gerichteten fliederblauen Seen schüren Isabelles Feuer, bis sie glühendrot wird.

»Ev, du schaffst mich noch völlig!«

»Solange ich diejenige bin, die in den Genuss deiner Reste kommt, Darling ...« Evs Hände sind schon dabei, den Gürtel ihres Bademantels zu lösen. Isabelle denkt an ihre heißen Gefühle von heute Morgen, ihr Geschlecht zieht sich zusammen, wird sie nach einem solchen Sturm noch können?

»Ev, meine Reste würden gern ein Bad nehmen. Lass mir wenigstens fünf Minuten, um kurz zu duschen.«

»O nein nein nein nein, ausgeschlossen! Komm her ...«

»Ev, mir wäre wohler, wenn ...« Sie wollte protestieren, aber Ev ist schon über ihr, und sie verspürt nicht mehr den geringsten Wunsch, Widerstand zu leisten, erstaunt von der Lust, die zwischen ihren Schenkeln kreist. Evs Mund erforscht den ihren, Isabelle öffnet sich bis zum Herzen – Ev ist schon dort.

Paris. Sonntag, den 7. Mai

Meine liebe, unerhört vernachlässigte Timothée,

ich habe Dich ohne Nachricht gelassen, in atemloser Spannung nach meiner Postkarte, die Du im Übrigen vielleicht gar nicht bekommen hast, da die kanadische Post seit meiner Abreise sicher nicht zuverlässiger geworden ist.

Ich führe hier ein sehr bewegtes Leben, zwischen der Tour, die mir, nebenbei gesagt, deutlich zeigt, dass mein Buch sich allmählich durchsetzt, und der schönen Ev Anckert, mit der ich, um es Dir gleich zu sagen, bisher zweimal geschlafen habe, aber die Rechnung stimmt nicht, eine Nacht plus eine weitere Nacht mit dieser Frau ergibt nicht zwei, das kann ich Dir versichern! Ich schicke Dir meine Eindrücke im Knäuel, das zu entwirren Du vor meiner Rückkehr alle Zeit der Welt haben wirst, da die Medienkampagne sich aller Voraussicht nach um zwei Wochen verlängern wird. Ich komme darauf zurück, wenn ich Zeit habe. Aber erst einmal habe ich mehr Lust – und Du sicher auch, behaupte nicht das Gegenteil, ich höre Dich von hier aus lachen –, Dir von Ev Anckert zu erzählen.

Sie ist schön, das sagte ich Dir schon, hinreißend wäre das bessere Wort, bestrickend, aufregend, verführerisch, eine tiefe, leicht schleppende Stimme, ein köstlicher Akzent, lustig, sehr selbstbewusst, zurückhaltend oder vorsichtig, darüber bin ich mir noch nicht im Klaren, mit Sicherheit reich, ach ja, und Verlegerin, habe ich Dir das schon gesagt?, aber schließlich und vor allem ist sie die schamloseste, erregendste, erfahrenste, absolut hemmungsloseste Frau, mit der ich je im Bett war. Ich bin nicht verliebt, keine Angst, das wäre eine Katastrophe, nur total verrückt nach ihr, wenn Du verstehst, was ich meine. Und – Dir kann ich es ja sagen – geschmeichelt, ihre Gunst erlangt zu haben.

Sie ist so reich, wie Du und ich es uns in diesem Leben nur erträumen können, ein Familienreichtum, den sie zusammen mit der Kultiviertheit und der Liebe zu schönen Dingen sowie der natürlichen Neigung geerbt hat, diese ohne Übertreibung zu genießen, weil sie immer da sein werden, wie sie es schon seit zwei oder drei Jahrhunderten sind. Das verleiht ihr einen unglaublichen Charme, die raffinierte Eleganz einer Aristokratin in einem athletischen Körper, vielleicht 5 Fuß 10 oder 11 groß, muskulöse Schultern, die Schenkel einer Reiterin, sonnengebräunte Haut mit blonden Haaren, energische Hände, schwerer Schmuck und geschmeidige Bewegungen, eine wundervolle Figur, die Selbstsicherheit einer Frau von zweiundvierzig Jahren, ihr Alter. Ihre Wohnung im sechzehnten Arrondissement: Gemälde, wunderschöne Objekte, Leder, Samt, nichts Überladenes, ein so diskreter wie solider Luxus. Eine Geschäftsfrau, eine Ästhetin, eine Sammlerin von Kunstgegenständen und auch von Eroberungen, fürchte ich.

Wohlgemerkt: Gäbe es zur Zeit eine andere Frau in ihrem Leben, ich wäre nicht eifersüchtig, solange ich sicher sein könnte, dass es mir nichts nimmt von dem, was sie mir schenkt und was ich nehme, ohne mehr zu erwarten. Entfesselte Lust, symphonische Orgasmen und vor allem das Gefühl, eine Frau zu sein, weiblich bis in die letzte Pore meiner Haut für diese Super-Frau, die mich umwirbt, die mein Feuer entzündet, die mich jedesmal unverschämt anmacht, wenn sie mich zum Essen ausführt, um mich am Ende beschwipst flachzulegen und die ganze Nacht lodern zu lassen. Ich weiß nicht, ob es eine andere gibt. Wenn es der Fall ist, ist es mir ein Rätsel, woher sie die Energie nimmt. Bei mir ist die Batterie jedenfalls leer, wenn ich aus ihrem Bett komme!

Ev würde Dir gefallen. Eine Frau voller Kontraste. Schwarzweiß, kaum Grauzonen, eine strahlende Präsenz, schwer zu fassen und packend zugleich, wie das Licht, mit dem Du in Deinen Fotografien so virtuos spielst. Eine lebhafte Frau, verspielt, eine Spur spöttisch, manchmal ironisch, öfter sensibel und anrührend, eine Frau, der das Leben Spaß macht und die sich mit Leib und Seele hineinstürzt, im Hier und Jetzt verankert, ihrer selbst beständig gewiss. Eine Frau, die das Leben ernst nimmt, voller Aufmerksamkeit und Gelassenheit, die vor Energie strotzt, die brodelt vor Glück, am Leben zu sein. Eine Energie, die von mir Besitz ergreift, die mich umhüllt, mich überwältigt und mich vollkommen gefangennimmt, mit Leib, Geist und Seele. Bei ihr bin ich eins, lebendig, vibrierend. Ob sie redet oder mir zuhört, ob sie aus vollem Halse lacht oder mit ihrer berückenden Mezzostimme etwas murmelt, Ev ist immer mit Feuer dabei. Bisher habe ich mit ihr lauter denkwürdige Abende, Nächte, Tagesanbrüche erlebt, keinen Augenblick der Langeweile, die Zeit fliegt erfüllt dahin. Alles interessiert sie leidenschaftlich, Pferde, Essen, die Bücher, die sie verlegt, und die, die sie liest, die letzte Ausstellung von naiver Kunst, das Rodin-Museum, das ich besucht habe, der neue Lelouch-Film, die Psychoanalyse und Alice Miller, Robotertechnik, Atomenergie, von Henri Laborit bis Alvin Toffler über Marilyn French und Kate Millett, sie redet davon, sie hat es gesehen, gelesen, sie stellt Fragen, sie kommentiert alles, sie lässt sich von allem mitreißen, nichts ist ihr gleichgültig, höchstens vielleicht das, was die Leute über sie denken. Mit ihr zu essen, auszugehen, zu reden, ins Bett zu gehen, alles erfordert eine permanente Energie, eine globale Präsenz, nichts Halbes, nichts Verschwommenes, nur ganze Sachen, es rührt und bewegt sich ununterbrochen, und ich lasse mich von dieser herrlichen Räuberin entführen. Ev würde Dir gefallen, da bin ich mir sicher. Und Du hättest den Vorteil, keine Angst zu haben, unter ihr zu leiden ...

So, jetzt muss ich Schluss machen, ein Radiotermin in einer Stunde. Schreib mir ins Hotel, irgend etwas, schick mir ein Foto mit Autogramm, aber schreib mir bald, ich vermisse Dich, altes Luchsauge, und ich umarme Dich,

Isabelle

P.S. 1: Sie nennt mich Darling ... Ist das nicht hinreißend?

P.S. 2: Fast hätte ich das Unvergessliche vergessen: Ev ist hin und weg von Deiner Kunst. Hör Dir das an: Es sei keine Fotografie, sondern Du machtest aus Gesichtern Skulpturen von Licht. Ev fragt, ob Du mit Camille Claudel ins Bett gehst ... Das hättest Du mir doch erzählt, oder?

P.S. 3: Und wenn Du mir nicht bald schreibst, kriegst Du nur noch Postkarten, die hässlichsten, die ich finden kann, auf dass Du für immer schielen mögest – Pech für Deine Fotos, man wird von der großen Timothée Barrette sagen, dass ihr Blick unscharf wird und ihr Fokus verrutscht. Jawohl ... Lach nur, jaja, schütte Dich nur aus vor Lachen, genau, aber dann hol Dein blassblaues Briefpapier hervor, Deinen Füllfederhalter, und mach mir meine Zeichnung ... Ein Schaf zum Beispiel, warum nicht?

Ev lacht aus vollem Herzen. Isabelle hat die Geschichte mit allem Witz gewürzt, über den sie verfügt, sie hat die gute Frau in ihrem Kabäuschen, wie sie die Maschen ihres Strickzeugs zählte, im Detail geschildert, ihren eigenen Zorn und die Ungeduldsbekundungen in der Schlange hinter ihr etwas übertrieben, ist hier und dort bei Großaufnahmen verharrt, glücklich darüber, dass Ev sich als so gute Zuhörerin erweist, und befriedigt, sich im Mittelpunkt ihres Interesses zu fühlen. Aus einer Anekdote zieht sie ein brillantes Szenario, das sie ihr in trickreichen Einstellungen serviert, um die Wirkung zu steigern. Sie liebt es, Ev lachen zu hören, sie liebt es, zu sehen, wie die beiden Falten an ihren Mundwinkeln zittern und ihre Lippen sich öffnen, sie liebt es, in ihrer Kehle die Freude aufsteigen zu sehen, wenn sie in einer herrlichen Bewegung den Kopf zurückwirft und ihr sinnliches Mezzolachen erklingen lässt. Diese Frau lacht, wie sie zum Orgasmus kommt, mit vollen Segeln, als befände sie sich fortwährend auf der Zielgeraden ihres Lebens.

Der Ober wartet schon, ein Pinguin mit dem Kugelschreiber in Habachtstellung, als Ev aufhört zu lachen und sich entschließt, ihr Menü auszuwählen. Ungeduldig, mit Mühe einen tiefen Seufzer unterdrückend, wendet er den Blick Isabelle zu: »Madame?«, womit er sie deutlich auffordert, ihm auf der Stelle ihre Wahl zu diktieren, in eiligem, eher schneidendem als höflichem Ton, auf den Ev sofort reagiert: »Bist du schon so weit zu bestellen, Isa?... Darling?«

»Äh ... Nein. Ich habe die Karte noch nicht angeschaut ...«

»Möchtest du noch einen Aperitif?«

»Mhmm.«

»Noch mal dasselbe«, bestellt sie, höflich, aber den Ober kaum anschauend.

»Zweimal Wermut, gut, Madame ... Und was darf es zum Essen sein? Der Küchenchef empfiehlt heute bes...«

»Ich werde es Sie wissen lassen, wenn wir essen wollen.« Ev unterbricht ihn kühl, sichtlich gereizt.

»Es warten schon Gäste an der Tür, Madame ... Wir sind hier nicht im Bistro, es ist schon nach halb neun«, fügt er nach einem Blick auf seine Armbanduhr hinzu, »und ...« Eine eiskalte Dusche unterbricht seinen Anlauf.

»Wir sind auch nicht im Stundenhotel, wo Sie wahrscheinlich Stammgast sind, so wie Sie aussehen!« Dem Ober verschlägt es die Sprache, er verschluckt fast seine Fliege.

»Aber Madame, das ist ein Missverständnis. Ich wollte nicht ...«

»Ich will den Geschäftsführer sprechen. Und zwar schnell, junger Mann, bevor ich einen Skandal mache.« Sie hat die Stimme kein bisschen erhoben, der Ton lässt jedoch keinerlei Widerspruch zu, und ich an seiner Stelle, sagt sich Isabelle, würde subito presto gehorchen, die Drohung ist absolut glaubhaft. Der Ober hat es begriffen und verschwindet mit kerzengeradem Rücken, so angespannt vor verhaltenem Zorn und bestimmt auch vor Schreck, dass seine schlaksigen Beine ihn vorwärts katapultieren und der Arme ungeschickt über die Stufe der Terrasse stolpert, das Gesicht verliert, mit einem beachtlichen Hüftschwung das Gleichgewicht wiedererlangt und sein Tablett rettet, auf dem die zwei Gläser tanzen, die er wütend mitgenommen hat, als er ihren Tisch verließ.

Isabelle sieht die ganze Szene und beobachtet gleichzeitig Ev, die immer noch genauso ruhig schließt: »Siehst du, Darling, es sind nicht nur strickende Omas, die uns in Paris das Leben schwermachen!« Isabelle muss unwillkürlich lachen über ihre entwaffnende Selbstsicherheit und sagt ihr, sie beneide sie um ihre peitschende Schlagfertigkeit.

Ev fragt überrascht: »Habe ich dich in Verlegenheit gebracht?« Die fliederblauen Augen mustern sie forschend. Isabelle sagt, nein, nicht wirklich, klingt jedoch wohl wenig überzeugend, weil Ev sofort daran anknüpft: »O doch, ich habe dich schockiert ... Aber du bist zu höflich, um es zuzugeben.«

»Na gut, es stimmt ... Ich fand deine Kühnheit bewundernswert, aber deine Bemerkung mit dem Bordell erschien mir unnötig beleidigend.«

»Findest du diesen Ober vielleicht sympathisch?«, fragt Ev scharf zurück.

»Nein, er ist ausgesprochen unangenehm.«

»Und würdest du es dulden, dich von einem Kellner zurechtweisen zu lassen?« Ihr Blick spottet, ihre Stimme fordert sie heraus, Isabelle hat sie getroffen, Ev schießt zurück, Isabelle wehrt sich.

»Nein, natürlich nicht!«

»Aber du wirfst mir vor, zu weit gegangen zu sein.«

»Ja ... Du hast ihn gedemütigt, und es ist mir für ihn peinlich.« Sie lauert auf die Antwort, die Augen in die dunklen Seen gebohrt, die sie auf ihrem Sitz festnageln. Der Blick löst sich langsam, wandert neugierig über ihr Gesicht, erforscht jeden Winkel und kehrt schließlich zu ihren Augen zurück. Eine innere Reise, die Ev sich schweigend erlaubt. Ihre streitfarbenen Augen kommen blau schimmernd davon zurück. Sie lächelt ihr zu. Isabelle entspannt sich.

»Isa ... Isa, du bist eine zarte Seele. Du würdest in Paris kein Jahr lang überleben. Ist dir das klar?«

»Du meinst, man muss sie anfahren, wie du das eben getan hast, um sich Respekt zu verschaffen?«

»Ja, genau!«, antwortet Ev mit einer fröhlichen Lachkaskade, die Isabelle wehrlos macht. Dann mit gehauchter Stimme: »Du redest mit mir wie mit einer Feindin ... Das habe ich nicht verdient!« Ehe sie eine Antwort formulieren kann, steht Ev auf, nimmt ihre Schlüssel vom Tisch, setzt ihre getönte Brille wieder auf und raunt ihr zu: »Komm, Darling, wir werden woanders zu Abend essen.«

»Aber wartest du denn nicht auf den Geschäftsführer?«, fragt Isabelle nach, überrascht von dieser Kehrtwende.

»Ach, es ist doch klar, dass der Ober ihm nicht Bescheid gesagt hat!«

»Und der Skandal, war das bloß Schmu?« Sie versteht überhaupt nichts mehr.

»Bloß was?«, fragt Ev amüsiert zurück.

»Eine leere Drohung? Spiegelfechterei?«, präzisiert Isabelle beim Aufstehen, genervt, mal wieder übersetzen zu müssen.

»Ach, Isa, es ist dir doch so schon peinlich genug, oder? Möchtest du diesen Skandal wirklich miterleben?« Sie antwortet, nein, sie lege absolut keinen Wert darauf. Ev macht einen Kellner, der es ihr an Respekt mangeln lässt, zur Schnecke, und zwei Minuten später ist sie um Isabelles Gemütsverfassung besorgt! Heiliger Sigmund, diese Frau ist ihr wirklich ein Rätsel! Ev greift nach ihrem Arm, zieht sie sanft auf die Straße, murmelt lachend: »Was soll's!« Eine lange feste Hand gleitet über ihren Rücken, ein Schauer überläuft sie, worauf Ev spöttisch antwortet: »Es hat dir doch wohl nicht den Appetit verschlagen? Wie wär's mit Seeteufel an Sauerampfer?«

Sie hört sich antworten: »Ich dachte, wir würden bei Muscheln bleiben?« Und einen kurzen Moment hat sie Angst, dass Ev sie küsst, hier, auf der Straße, inmitten der Passantinnen und Passanten. Was sie natürlich prompt tut! Sie kann noch so sehr auf der Hut sein, Ev Anckert wird nicht so schnell aufhören, sie aus der Fassung zu bringen.

»Na, meine Schöne, was gibt's Neues bei dir? Man sieht dich gar nicht mehr ...« Philippe küsst Ev auf die Wangen. »Und mich holst du an einem Dienstag im Morgengrauen aus dem Bett, um mir dieses Privileg zu gewähren! Alte Amazone!«

Ev bricht in Lachen aus. »Oje, mein Lieber, wirst du dich überhaupt im Sattel halten können – so im Halbschlaf?«

»Ich will's versuchen ... Aber schau mich doch mal an ... Du bist ja in Höchstform, sag mal! Du strahlst ja richtig!«

»Von dir kann man das wahrlich nicht behaupten. Du siehst ziemlich mitgenommen aus!«

»Mhmm, getroffen! Ich war mit Madeleine feiern, und als wir dann wieder zu Hause waren – die skurrilen Details erspare ich dir –, habe ich den Zahn der Zeit gespürt ... Aus dem Alter, zwei Stunden lang im Bett herumzutollen, bin ich heraus, das kann ich dir sagen!«

»Du hast dich doch schon mit fünfundzwanzig über die Unersättlichkeit der Frauen beklagt ... Was hast du denn erwartet, wie es mit Madeleine weitergehen würde, hm?«

»Bei dem Altersunterschied, weißt du, hätte ich gedacht ...«

»Phil! Sie ist zehn Jahre älter als du, nicht vierzig!«

»Ich hab doch nur Spaß gemacht ...«

»Sehr witzig!... Und wie geht's Madeleine?«

»Sie hat großen Erfolg, und eben den haben wir gestern Abend gefeiert. Weißt du noch, diese New Yorker Galerie? Da hat sie jetzt den Vertrag bekommen!«

»Das ist ja toll! Ist sie glücklich?«

»Sie freut sich, klar, aber du kennst ja ihre Bescheidenheit ... Sie hat versucht, dich zu erreichen, um dir die Neuigkeit als

Erster zu erzählen. Mehrmals, aber ohne Erfolg.«

Ev ignoriert den kaum verhohlenen Vorwurf. »Ich rufe sie nachher vom Büro aus an. Ist sie mit dir in Paris?«

»Sie hat zu viel zu tun, wie du dir denken kannst, mit diesem Vertrag. Nein, sie ist in Honfleur geblieben und arbeitet pausenlos.«

»Ich habe mit Evelyne gesprochen, am letzten Freitag ... nein, Donnerstag.« Ev dreht sich zu Philippe um. »Sie ist wirklich nicht einfach, wenn sie widerspenstig drauf ist! Sind ihre mündlichen Prüfungen gut gelaufen?«

»Ja, ich denke schon. Hat sie noch über etwas anderes geredet?«

»Nein, nichts Besonderes ... Warum?«

»Ach, ich glaube, du fehlst ihr ... In letzter Zeit lässt du dich wenig blicken, nimm's mir nicht übel ... Ev! Hast du dir diesen Hengst satteln lassen?«

»Ja ...« Ev ist nicht unglücklich über den Themenwechsel.

»Aber der hat dir doch letztes Mal fast den Hals gebrochen! Er ist ungezähmt, dieser Tatar, gefährlich ...«

»Mir gefällt er!«

»Meinst du nicht, es wäre klüger, die junge Stute da zu nehmen, statt dieses Wildpferdes – die hat doch auch Temperament, oder?«

»Die habe ich für dich satteln lassen. Du willst doch wohl nicht den Hengst nehmen?«

»Gott bewahre, nein! Zu eigensinnig für meinen Geschmack! Ich überlasse ihn dir, du Husarin! Aber rechne nicht mit mir, wenn es darum geht, deine Einzelteile einzusammeln!«

»Phil, du übertreibst ... Er hat mich ein einziges Mal abgeworfen. Ich muss ihn nur etwas fester anpacken, das ist alles!«

»Aha ... Du bist gefährlich gut drauf, wie?«

»Selber aha, Schlaumeier!« Ev kichert. Phil hat heute Morgen wirklich seine Verschwörermiene aufgesetzt.

Der Nebel steigt langsam auf, hängt sich ins Laub der Eichen, die Luft riecht nach Unterholz. »Ein herrlicher Morgen!«, ruft Philippe mit einem langen Seufzer aus. Er ist schön, sitzt aufrecht und geschmeidig im Sattel. Ev sieht ihn zärtlich an. Philippe lächelt ihr zu, der alte Komplize: »Ich sollte dich öfter begleiten, Ev. Kommst du immer noch zweimal in der Woche her?«

»Ich versuche es wenigstens.«

»Ich beneide dich um deine Disziplin.« Ev lacht, wirft Philippe einen Blick zu und schüttelt schulterzuckend den Kopf. »Doch, doch, ich übertreibe kein bisschen, du hast die Seele einer Spartanerin, gib's zu!«

»Bei meinem Arbeitspensum, Phil, wäre ich in zwei oder höchstens fünf Jahren erledigt, wenn ich mich nicht fit halten würde!«

»Das würde mich wundern ... Du wirst uns noch alle begraben ... Und der Verlag?«

»Läuft wunderbar, danke. Die Sommersaison lässt sich gut an, die Buchpremieren, die Vorbereitungen für den Herbst, wir expandieren auf den osteuropäischen Markt – ich versichere dir, dass ich mich über Mangel an Arbeit nicht beklagen kann.«

»Und der Osten bietet wirklich einen vielversprechenden Markt?«

»Einen goldenen Markt sogar. Vor allem im Bereich Kunstbücher ... Kristina leistet dort großartige Arbeit. Sie hat wirklich ein Händchen für den internationalen Verkauf. Und sie ist eine Kämpfernatur! Wenn du gesehen hättest, wie sie mit dem jugoslawischen Konsulat verhandelt hat, hättest du meine sanfte kleine Schwester kaum wiedererkannt. Sie hat entdeckt, dass sie Stevenson-Blut in den Adern hat, und das bekommt ihr großartig. Ihren Liebhabern auch, im Übrigen.«

»Hat sie immer noch diesen Hang zu Gnominis?« Ev nickt lachend. Die Gnominis ... Evelyne hatte dieses Wort erfunden, um sich über Kristinas Neigung lustig zu machen. Ausschließlich kleine Männer. Das Wortspiel war treffend ... Wenn Kristina mit ihren ein Meter achtzig am Arm eines winzigen Mannes auftauchte, sah es manchmal wirklich ein bisschen lächerlich aus. Aber na ja, denkt Ev, wenn Kris es gern akrobatisch hat, dann wohl bekomm's! Vielleicht braucht Kristina es irgendwie, immer nur kleine Männer flachzulegen. Ein Bedürfnis nach Dominanz ... Phil meint, das liege in der Familie. Da hat er nicht unrecht. Ihre andere Schwester, Helga, die ihr Haus in Stockholm mit eiserner Hand führt ... Und der arme Jürgen, der gegen sie ankämpft wie ein Teufel. Ständig am Streiten, die beiden! Mit Jürgen wird Helga nicht so bald die Oberhand gewinnen! Und sie sind verrückt nacheinander ... Das Bild von Isabelle steigt in ihr auf. Plötzlich fällt ihr die Szene vom Vorabend wieder ein. Verflixt und zugenäht, diese Frau lässt mich wirklich den Kopf verlieren! Was kann ich blöd sein! Du schläfst hier oder gehst dich woanders vögeln lassen ... Das würde man mir nicht zweimal sagen ... Ein Glück, dass sie Charakter hat, redet Ev sich zu, sie hat mir knallhart gesagt, ich könne sie am Arsch lecken! Mado wird sich kaputtlachen, wenn sie davon erfährt. Macho ... Ev zuckt von neuem zusammen. Isabelle hat sie am Vorabend als Macho beschimpft. Mado hat sie auch schon einmal so bezeichnet. Der einzige Fehler, den sie an ihr findet, sagt sie. »Du rastest aus, sobald die Ereignisse oder die Menschen dir entgleiten!« Pah, dich möchte ich sehen, empört sich Ev. Im Übrigen ist Phil auf dem Holzweg! Es stimmt nicht, sie will nicht dominieren. Was sie mag, das sind Menschen, die standhalten, die ihr ebenbürtig sind. Unterwürfigkeit stößt sie ab. Diesbezüglich hat sie mit Isa nichts zu befürchten ... Verflucht, wie diese Frau ihr die Stirn bietet! Und das macht mich tatsächlich an, gesteht Ev sich ein, unwillkürlich kichernd. Was für eine Liebhaberin, Donnerwetter! Ev atmet tief durch, schließt die Augen, dehnt ihren Nacken. Die Luft riecht gut. Das Leben ist großartig!

Die Pferde traben ruhig. Ev und Philippe genießen still die Freude, zusammen im Wald zu sein und die ersten Sonnenstrahlen durch die hohen Bäume dringen zu sehen. »Alles in allem also nichts Neues ...«, setzt Philippe wieder an. »Immer noch deine Zwölfstundentage, nichts als Arbeit, Arbeit, Arbeit, wie?«

»Ach, komm schon, Herr Doktor! Machst du dir jetzt Sorgen um meine Gesundheit? Und was ist mit deinen Vierzehnstundentagen? Ich sollte eher dir eine Predigt halten ... Ich hatte ja schon alle Mühe, dich zu diesem Ausritt zu überreden. Sparst du dich für deine alten Tage auf oder wie? Wartest du, bis dein Hintern ganz schlaff ist?« Philippe kichert. Ev trägt immer dicker auf, sie amüsiert sich. Er auch, das weiß sie. Philippe kennt sie schon so lange, dass er sich von ihr nicht mehr provozieren lässt. »Abgesehen davon, dass auch der Rest von dir aus der Form zu gehen droht! Du bist der Doc, ich werde dir jetzt nicht die segensreichen Auswirkungen des Sports auf deine Intimmuskulatur anpreisen! Du musst zugeben, dass du feuriger warst, bevor du diesen Titel ergattert hast, hm? Noch nicht einmal mehr Zeit für einen klitzekleinen Tennissatz! Sag mal, was muss ich denn noch auffahren, damit der Herr Stellvertretende Leiter der Chirurgie mir wieder seine Gunst erweist? Schmiergeld vielleicht?... Jaja, lach nur ... Und du traust dich, mir Vorhaltungen zu machen!«

»Ich halte mir immerhin die Sonntage frei. Kannst du das von dir auch sagen?«

»Schon klar, worauf du hinaus willst, Philippe Dauzières ...« Phil schaut sie mit seinem Los-erzähl-schon-Gesicht an, aber Ev ist nicht bereit, von Isabelle zu reden, und wirft ihm ihren Kümmer-dich-um-deinen-eigenen-Kram-Blick zurück.

»Ev, meine Liebe, Madeleine und ich haben vor bald einem Monat das letzte Mal von dir gehört. Drei Sonntage, ohne dich zu sehen, da ist doch irgendwas im Busch. Los, erzähl. Stiehlt sie dir deine Wochenenden? Ist sie wenigstens jung und hübsch?« Zu diesem Verhör lächelt er sein unverwechselbares Romeo-Lächeln. So ein Schlitzohr! Ev muss herzlich lachen.

»Du alter Hexer, ich kann dir nichts verheimlichen! Aber ich hätte es euch ja doch irgendwann erzählt, Madeleine und dir.« Philippe wirft ihr einen auffordernden Blick zu. Er wird nicht lockerlassen. »Na gut«, entschließt sie sich, »sie ist tatsächlich sehr verführerisch ... Und das ist noch untertrieben. Tut mir leid, wenn ich euch vernachlässige, aber mit den schlaflosen Nächten, die sie mir beschert, reichen mir die Sonntage gerade so, um wieder zu Kräften zu kommen. Ganz abgesehen von der Arbeit, die dadurch im Büro liegenbleibt.«

»Das ist noch untertrieben? Soso ... Dann ist es also ernster, als ich dachte. Madeleine hat richtig geraten. Ist sie so toll, ja? Los, ich will Einzelheiten. Wo hast du sie aufgestöbert?«

»Was erzählt denn Mado?«

»Nichts da! Erst die Einzelheiten, dann kommt der Klatsch.«

»Dickschädel! Und dazu auch noch ein Voyeur ...«

Philippe lacht. Mit Ev langweilt er sich nie.

»Tja, du bist eben mein Laster aus zweiter Hand! Daran hast du dich doch gewöhnt, meine Schöne, in all den Jahren, oder? Also, erzähl mir alles. Sieht sie gut aus?«

»Blendend. Finde ich. Der Kopf einer Intellektuellen auf einem Nixenkörper ... Sinnlich und genießerisch, was auch nichts schadet!«

»Also alles, was es braucht, um dich im Sturm zu erobern! Und – ist sie gut im Bett?« Ev prustet los, schaut Phil, der sie anlächelt, tief in die Augen. Ein Ästhet, denkt sie. Er liebt die Frauen wie Kunstwerke; es genügt ihm, sie zu betrachten. Er liebt die Frau, ich liebe die Frauen, sagt sie sich, während sie ihren Blick über ihn schweifen lässt. Ihr Liebesleben hält ihn in Atem. Ein Fortsetzungsroman für diesen treuen alten Bock! Ev antwortet ihm lachend.

»Ja, göttlich ... Sie vögelt, wie sie atmet. Und sie ist unersättlich, ich komme ganz aus der Puste!«

»Was soll denn das heißen, bist du an eine Nymphomanin geraten?«

»Idiot! Nein, keineswegs ... Nein ... Sie hat eine besondere Begabung für die Lust ... Auch mehrmals hintereinander. Da ist nichts gespielt, das kannst du mir glauben! Sie genießt den Sex so, wie du reitest, einfach weil es ihr gefällt, ganz natürlich.« Philippe strahlt sie an. Der ideale Vertraute! Nie urteilend, nie missgünstig. Worum sollte er sie auch beneiden? Abgesehen von ihrem Appetit. Er selbst hat wenig Interesse an der Sache. Das erzählt jedenfalls Mado. Trotzdem ein göttlicher Liebhaber, sagt sie. Ev schaut ihn an. Ein glücklicher Junge! Er hat alles, was er je wollte, der Glückspilz. Und Mado ist immer noch verrückt nach ihm, nach fünfundzwanzig Jahren!

»Apropos Madeleine, was erzählt sie denn nun?«

»Oh, nichts Schlimmes, keine Angst! Sie sagt, das letzte Mal, als du uns an den Sonntagen chronisch versetzt hast, warst du von Caroline besessen. Und in Anbetracht des Zustandes, in dem diese Geschichte dich zurückgelassen hat, macht sie sich ein bisschen Sorgen, verstehst du?«

»Ach so! Ich verstehe. Die gute Madeleine! Du kannst sie beruhigen, ja? Diesmal ist es wirklich etwas ganz anderes!«

»Sicher?«

»Also sag mal, was macht ihr euch denn für Vorstellungen, ihr beiden? Ich schlafe mit einer schönen Quebecerin, die in ein paar Wochen in ihr Land zurückkehrt, das ist alles! Nichts Dramatisches oder Gefährliches. Klar? Es gibt keinen Grund, die Geschichte aufzubauschen!«

»Sie kommt aus Quebec? Was verheimlichst du mir denn noch alles? Und was macht deine Nymphe in unseren Gefilden?«

»Sie ist keine Nymphe, Phil, sie ist zweiunddreißig Jahre alt. Sie promotet ihr Buch, das gerade in Frankreich herausgekommen ist.«

»Ein Roman?«

»Nein, ein Essay. In einem kanadischen Verlag erschienen ...«

»Hast du es gelesen?«

»Ja. Und ich bin begeistert. So, jetzt weißt du alles. Los, bevor mein Wildpferd hier einschläft, lassen wir deine Rosinante mal galoppieren.«

»He da, nein, warte! Wann stellst du sie uns denn mal vor, deine Nixe?«

»Ich weiß nicht, Phil ... Ich versuche, mich auf das strikte Minimum zu beschränken, verstehst du?«

»Nichts als ein Abenteuer, ja?« Ev sieht Philippe an, zögert einen Moment und nickt dann schweigend. »Und bis jetzt gelingt es dir, es dabei zu belassen?«

»Mit Mühe ... Aber gut, sie verschwindet bald wieder, ich kann sie schließlich nicht anbinden, oder? Also versuche ich, es dabei zu belassen, wie du sagst, was schon kompliziert genug ist.«

»Wieso – wirft sie es dir vor?«

»Das würde gerade noch fehlen! Verdammt, ich stelle mein Leben auf den Kopf, um sie so oft wie möglich zu sehen!«

»Aha, verstehe! Und du strotzt vor Gesundheit, meine schöne Amazone!« Ev kichert mit ihm los, glücklich über ihre Vertrautheit und erleichtert, das gesteht sie sich ein, endlich über Isabelle geredet zu haben. Phil wirft ihr einen raschen Blick zu. »Ev, schau mich an ... Es hat dich ernstlich erwischt, nicht?«

»Ich bin verrückt nach ihr, Phil, völlig hin und weg! Ich werde nicht genug Nächte haben, um meine Lust an ihr zu stillen ...«

»Großer Gott! Und sie – ist sie verrückt nach dir?«

»Jedenfalls will sie mich«, seufzt Ev. »So, wie ich sie will. Und für den Augenblick habe ich sie. Ich weiß nicht, wohin mich das führen wird, und ehrlich gesagt, es ist mir egal ... Zur Zeit ist es jedenfalls so, dass ich den Sonntag brauche, um wieder Kraft zu schöpfen!«

»Soso ... Na, ich bin jedenfalls verdammt froh für dich! Und ich beneide dich um deine Energie ... Ich kann mich gar nicht erinnern, wie lange deine letzte Corrida zurückliegt, aber für eine Amazone in deinem Alter scheinst du dich ganz gut im Sattel zu halten! Aua!« Evs Gerte hat ihn am Oberschenkel getroffen; sie galoppiert los, Philippe holt sie lachend ein. »Ev, warte doch mal ... Hör zu, wenn du es dir anders überlegst oder sobald sie dich nachts schlafen lässt, weißt du, dass du in Honfleur zu Hause bist ... Streng verboten, das zu vergessen, ja!«

»Einverstanden, ich werde bald wiederkommen, Phil, mal sehen.«

»Und ich muss es dir noch einmal sagen: Du siehst blendend aus, schöner denn je!« Ev erwidert sein Lächeln, mit zugeschnürter Kehle. Ihr ist zum Heulen zumute, es ist idiotisch. »Übrigens«, fährt Phil fort, »wie heißt sie eigentlich?«

Aber Ev hat ihrem Pferd die Sporen gegeben und ist schon auf und davon, in halsbrecherischem Galopp.

Paris. Mittwoch, den 31. Mai

Liebe Timothée,

da bin ich wieder, durchgefroren und zitternd, pass nur auf, dass Du Dich nicht ansteckst: Ich niese bei jedem zweiten Wort! Ich komme gerade von Lili Nanterres. Eine Radioaufnahme für einen kommunistischen Sender, jawohl! Der Fortschritt ist nicht aufzuhalten, Genossin! Ein sehr nettes Gespräch, das sich bei Kaffee und Keksen ausgedehnt hat, Plauderei über unsere heimatliche Sprache, Katzen, die bretonische Küste und den Bruder von Van Gogh, dann noch eine Führung durch ihre Bibliothek voller Raritäten und Stichen aus dem 18. Jahrhundert, die sie liebevoll sammelt. Eine winzige Frau, ein Floh ganz aus Sehnen und Nerven, riesige schwarze Augen, die über dem Halbmond ihrer Brille funkeln, muntere fünfzig Jahre, mit Schnauze und Biss, eine linksradikale Intellektuelle wie aus einem Roman von Simone de Beauvoir. Ihr Name passt zu ihr wie angegossen. Was für ein hübscher Name fürs Radio, findest Du nicht? Ein Hauch von Nostalgie nach den Wilden Zwanzigern, Ménilmontant und Moulin Rouge, ein Name, der raschelt wie Unterröcke, man hört fast den Cancan.

Und noch ein bisschen Tratsch: Sie lebt mit einer phantastischen Frau zusammen, eine hochgewachsene afrikanische Schönheit in rosafarbenem Negligé, die plötzlich mitten im Zimmer auftaucht und haucht, dass es einen Toten geweckt hätte: Lili, Jean-Pierre möchte, dass du ihn in einer Viertelstunde zurückrufst, und Lili antwortet: Danke, mein Schatz, mit herzförmigen Augen, worauf die Schönheit mich diskret anlächelt: Verzeihen Sie mein Eindringen, klimpert sie, ein Klavier in einem Ebenholz-

kasten, dann verschwindet sie wieder, die Hüften schwingend wie eine brünstige Hyäne. Ich habe ein paar Sekunden gebraucht, um den Faden wiederzufinden. Nach einer solchen Erscheinung über Gewalt zu reden, erschien mir unpassender, als Lili rundheraus zu fragen: »Und wie lange lieben Sie beide sich schon?« Dann war es aber Lili, die mir die Hosen ausgezogen hat, als ich gerade am Gehen war: »Richten Sie doch bitte Madame Anckert meine herzlichsten Grüße aus, ja?« Was heißt denn das, herzlichst? Pariser Bussis auf beide Wangen oder ein halbstündiger Zungenkuss? Ich habe gelacht und mich davongemacht, ohne etwas zu erwidern. Der Floh wusste von Anfang an, dass ich eine Liaison mit Ev Anckert habe. Kannst Du mir mal sagen, woher?

Claire Lescop, die ja kein Blatt vor den Mund zu nehmen pflegt, weiß auch Bescheid! »Apropos, meine Liebe, was macht deine Liebschaft mit der guten Anckert?« Der Pernod und das Kalbsbries in meinem Bauch haben angefangen zu brodeln. Sie hatte mich gestern Abend zum Essen eingeladen, Vier-Sterne-Restaurant, Feinschmeckermenü, angenehme Plauderei, bis dahin war alles gut gelaufen. Aber dann begann sie mir von ihrer stürmischen Affäre mit einem Mailänder Schriftsteller zu erzählen, ein großartiger Liebhaber, wie sie sagt, der ihr alles beigebracht habe, deswegen allerdings nicht weniger unsicher sei, was seine Reize angeht. Er hat sie schon rund um die Uhr von zwei Detektiven beschatten lassen, in der Überzeugung, sie betrüge ihn, jetzt halt Dich fest, mit einer Dame, die er ebenfalls beobachten ließ! Eine Dame, mit der sie einst, zu Beginn ihrer Liaison, einmal im Bett gewesen war, nur um ihn ein bisschen zappeln zu lassen, und, Du hast es erraten, um die Sache mal auszuprobieren ... Bis dahin habe ich mich köstlich amüsiert und lauter kleine Dinge über Claire erfahren, die sie mir eher sympathischer erscheinen ließen. Doch dann ist die Situation nach und nach gekippt. »Dir kann ich das ja erzählen, meine Liebe, du kennst dich da ja aus, oder täusche ich mich?« Ich sage mir, sie denkt an meinen Beruf als Psychologin; dann gibt sie mir allerdings zu verstehen, dass sie weiß, in welche Richtung meine sexuellen Neigungen gehen. Ich lasse sie spekulieren; wenn sie es genauer wissen will, braucht sie nur zu fragen. Du weißt ja, ich gehe damit nicht hausieren, aber ich mache auch kein Staatsgeheimnis daraus. Dann jedoch fügt sie spitz hinzu: »Du kennst sie übrigens auch ...«, und da, Timothée, ist mir mein Kalbsbries fast hochgekommen.

Bei der Vorstellung von ihr mit Ev im Bett hätte ich am liebsten gekotzt. Während ich ihr zuhörte, und das übrigens sehr schlecht, war ich von der Idee besessen: Sie hat Ev vor mir gehabt, und diese Vorstellung kam mir vor wie etwas Schmutziges, Obszönes. Mit dem verächtlichen Ton einer Frau, die das Privileg genossen hat, unvergleichliche Orgasmen mit einem Mann zu erleben, so als hätte ich nicht einmal eine dunkle Ahnung von der männlichen Anatomie, gab Claire mir das Gefühl, ein für allemal in die Schublade der frustrierten Frauen gesteckt zu werden – nur weil sie ein einziges Mal mit einer Frau geschlafen hat, ohne auf ihre Kosten zu kommen. Oh, sie ist zum Orgasmus gekommen, aber es waren nur ganz kleine klitorale Orgasmen, nichts Besonderes, nicht das Eigentliche, das Tolle! Nein, wirkliche Lust empfindet sie nur, wenn sie penetriert wird, und mit einer Frau, meine Liebe, ist es eben so, da fehlt einfach der Schwanz! Sie schien sich überlegen vorzukommen, nicht nur weil sie wusste, mit wem ich schlafe, sondern vor allem auch wie! Und je weiter sie diese Geschichte abspulte, desto mehr nahm ich es Ev übel, ihr diesen Vorteil verschafft zu haben.

Und nach dem Bericht fragt sie also, triumphierend: Und deine Liebschaft mit der guten Anckert? Ich bin blass geworden vor Wut. »Willst du mir weismachen, dass du mit Ev Anckert geschlafen hast?« Damit ganz Paris darüber redet?, fährt sie hoch, nie im Leben! Da ist mir meine Dummheit klargeworden. Aber sag mir, an wen hätte ich sonst denken sollen? Eine Frau, die ich in Paris kenne, einerseits ungeniert genug, um mitten auf einer schicken Party eine Frau anzumachen, deren Heterosexualität völlig außer Zweifel steht, ganz abgesehen von der allgemein bekannten Eifersucht ihres Liebhabers, und andererseits so raffiniert, dass Claire ihr mir nichts, dir nichts in die Arme sinkt. Dazu noch Claires Hang zu Berühmtheiten – damit war für mich das Bild komplett. Als Claire dann ihre kleine Frage über meine Liebschaft mit Ev in den Raum gestellt hat, war ich versucht, ihr ins Gesicht zu sagen, dass sie vermutlich vögelt wie ein Wackelpudding und ihr Mailänder wie der Stengel einer kandierten Kirsche. Dabei ging es um jemand ganz anderes. Eine Fernsehredakteurin, der ich tatsächlich einmal begegnet bin und von der ich mich erinnere gedacht zu haben, dass sie flirtet, wie andere Leute atmen. Aber dass ich sie kenne, würde ich nun gewiss nicht behaupten!

Claire glaubt jetzt alles über die Liebe zwischen Frauen zu wissen und verachtet sie von der hohen Warte ihrer befriedigten Heterosexualität herab. Eine Frau, ein Abend, erledigt. Und halb betrunken obendrein. Das nämlich erklärt ihr zufolge, dass sie schwach geworden war, sie, die noch nie die Fühler in diese Richtung ausgestreckt hatte und von ihrem Mann vollkommen befriedigt wird. Wenn die Mädchen, die zum ersten Mal in ihrem Leben mit einem Kerl schlafen, auch so schnell ihre Schlüsse zögen, wäre die Welt voll von glücklichen Lesben!

In einem Punkt hat Claire allerdings recht: Mit der schönen Anckert zu schlafen, bedeutet zwangsläufig, sich dem Pariser Klatsch und Tratsch auszuliefern. Ich habe sie in ihrem Informantinnentrieb unterbrochen, sie war gerade dabei, mir zu Wachsamkeit und Vorsicht zu raten. Ev sei ein frauenmordender Vamp, ach ja? Und ihre Verheerungen erstreckten sich bis nach Griechenland, na so was! Sappho muss sich in den Hintern beißen, dass sie schon tot ist! Ich habe gesagt: Genug, das interessiert mich nicht! Sie war beleidigt, sie wolle mich doch nur schützen. Vor wem, kannst Du mir das verraten?

Alles in allem war es ein schrecklicher Abend. Und Lili hat mir den Rest gegeben. Alle Welt weiß, was in Ev Anckerts Leben los ist, nur ich nicht! Und dann auch noch dieses verfluchte Klima! An einem Tag herrscht eine Gluthitze, du schmilzst dahin, wenn du nur dasitzt und ein Bier trinkst! Und am nächsten Tag Nordwind, Raureif und Geschlotter, du erfrierst wie eine gekochte Kartoffel unter zehn Fuß Schnee! Es geht ein frischer Wind, vorhin habe ich eine Stunde zum Pré St-Gervais laufen müssen, und jetzt bin ich verschnupft, in meinem Hals kratzt es, mein Trommelfell dröhnt, ich habe Sehnsucht nach meiner Mutter, meiner Heimat, meinem Bett, ich würde mir am liebsten die Bettdecke über die Ohren ziehen und vier Tage und Nächte durchschlafen.

Hier höre ich mit dem Gejammere auf. Ich habe eine Saulaune und lege mich jetzt eine Stunde hin, vor meinem Rendezvous mit der illustren, unbußfertigen Frauenheldin. Deren Beständigkeit und Aufmerksamkeit ihren Ruf übrigens Lügen strafen. Glaub mir, die Intensität und Ausstrahlung dieser Frau zu spüren ist verwirrender, als mir ihre schlimmsten Treulosigkeiten vorzustellen.

Ich mache jetzt Schluss, ich umarme Dich – erkälte Dich nicht, das macht trübsinnig, grüße Gilles von mir. Ach ja! Claire sagt, ich habe Vorurteile gegen Männer. Findest Du das auch? Frag doch mal Deinen schönen Mann, was er darüber denkt. Schreib mir bald, Du fehlst mir!

Isabelle

P.S.: Ev hat mich verwöhnt und umsorgt wie ein Baby. Ein heißes Bad, Hustensirup, Aspirin, Grog, Einreibungen, Vorlesen im Bett – sie hat sich so zärtlich gezeigt, dass ich es noch gar nicht fassen kann. Zuerst habe ich mich gewehrt; es war mir peinlich, mich in so wenig schmeichelhaftem Licht zu zeigen, ich wollte mir gern mein Image als verführerische Geliebte bewahren. Und dazu war ich in unausstehlicher Laune! Zum Glück fehlt es Ev weder an Sensibilität noch an Humor: »Darling, wie soll ich denn in diesem Zustand dein Feuer entfachen? Ich habe dich noch gar nicht angerührt, und schon hast du 39 Fieber! Ich beweise dir, wie heiß ich bin, sobald dein Fieber gefallen ist. In der Zwischenzeit lässt du dich pflegen, und zwar ohne Widerrede.« Heute Morgen war das Fieber gefallen, Ev ist immer noch so feurig, und ich, na ja, ich geh jetzt zur Post ...

»Macht man das bei euch so, Darling?« Obwohl die Stimme zärtlich ist, erkennt Isabelle darin die Überheblichkeit des Mutterlandes gegenüber seinen Kolonien wieder. Der Kellner hat erst ein Stück Himbeerkuchen, dann eine Portion Vanilleeis in einem hübschen, von der Kälte angelaufenen Schälchen vor sie hingestellt, dessen Inhalt sie nun über ihr Kuchenstück kippt. Ev starrt sie missmutig an, ganz entgeistert von diesem Benehmen, das hier als ungehörig gilt. Genauso wie eine Birne zu essen, indem man einfach hineinbeißt, statt sie mit Messer und Gabel bewaffnet auf dem Teller zu bändigen. »Sieh mal«, entgegnet Isabelle, ehe sie sich über ihren anstößigen Nachtisch hermacht, »hierzulande gießt ihr Portwein in eure Honigmelonen, bei uns ist es Eiskrem ... Eine Frage des Umfeldes! Eis wächst bei uns eben leichter als Wein!«

»Aber hierzulande matscht man nicht mehr mit dem Essen herum, wenn man einmal älter als sechs Jahre ist, Darling!« Ev hat ihren Vornamen in Signalzeichen umgewandelt. Sie sagt zärtlich Isa, wenn sie sich am Telefon mit ihr unterhält, sie vom Badezimmer aus ruft oder sich im Restaurant nach ihrer Wahl erkundigt. Isa für die Freude, Belle für den Stand der Gnade. Wenn Ev mit ihrem Mezzotimbre Belle flüstert, dreht sie sie damit um wie einen Handschuh, die glatte Seite nach innen, die flauschige nach außen. Belle in der Horizontalen, Isa für die Vertikale, so ist es bei ruhiger See. Isabelle in voller Länge, das ist das Bermuda-Dreieck, der Wind weht schärfer, und sie hält sich auf der Hut. Und dann gibt es noch Darling, das ihr Akzent vom ersten bis zum letzten Buchstaben zum Klingen bringt, manchmal wie ein Alarmsignal, manchmal wie Musik, Darling, das Ev in ihren ironischen Bemerkungen und ihren Sarkasmen ebenso verwendet wie in Augenblicken zärtlichen Friedens in Isabelles Armen. Im Moment ist Ev eine Laus über die Leber gelaufen, sie hat Isabelles Verspätung entschuldigt, ohne ihr wirklich zu vergeben. Isabelle bleibt nichts übrig, als sich auf den Tanz zwischen Ironie und Zärtlichkeit einzulassen.

»Bin ich dir peinlich, Ev?«

Die Frage amüsiert Ev, nach ihrem schiefem Lächeln zu urteilen. »Ja.«

»Na gut. Willst du, dass ich den Tisch wechsle?«

»Sag mal, suchst du Streit? Du bist wohl zu lange nicht mehr vernascht worden?« Das wirft sie ihr an den Kopf, eine Herausforderung, eine Beleidigung, mit einem Ausdruck, als wolle sie sie zum Besten halten, den Ellenbogen auf den Tisch gestützt, das Kinn auf die Faust gelegt. Isabelle hat weder die Energie, sich zu streiten, noch die Absicht, klein beizugeben. Ihr Zaudern macht die Sache auch nicht besser, das ist ihr bewusst, und sie wirft sich vor, zu wenig Mumm zu haben. Pazifistisch und nachsichtig tut sie so, als bemerke sie Evs Gereiztheit nicht, die sich wiederum weigert, sich auf dieses Spiel einzulassen, sie weiter provoziert und zu einer Kraftprobe drängt. Woraufhin Isabelle, rebellisch und aggressiv, zum Angriff übergeht, Evs Zorn anstachelt, die ihr den Bumerang schonungslos zurückwirft, und sofort geht Isabelle in Deckung, um den scharfen Schüssen zu entgehen, denen gegenüber ihre eigene Munition wirkt wie nasse Knaller. Übrig bleibt der Humor, mit dem sie sich seit einer Dreiviertelstunde mehr schlecht als recht zu retten versucht, sich zwischen allen Klippen hindurchlavierend, wohl wissend, dass diese Taktik sie nicht vor dem Unwetter bewahren wird, das sich vor ihrer Nase zusammenbraut. Tief durchatmen, Coache, redet sie sich zu, dein Leben ist nicht in Gefahr, auch wenn es dir so vorkommt!

»Ev, ich habe im Moment ebenso sehr Lust, vernascht zu werden, wie du, mit meinem Kuchen herumzuspielen!«

»Isabelle, du beginnst mir ernstlich auf die Nerven zu gehen, weißt du das?«

»Na gut, was ist denn jetzt eigentlich das Problem?«

»Dein Mangel an Etikette, Darling.« Ev geht vom Sturmläuten zu einschmeichelnden Flötentönen über. Isabelle verliert den Boden unter den Füßen.

»Jetzt überraschst du mich ... Ich hatte geglaubt, dass die Etikette dir am Hut vorbeigeht!«

»Nicht vollständig und nicht in der Öffentlichkeit!«

»Und das Eis auf dem Kuchen, das verstößt gegen deine Prinzipien einer Frau des öffentlichen Lebens, ja?«

Ev lacht nicht. Ihre Augen schleudern wütende Blitze.

»Isabelle, du willst wohl unbedingt das letzte Wort haben, wie?«

»Das wär doch mal eine Abwechslung, findest du nicht?« Isabelle hat sich betont leger gegeben, um diesen Peitschenhieb zu mildern, doch Ev streckt den Arm aus und greift nach ihrem Teller. Isabelle hält sie am Handgelenk fest und warnt sie: »Ev, hör auf, mach keinen Quatsch!« Ev ist schneller als sie, sie springt auf, Isabelle versucht, ihren Stuhl zurückzuschieben, befiehlt ihr: »Ev, lass das!« Ihr Kaninchenragout rumort in ihrem Magen, ihr Stuhl klemmt fest. »Ev! Ich bitte dich ...« Sie hat einen sanfteren Ton angeschlagen, der Flug der Himbeeren bricht ab. Über dem Tisch erstarrt, grün vor Wut, stellt Ev den Teller wieder hin, die Eissauce schwappt auf die Tischdecke. Ev setzt sich wieder, sucht mit den Augen ihre Handtasche, holt ein Taschentuch hervor. Sie hebt ihren finsteren Blick zu Isabelle, wischt sich die Finger ab, einzeln, systematisch, schweigend. Isabelle rückt ihren Stuhl wieder zurecht, ihr Herz klopft am Rande eines bodenlosen Sees, in dem sie Angst hat unterzugehen. Das Paar zu ihrer Rechten beobachtet sie. Isabelle fühlt sich immer unwohler. Ev dagegen schert sich nicht um die Tischnachbarn; im Moment hat sie nur Isabelle im Visier. Isabelle will Frieden schließen, sie verbeißt sich ihren Stolz: »Verflixt und zugenäht! Wenn ich gewusst hätte, dass du dich wegen einer solchen Kleinigkeit so aufregst ...«

»Das musst du gerade sagen! Wenn du dir in den Kopf setzt, mich auf die Palme zu bringen, gelingt dir das großartig!«

»Aber du piesackst mich seit einer Stunde! Hab wenigstens den Anstand, das zuzugeben! Statt mir den Kuchen an den Kopf zu werfen ...«

»Verdammt noch mal, gut, reden wir über Anstand! Du tauchst mit einer Stunde Verspätung hier auf, um mir dann zu verkünden, dass du für drei Tage statt zwei verreist!«

»Ach, Madame verträgt es nicht, wenn ihre Pläne durchkreuzt werden! Ich werde dich doch wohl nicht jedesmal um dein Einverständnis bitten, wenn es eine Programmänderung gibt, oder?«

»Isabelle, mach in diesem Ton weiter und ich verlasse den Tisch!«

Und es ist nicht nur der Tisch, den sie verlassen will. Isabelle atmet tief durch die Nase ein, sucht irgend etwas, um sich zu beruhigen, sie dreht den Kopf nach links, begegnet dem mitfühlenden Lächeln des Tischnachbarn, lächelt gequält zurück und wendet sich langsam wieder Ev zu.

»Ev, ich habe mich für die Verspätung entschuldigt, und ich sage dir noch einmal, dass es mir wegen des Freitagabends leid tut.« Der Ton ist fest, ohne schneidend zu sein, Isabelle beglückwünscht sich.

»Deine Entschuldigungen können mir gestohlen bleiben!« Die Stimme zischt, Ev gibt um keinen Zentimeter nach. Isabelle spürt, wie der Zorn wieder in ihr aufsteigt.

»Verflucht noch mal! Ich konnte nicht vorhersehen, dass ich absagen muss! Ich wiederhole es noch einmal, es tut mir sehr leid, dass etwas dazwischengekommen ist! Was willst du denn noch?«

»Dass du die Höflichkeit besitzt, mich nicht obendrein noch zu verarschen!«

Jetzt gerät Isabelle ins Schleudern, auf den Vorwurf war sie nicht gefasst. »Wieso, ich verarsch dich doch nicht ...«

»Verdammte Scheiße! Und deine Schweinerei mit dem Kuchen, wolltest du mich damit vielleicht nicht zum Kotzen bringen?«

»Tut mir leid, wenn ich dich zum Kotzen bringe ... vor allem mit so gutem Kuchen!« Isabelle hat einen Lachanfall, sie kann nichts dafür, sie findet sich komisch. Evs Gesicht verfärbt sich von Grün zu Purpur, Isabelle setzt noch eins drauf: »Du hast recht, Ev, es ist kein Zuckerschlecken mit mir ...«, dann von Purpur zu Pfirsichrosa, »... ich hab wirklich einen Stich ...«, Isabelle kann nicht mehr, »... wir hätten besser das Dessert vernaschen sollen!«

Sie lacht ihr ins Gesicht. Ev ist fassungslos, wie vom Donner gerührt.

»Verdammt, du nervst mich vielleicht! Ich bin stinksauer, und du hast die Frechheit, dich kaputtzulachen!«

»Mir einen Ast zu lachen, jawohl!« Isabelle kichert wieder drauflos, Ev streckt die Waffen, besiegt, ganz langsam bricht ihre Mezzokaskade hervor.

»Und du schaffst es noch, dass ich mitlache ...« Die Stimme vibriert in der Tiefe, das Unwetter ist vorüber, Isabelle zuckt die Schultern und trocknet sich die Augen, während Ev den Teller sanft zu ihr hinüberschiebt.

»Los, iss das auf und überlass die Etikette mir. Nein, keine Widerrede! Kein Wort, hab ich gesagt! Du machst mich noch verrückt!«

Das war das zweite Mal, dass Ev zu ihr sagte, sie mache sie verrückt. Sie sagt es jedesmal, glaubt Isabelle, wenn sie sie verärgert, sich stur stellt und Ev dann ins Schleudern kommt, wenn sie am Ende kapituliert. »Aber, Isa ... Warum bist du denn schon angezogen?«

»Ich habe gerade die Uhrzeit gesehen, Ev, ich muss jetzt unbedingt nach Hause. Meinst du, ich kann um ein Uhr früh ein Taxi bekommen?«

»Keine Chance, Darling.« Der lakonische Ton hat ihren Anflug von hysterischer Panik mit einem Schlag durchbrochen.

»Was? Es gibt in Paris um diese Zeit kein einziges Taxi mehr?« Ev stellt das Tablett mit dem Bier auf das Tischchen. Eine ihrer gemeinsamen Leidenschaften: Ev lässt Isabelle jedesmal, wenn sie die Nacht bei ihr verbringt, eine neue Biersorte probieren. Die Hände in den Taschen ihres Morgenmantels hat Ev sich an den Türrahmen gelehnt und sie angeblitzt mit ihren glatten, tiefen fliederblauen Seen, die sie jedesmal in Unruhe versetzen.

»Es kommt nicht in Frage, Isabelle, dass du jetzt gehst, ob mit oder ohne Taxi.« Der Ton war ruhig.

»Ev, ich habe morgen früh, das heißt heute früh um acht ein Gespräch, und ...«

»Ich werde dich hinfahren, du wirst pünktlich dort sein. In der Zwischenzeit schläfst du hier wie ausgemacht, Darling.«

»Hör mal, das ist ein Missverständnis ... Ich habe zwar gesagt, dass ich die Nacht mit dir verbringe, aber da ist jetzt dieses unvorhergesehene Gespräch ...«

»Nerv mich nicht, Isabelle.«

»Das ist nicht meine Absicht; ich versuche dir nur zu erklären, dass ich morgen in aller Frühe fit sein muss!«

»Es gibt eine Regel zwischen uns, Isa, und die ist nicht verhandelbar. Entweder du verbringst die ganze Nacht mit mir oder du lässt es bleiben, Punktum. Du hast die Wahl.«

»Und was heißt das?«

»Genau das, was du verstehst, Darling! Du hast Zeit für mich, wenn du es mir gesagt hast, oder du lässt dich woanders vögeln ...« Ev lächelte. Isabelle sprang auf.

»Verdammt, bist du ein Macho!« Eine Sekunde der Unschlüssigkeit, Evs Blick wanderte von Isabelles Augen zu ihren Händen, die damit beschäftigt waren, ihren Gürtel zu schließen, dann warf Ev das Netz ihrer Stimme aus.

»Mhmm ... Und das macht dich an!«

»Gott verdammt, verpiss dich, Ev Anckert!« Der Replik mangelte es an Eleganz. Isabelle ärgerte sich darüber; es war alles, was ihr eingefallen war, um nicht unterzugehen. Ein Schlag aus dem Hinterhalt unter die Gürtellinie, ausgeführt mit einer solchen Lässigkeit, dass Isabelle hin und weg war vor Neid und Bewunderung. Sie wurde plötzlich von einem Lachanfall geschüttelt; sie spürte, wie sie rot wurde. Ja, es erregte sie, und die Lust zu gehen war ihr vergangen! Ev hatte ihre Verwirrung bemerkt; sie ließ dieses kurze befriedigte Lachen hören, das sie nach der Liebe oder kurz davor, sobald sie Isabelles Lust spürt, von sich gibt. Ev blieb gegen den Türrahmen gelehnt stehen, während Isabelle sich unter ihrem schamlosen Blick auszog. Sie legte sich aufs Bett, in Evs Richtung weit geöffnet: »Iss mich!« Keine Bitte, viel mehr als eine Aufforderung, fast ein Befehl. Ev war langsam auf sie zugekommen, hatte ihren Morgenmantel ausgezogen und noch einmal gelacht. Als sie niederkniete, nahm sie sich noch die Zeit zu flüstern: »Du machst mich verrückt!« Isabelle murmelte zurück: »Ist bei mir schon passiert!« Und das Bier hatte reichlich Zeit, lauwarm zu werden, ehe sie es probierten.

Ev sagt, sie komme zehn Jahre zu früh. In Frankreich spreche man ebensowenig von Gewalt in der Ehe wie von Sex, geschweige denn von Sex in homosexuellen Beziehungen. »Diese Dinge«, von ihren Händen in Anführungszeichen gesetzt, existierten, aber es sei unschicklich, ja geradezu unanständig, in der Öffentlichkeit ungeschminkt darüber zu reden. Sie sind zum Mittagessen im Lozère, Ev wollte sie zwischen zwei Terminen sehen. Eine keusche Verabredung zum Essen, hatte sie ausdrücklich hinzugefügt, als sie sie um zehn nach sieben Uhr morgens im Hotel anrief, ein sittsames Rendezvous, was jedoch aus ihrem Munde keineswegs züchtig klang. In diesem intimen Restaurant, einem auvergnatischen Keller mit zwölf Tischen zwischen geschwärzten Steinen, römischen Pilastern und verkleideten Balken, nimmt ihr Gespräch über die sexuellen Gepflogenheiten in Frankreich den Anschein einer Verschwörung an, und sie tuscheln mehr, als dass sie diskutieren; Ev über ihre gespickte Schweinshaxe, Isabelle über ihre Kaninchenkeule gebeugt.

Ev hatte gerade das einstündige Interview kommentiert, das Isabelle im jüdischen Rundfunk gegeben hatte, und hervorgehoben, wie angenehm ungezwungen die Moderatorin sowohl mit ihr wie auch mit dem Thema umgegangen war. Isabelle klärte sie darüber auf, dass die Moderatorin ihr in einem kurzen Gespräch vor Beginn der Sendung höflich empfohlen hatte, sich beim Thema Homosexualität zurückzuhalten. Eine Einschränkung, auf die sie ihrerseits mit eher leidenschaftlichem als höflichem Widerspruch reagiert hatte. Ev hörte aufmerksam zu. Isabelle berichtete von ihrem Erstaunen, als die Moderatorin die Diskussion abbrach, indem sie ihr schlichtweg verbot, homosexuelle Beziehungen auch nur zu erwähnen, mit der Begründung, ihre breite Hörerschaft, »so kultiviert und gebildet sie auch sein mag«, wie sie betonte, würde daran Anstoß nehmen. Ev wandte ein: »Aber Isa, was überrascht dich daran? Was hast du denn erwartet?« Sie antwortete Schlag auf Schlag, im Jahr 1984 sei es doch wohl höchste Zeit, etwas Offenheit gegenüber anderen Lebensformen zu beweisen, welcher Art auch immer; anders als zur Zeit der Inquisition kenne heute doch jeder oder fast jeder Lesben und Schwule; die viktorianische Haltung gegenüber der Sexualität sei völlig überholt; die populärsten Theorien über die Abnormität der Homosexualität beruhten auf der Annahme der Komplementarität der Geschlechter, und es sei ja ganz evident, allein wenn man sich das Ausmaß und die Folgen ehelicher Gewalt ansehe, dass das eine verlogene Utopie und eine gefährliche Ideologie sei, begründet und aufrechterhalten durch obskure Autoritäten, mit dem alleinigen Ziel, unter anderem die Geburten zu kontrollieren und die Herrschaft der Männer über die Frauen zu gewährleisten; ihr persönlich erscheine es wesentlich schockierender, wenn ein Mann einen anderen töte, um vorgeblich seine Fahne, in Wirklichkeit jedoch den Profit der multinationalen Konzerne am Kriegsarsenal zu verteidigen, als sich vorzustellen, er schlafe mit ihm; diese ganze Heuchelei, die es zulasse, dass man die schlimmsten Greuel in den Nachrichten zeigt, es jedoch ablehne, Homosexualität zum Thema zu machen, unter dem Vorwand, das könne ein paar keusche Ohren beleidigen, kotze sie an.

Während sie ihre Argumente in einem Atemzug aneinanderreiht, in einem rednerischen Höhenflug, dessen Heftigkeit sie selbst ganz schwindelig werden lässt, bricht nach und nach Evs Lachen durch. Ein Zittern ihrer zwei herrlichen Mundfalten, die Kaskade, die aus ihrem Bauch aufsteigt, anschwillt und sich schließlich ergießt, während Ev den Kopf in den Nacken wirft. Ihr Lachen erfüllt den winzigen Raum erst mit einem dumpfen Grollen, dann mit einem Alt-Staccato, wird von den Wänden des Kellers zurückgeworfen, der, daran zweifelt Isabelle nicht, schon lange kein solches Beben mehr erlebt hat. Ev wendet sich langsam wieder Isabelle zu, die sie wie versteinert beobachtet, und ruft aus: »Darling ... Du bist unwiderstehlich! Dieses Feuer, diese Leidenschaft ... Deine Studenten müssen dir zu Füßen liegen!« Sie lacht wieder.

»Aber es ist mir ernst mit dem, was ich da sage, Ev!«

»Natürlich.« Sie kichert noch, amüsiert, funkensprühend. »Ich weiß.« Isabelle ist gekränkt. Zum ersten Mal zieht sie sich in verschnupftes Schweigen zurück. Die Augen auf ihren Teller gerichtet, geht sie auf Distanz, plötzlich nur noch damit beschäftigt, mit ihrer Gabel ein labbriges Kohlblatt, eine schrumpelige Morchel und ein zartes Stück Kaninchen aufzuspießen, die ihr nacheinander wegrutschen. Sie lässt ihre Gabel mitten auf dem Teller liegen und greift, darauf bedacht, gemessen zu wirken, nach ihrem Glas. Sie spürt den Blick, mit dem sie gemustert wird, sie hebt die Augen zu Ev und lächelt sie an, ganz Frau von Welt, die über diesen Dingen steht. Ev lässt sich nicht täuschen, sie murmelt: »Ich habe dich verletzt!« Und fügt mit ihrer zärtlichsten Stimme hinzu, ihre Bücher kämen zehn Jahre zu früh.

»Und du meinst«, erwidert Isabelle, noch immer pikiert, »dass man nichts tun kann, um die Dinge zu ändern? Dass man ...«

»Aber *du* änderst die Dinge ja, Isa! Deine Bücher behandeln das Thema Homosexualität mit einer nicht alltäglichen Offenheit, glaub mir! Und doch lädt man dich überallhin ein ... Dein neues Buch läuft doch sehr gut, oder?«

»Ja, schon ... Aber über den Äther von Homosexualität zu reden kommt nicht in Frage, klar!«

»Aber, Darling, was würde das denn ändern, wenn du dich öffentlich als lesbische Doktorin zur Schau stelltest, hm? Du würdest jede Glaubwürdigkeit verlieren ...«

»Ich habe nie gesagt, dass ich mich öffentlich zur Schau stellen will!«

»Du würdest nicht ein Viertel des Publikumsinteresses bekommen, das dein Buch gegenwärtig erfährt!"

»Ich will mich nicht zur Schau stellen, Ev, nur etwas transparenter sein, verflucht!«

»Aber du bist doch transparent! Und zwar mehr, als dir klar zu sein scheint!«

»Wieso?... Meinst du, dass alle Journalisten wissen, dass ich lesbisch bin?«

»Wissen nicht, aber ahnen tun sie es, ganz bestimmt.«

»Aber verdammt noch mal, Ev, es steht mir doch nicht ins Gesicht geschrieben! Meinst du zum Beispiel, ein Typ wie Jean-Louis Trouë ... du kennst ihn, er war an dem Abend da, als ...«

»Mhmm ...«

»Meinst du, er weiß, dass ich lesbisch bin?«

»Natürlich! Du scheinst nicht zu begreifen, Isa, dass du in deinen Büchern ohne jede Zurückhaltung über Homosexualität sprichst ... Und zwar mit Argumenten, die sie in keiner Weise verurteilen, sondern offen verteidigen. Man müsste doch blind und taub oder total debil sein, um daraus nicht zu schließen, dass du selbst lesbisch bist!«

»Mit anderen Worten, ich habe mich vor aller Welt geoutet, ohne es zu merken!«

»Gewissermaßen, ja ...«

»Aber Trouë zum Beispiel, der hat mir doch neulich Abend überschwenglich den Hof gemacht. Das kann dir doch nicht entgangen sein!«

»O nein ... Auch da hätte man blind und taub sein müssen! Armer Trouë! Ich habe gedacht, er würde dich vor unseren Augen auf seinem Schlachtross entführen!« Ein so treffendes Bild, dass sie im Duett in Lachen ausbrechen. »Aber«, fügt Ev hinzu, »das ist doch etwas ganz anderes, oder?«

»Wieso?«

»Na, das liegt doch auf der Hand ... Trouë gehört zu dem

Schlag Männer, die es beruhigt, wenn eine Dame sich ein paar Verirrungen ins Bett einer anderen Dame erlaubt, weil er, der Experte des Koitus, das verlorene Schaf unfehlbar auf den rechten Weg zurückbringen würde. Um so mehr, als solche Verirrungen, die in seinen Augen den Reiz des Verbotenen und einen leicht pornographischen Beigeschmack haben, einen außergewöhnlichen sexuellen Appetit verraten. Mit anderen Worten, dass die betreffende Dame eine perverse kleine Schlampe ist, die nur darauf wartet, auf seinem Diwan flachgelegt zu werden! Und dass du ihn erregst, Darling, überzeugt ihn letztlich nur davon, dass er sich nicht getäuscht hat.«

»Das heißt, meine Tarnung ist aufgeflogen!«

»Tja, Pech gehabt, Darling! Tut mir leid ...«

»Oh, ja, du siehst wirklich untröstlich aus!... Und du – hast du schon beim Lesen meiner Bücher gewusst, dass ich Frauen liebe?«

»Ach, Isa! Du hast mir doch rundheraus angeboten, mir meine Unschuld zu rauben! Was sollte ich denn da sonst denken?«

»Stimmt ja ... Verflixt, das hatte ich ganz vergessen!«

»Ja, lach du ruhig ... Ich habe in dem Moment jedenfalls fast mein Glas verschluckt! Also wirklich, so eine Unverfrorenheit! Und du machst dir Gedanken darüber, ob du dich zur Schau stellst?«

»Aber das war doch kein Zurschaustellen! Jedenfalls nicht so, wie du es machst! Nein, nein, verschluck nicht dein Glas ... Du bist die erste Frau, die ich kenne, ich meine, die erste Geliebte, die mir in der Öffentlichkeit mit der Hand über den Rücken streicht und mich Darling nennt, die mich sogar auf der Straße küsst, überall ...«

»Und ist dir das peinlich?«

»Nein, überhaupt nicht ... Das heißt, doch, manchmal ...« Das Thema bereitet ihr Unbehagen, sowohl wegen der Indiskretion als auch wegen der Eifersucht, die Isabelle sich von Anfang an verboten hat. Ev führt ihre Tasse zum Mund, ihre Augen haken sich in ihren fest, sie schluckt langsam, beobachtet sie, wartet auf die Fortsetzung. Isabelle sagt beiläufig: »Claire Lescop weiß, dass wir miteinander schlafen.« Evs Tasse verharrt einen Moment in der Luft, sie senkt den Blick, antwortet »Ach ja?«, sucht den Unterteller, stellt die Tasse darauf ab. Eine verhaltene Geste, sie täuscht Gleichgültigkeit vor, schlussfolgert Isabelle und fügt hinzu: »Und Lili Nanterres lässt dir Grüße ausrichten.« Die malvenfarbenen Seen blitzen, Ev kreuzt die Unterarme auf dem Tisch, nichts wundert sie, ihre Lippen zucken, sie amüsiert sich königlich. Isabelle unterstreicht in leicht gereiztem Ton: »Ihre *herzlichsten* Grüße, genau genommen!«

»Da du ja von Transparenz träumst, müsstest du doch entzückt sein, oder?« Evs Stimme vibriert in der Tiefe, ihr Mund spottet, ihre Augen streicheln sie, Isabelle bricht in Lachen aus.

»Lässt dich das völlig ungerührt? Verdammt, Ev, stört es dich denn nicht, dass alle Welt weiß, mit wem du schläfst?«

»Ach, Darling, Gerüchte gibt es immer, aber das ist doch nichts Schlimmes oder Dramatisches, oder? Ich habe meine Vorlieben nie geheimgehalten. Gut, ich bin auch reich und unabhängig; ich bin frei, mich so zu zeigen, wie ich will! Verstehst du, mich würde es eher wundern, wenn das alles unbemerkt bliebe.«

»Aber Ev ...« Isabelle zögert. Sie weiß, wenn sie weiter in ihre Intimsphäre vordringt, eröffnet sie Ev eine Bresche in ihrer eigenen Rüstung. Ev wartet geduldig auf das Ende ihres Satzes. »Du hast dir den Ruf erworben, eine Frauenheldin zu sein!«

»Ja und? Wenn ich reihenweise Typen flachlegen würde, würde das keinen Menschen interessieren! Oder wenn ich ein Mann wäre, dann würde mein Ansehen dadurch höchstens steigen. Wohingegen ich so ein wenig an den guten Sitten rüttle ... Was natürlich ein gewisses Interesse erweckt! Das ist doch alles vorhersehbar, oder?«

»Vielleicht ... Weil du dich daran gewöhnt hast ... Aber ich, ich habe das Gefühl, Mikros unterm Bett zu haben!«

Ev lacht und bestellt die Rechnung.

»Mikros ... Also Isa, meinst du nicht, dass du ein bisschen übertreibst?«

Isabelle schüttelt den Kopf und erzählt weiter, dass Lili zwar sehr zurückhaltend, Claire jedoch wesentlich indiskreter gewesen sei und es sogar für nötig befunden habe, sie vor Ev zu warnen. »Ihr zufolge«, betont Isabelle, »hättest du schon alle Röcke von hier bis Timbuktu hochgeschoben ...«

Ev verliert die Geduld und unterbricht ihre Tirade. »Also hör zu, Isabelle, ich kann mir denken, was Lescop dir erzählt hat, aber es ist mir scheißegal! Sie wird dir ein paar prickelnde Anekdoten aufgetischt haben – ich kann mir vorstellen, welche, sie erzählt immer dieselben Geschichten! Die von der jungen Griechin, mit der sie mich auf Korfu gesehen hat, als ich sie gerade auf den Mund küsste, unter anderem ... Stimmt's?« Isabelle nickt, Ev fährt fort: »Und die Mädchen bei Dior – die Geschichte liebt sie! Die hat sie dir auf dem Laufsteg präsentiert, nicht wahr?« Isabelle nickt, über Evs Wortspiel lachend, das diese gar nicht zu bemerken scheint, so sehr ist sie in Fahrt. »Und was noch?«, attackiert sie weiter. »Hm? Namen, Daten? Die sammelt sie doch. Ich glaube, das geilt sie auf. Und du kannst dich drauf verlassen, Claire erfindet nichts, sie erzählt nur weiter, was sie gesehen oder gehört hat! Und ansonsten hat sie nicht die geringste Ahnung von meinem Privatleben ... Also, Isa, die Mikros unterm Bett, die kannst du ihr beim nächsten Mal an den Kopf werfen, ja!«

Isabelle lacht. Sie bewundert Evs unerschütterliches Selbstbewusstsein. Jede andere hätte sich verteidigt, hätte sich bemüht, zu korrigieren, auszuradieren, zu leugnen oder zu erklären. Ev nicht, weder legt sie Geständnisse ab, noch redet sie um den heißen Brei herum. Sie verkündet: Sieh her, so bin ich, arrangier dich damit. Isabelle denkt schon fast, ihre Meinung sei ihr gleichgültig, als Ev ihr beim Begleichen der Rechnung zuflüstert: »Isa, trotz allem tun mir diese ganzen Indiskretionen leid. Bist du mir böse?« Sie schüttelt den Kopf. Ev lächelt. »Und macht es dir etwas aus, dass man weiß, dass du meine Geliebte bist?«

»Im Gegenteil, ich bin sehr gern deine Geliebte ... Daran hast du doch keinen Zweifel, oder?« Ev lacht, strahlend, beruhigt. »Ev, ich habe solche Lust auf dich ... Hast du noch eine Stunde Zeit?«

»Das wollte ich dir gerade vorschlagen!«

»Du weißt, dass ich um sechs Uhr zum Zug muss, Ev, und ...«

»... und ich werde dich rechtzeitig hinbringen, keine Angst!«

»Hast du dir den Nachmittag freigenommen?«

»Mhmm ...«

»Ev, du verwöhnst mich!«

»Tja, ich habe schließlich einen Ruf zu verlieren!«

Sie tauchen aus dem Keller auf, die Sonne blendet sie und fordert eine Schweigeminute. Ev fasst sie um die Taille, sie gehen langsam zu ihrem Auto, das ganz in der Nähe geparkt ist.

»Ev ... Ich habe vorhin gelogen, was all diese Geschichten angeht ... Es macht mich eifersüchtig.«

»Ja, ich weiß, Darling ... Und das geht mir runter wie Honig!«

»Jetzt versuchst du wohl, mich zu beruhigen, hm?«

»Und – beruhigt es dich nicht?«

»Mich wie eine Nummer zu fühlen? Nein ...«

»Immerhin eine ganz besondere Nummer ...« Sie lacht.

Und Isabelle küsst sie, sie küsst sie mitten auf der Rue du Four, Paris, Frankreich, wo zwei in Leidenschaft entflammte Frauen keinen Anstoß zu erregen scheinen.

Brüssel. Samstag, den 3. Juni

Liebste Timothée,

im Alter von zwölf Jahren habe ich meiner Mutter das feierliche Versprechen gegeben, 1. niemals mit einem Mann zu schlafen, bevor ich ihn geheiratet habe, 2. niemals einen Mann zu heiraten, den ich nicht liebe. Ich habe mich davon frei geglaubt, als ich merkte, dass mein Versprechen ohne Mann oder Heirat hinfällig war. Es hat zwanzig Jahre gedauert, bis mir klar wurde, dass meine Mutter schon alles verstanden hatte: Es ist tatsächlich weitaus schwieriger, mit jemandem zu schlafen, ohne sich zu verlieben, als sich heiß zu lieben, ohne es zu tun. Meine Mutter, die mich besser kannte als ich mich selbst, hatte meine Lust an der Gefahr gewittert, unabhängig vom Geschlecht der anderen Person!

Ich habe meine Mutter im Verdacht, selbst an der verbotenen Frucht geleckt, geknabbert oder sogar herzhaft hineingebissen zu haben, ohne mir je zu verraten, dass die Falle, die echte, der Strick um den Hals, über den die Kerle sich hinwegtrösten, wenn sie ihr Junggesellendasein begraben, nicht das spießige, alltägliche Leben zu zweit ist, sondern die fleischliche Lust, das wilde Begehren, die Qual, die einen so dumm macht wie eine Herde Affen, wenn sie im Frühling eine brünstige Jungfrau wittern.

Ev Anckert macht mich so verrückt, dass ich allen Anstand verliere. Ich würde vom sechsten Arrondissement bis ins sechzehnte kriechen – hol Deinen Paris-Plan hervor, dann wirst Du sehen, dass das keine Kleinigkeit ist –, nur damit sie mich berührt oder auch nur streift, um nach ihr zu lechzen, feucht zu werden, mich zu ihren Füßen zu winden, sie anzuflehen, mach weiter! mach weiter! und immer weiter auf Wolke sieben zu schweben ... Sie sagt, ich mache sie verrückt. Nun, dieses Glück beruht wirklich auf Gegenseitigkeit! Aber ihre größte Lust, und damit halte ich sie fest, besteht in dem Wissen, dass sie mich mit ihrem bloßen Blick schon abheben lässt.

Ev Anckert ist eine Löwin. Es bekommt sie nicht, wer will. Stolz, ein Hitzkopf, eine Löwin, wie mein Vater ein Löwe war: Sie sind warm, kuschelig, sie sind weich und sie schnurren, wenn du sie mit dem Strich streichelst ... aber wehe, wenn sie mit der Tatze nach dir schlagen! Sie brüllen, dass dir das Blut in den Adern stockt, wenn du an ihr Ego rührst und sie sich herausgefordert fühlen. Wenn du vor ihrer Nase herumtanzt, während sie schon warnend die Zähne fletschen, fallen sie wütend über dich her.

Ich rede von meinem Vater, es ist eben nicht so einfach, Ödipus kann einpacken, Sigmund hat nicht alles gewusst! Denn tatsächlich ist es so, meine liebe Timothée, der ich alles sage, seit ich mit Ev Anckert schlafe, schlafe ich mit meinem Vater, nachdem ich mit meiner Mutter geflirtet habe! Henris Wutausbrüche sind das eine, mit denen komme ich ohne Schaden zu nehmen zurecht ... Ich kraule den Löwen am Bauch, streichle ihm die Flanken, er wälzt sich auf dem Boden, und ich liebe es, mich mit ihm herumzuwälzen! Aber es steckt auch etwas von Gisèle darin. Das spüre ich an der Art, wie ich Distanz halte, wie ich ausweiche, wie ich Angst habe, mich Hals über Kopf zu verlieben. Ev ist eine beeindruckende Frau, mächtig wie meine Mutter es war, der ich nie gewagt habe, die Stirn zu bieten, nicht einmal in ihre Nähe habe ich mich getraut, ohne die Angst, zurückgewiesen zu werden, und noch weniger ist es mir je gelungen, sie zu erobern, ohne mich zu demütigen. Du weißt das, Du brachtest in ihrer Anwesenheit keine drei Worte heraus, Du, die größte Klappe von ganz Lac-St-Jean! Manchmal erinnert Ev mich an sie, nein, nicht Ev selbst, sondern die Gefühle, die mich in ihrer Nähe bisweilen überkommen. Ich würde alles tun, um sie zu verführen und von ihr geliebt zu werden ... Da ist ein Knoten, der mich lähmt. Ein Knoten, an dem ich jedoch zwanghaft herumfummle, aus Angst, sie zu verlieren, aus Furcht, sie könnte sich entfernen, wenn ich mich nicht ein Stück weiter einlasse. Ich habe eine Heidenangst, mich auf sie einzulassen, allen Stolz zu verlieren, und ziehe mich statt dessen in eine Reserviertheit zurück, die mir, wie Du weißt, nicht ähnlich sieht und die Ev wohl als Kälte missverstehen muss. Ich bin schon so weit, dass ich mich frage, ob meine Mutter meinen Bemühungen nicht widerstand, wie ich jetzt, um einem Tornado zu entgehen, von dem man ahnt, dass er alles durcheinanderwirbeln und auf seinem Weg nichts übrig lassen würde als ein Leben, das von A bis Z neu geschrieben werden muss. Ev ist keine Frau, die man ignoriert oder in einer Ecke abstellt, wie es meine Mutter mit mir tat. Sie ist eher vom Schlag des Drachens, der dich in deiner eigenen Höhle in die Enge treibt. Und dann hast du die Wahl, entweder du schrumpfst an Ort und Stelle zusammen oder du gehst voll auf sie los, in der Hoffnung, dass ein homo erectus *ihr genügend Eindruck macht, um dich in ihren Klan aufzunehmen. Zu meiner großen Überraschung stoße ich wilde Schlachtrufe aus und greife die Löwin frontal an. Und da kommt dann Gisèle zum Einsatz – Ev schüchtert mich ein, meine Drachen werden panisch, meine aufrechte Haltung wird unsicher, ich zapple herum, bringe trotzdem von Zeit zu Zeit noch einen kleinen Schlachtruf heraus. Und das alles, meine liebe Timothée, die auf der anderen Seite des großen salzigen Wassers erschauern muss, das alles gleichzeitig mit den Hitzewallungen, die die schöne Anckert mir beschert.*

Kurzum, mit Ev übertreffe ich mich auf allen Ebenen selbst, und wenn ich mich öfter in ihrem Bett wälze als in meinem eigenen, dann nicht ohne bisweilen das Drücken einer kleinen Erbse zu spüren, die unter der Matratze steckt. Mein natürliches Gegengift besteht im Moment in Ev Anckert selbst: Sie ist zu sehr eins, um nur halb zu lieben; ich reise bald wieder ab, also bleibt sie auf

Distanz; sie liebt mich nicht, sie will mich und sie hat mich. Wir sind quitt. Ich genehmige mir eine reiche, elegante Pariserin, die mir alle Privilegien der ersten Mätresse einräumt.

Weißt Du, Timothée, eine Phantasie zu leben ist verwirrender, als darüber zu erzählen. Du stehst da, vor einem Fenster, und schaust ins Innere eines Hauses, du betrachtest die Anordnung der Möbel, die Farbe der Vorhänge, die Auswahl der Tapeten und der Bilder an den Wänden, du bemerkst die verstreuten Gegenstände, ein halboffenes Zigarettenpäckchen auf dem Tisch, die Reste einer Mahlzeit, das neben der Spüle gestapelte Geschirr, du stellst dir vor, wie du an diesem Tisch sitzt, du denkst an die Gerüche, die zum Ambiente passen, du vernimmst eine bekannte Melodie in der Ferne, das alles erinnert dich an jemanden, und plötzlich wird dir klar, dass du es bist, die in diesem Haus wohnt. Du fühlst dich wie ein Eindringling in deinem eigenen Heim.

Dass Du nicht schreibst, beunruhigt mich ... Ich stelle mir das Schlimmste vor, ich kenne Dich, Du hast Dich nach Herzenslust bei der wiederholten Lektüre meines letzten Briefes vergnügt, pausenlos, Dein rechtes Handgelenk, Dein ganzer Arm eitrig und entzündet, jetzt kannst Du nicht mehr schreiben, Dich kaum noch kratzen mit der ungeschickten Linken, und Du siechst vor Dich hin, nostalgisch und niedergeschmettert, während Du auf dem Bildschirm des großen 25-Betten-Saals im Stadtkrankenhaus von Montreal Baseball guckst, und obendrein zeigen sie da nur englischsprachige Programme! Ich flehe Dich an, schick mir eine Cassette, damit ich Deine Stimme höre, man braucht nur einen Finger, um das Gerät zu bedienen.

Oh! Fast hätte ich das Wichtigste vergessen. Eine unbefristete Stelle an der Universität? Gilles muss ja aufgeregter sein als ein ganzer Kreißsaal! Richte ihm meine besten Wünsche aus, er möge das Vorstellungsgespräch und den ganzen Stress mit links bewältigen. Und halte mich auf dem Laufenden, damit ich auf seinen Erfolg eine Flasche köpfen kann. Und wenn die Schergen der

Wissenschaft ihn einschüchtern, wenn ihm das Herz in die Hose rutscht und das Hirn in die Fersen, dann erinnere ihn an meinen alten Trick: sie sich auf dem Klo sitzend vorzustellen. In dieser Position wirkt sogar die Königin von England so harmlos wie ein Römer in Obelix' Faust! Zugegeben, der Trick hat seine Grenzen. Mit jemandem, den du wirklich schon mit herabgelassenen Hosen gesehen hast, stellt das Bild deinen Anspruch auf die Gleichheit aller Menschen nicht so einfach wieder her. Aber für die Römer ist es unfehlbar, sie sehen plötzlich nackter und weniger kraftstrotzend aus. Den Trick habe ich von Gisèle, du kannst einer Kennerin des Impressionismus vertrauen, du retuschierst ein kleines Detail, und schon verschiebt sich das ganze Bild zu deinen Gunsten! Und wie Du selbst immer sagst, Du altes weises Luchsauge, zu jedem Berg gehört sein Tal! Jetzt muss ich ganz schnell aufhören, ein Live-Fernsehauftritt, in zwei Tagen fahre ich nach Paris zurück, dann schreibe ich Dir wieder.

Ich umarme Dich fest, Küsschen an Gilles, bis bald,

Isabelle

»Sag mal, meine Löwin, die ist ja faszinierend, deine Quebecerin! Wann entschließt du dich, sie mal zu uns mitzubringen?« Das ist Madeleine, wie sie leibt und lebt. Weder Begrüßung noch Einleitung, gleich mit der Tür ins Haus. Ev wird sich nie daran gewöhnen; sie braucht immer ein paar Sekunden, um am Ende der Leitung wieder zu Atem zu kommen.

»Mado, du bist eine unverbesserliche Spionin! Schaust du jetzt schon mittags fern?«

»Und du – seit wann bist du um die Mittagszeit zu Hause?«

»Höhere Gewalt, Sherlock! Ich packe meine Koffer ... Hast du die ganze Sendung gesehen?«

»*Du* packst? Das ist ja ganz was Neues! Hat Janine dich verlassen?« Madeleines Lachen, ein Balsam, eine Zuflucht, eine reine Freude. Ev muss lachen.

»Nein, noch nicht, sie hält durch ... In Wirklichkeit packt *sie!*«

»Ah, gut! Dann bin ich ja beruhigt, zumindest was dein häusliches Leben mit Janine angeht.«

»Sag mal, rufst du mich jetzt an, um über Kofferpacken und Haushaltsführung zu reden?«

»Über deine Nixe, mein Schatz. Die ist ja wirklich bezaubernd! Ein Ausbund an Frische, diese Frau! Und Köpfchen hat sie. Paillé hatte alle Hände voll zu tun, sie schien völlig in ihrem Bann ... Du hast doch den Anfang mitgekriegt, hoffe ich?«

»Nein, leider nicht ...«

»Oh, Ev, es war köstlich, das hättest du sehen müssen! Stell dir vor: der übliche Vorspann, ernste Musik, Zoom auf die Moderatorin wie immer, dann auf ihren Gast, und was sieht man, statt der üblichen Trauermiene oder dem erstarrten Lächeln – deine

Nixe, die schallend lacht! Die Kamera schwenkt augenblicklich auf Paillé, aber die biegt sich auch vor Lachen ... Siehst du das Bild vor dir? Der Regisseur wird sich die Haare gerauft haben, der arme Mann! Kamera, zwei, nein, die drei, nein, die zwei, nichts zu machen! Paillé und deine Isabelle lachen sich kaputt, schlagen sich auf die Schenkel, und das Weitere hast du ja gesehen, das hat den Ton der Sendung bestimmt!« Ev kichert. Madeleine fährt fort: »Und das alles, weil Paillé zwei Sekunden vor Beginn zu ihr gesagt hatte: Ich werfe Ihnen den Ball zu, und Sie reagieren. Deine Quebecerin sah sich schon mitten im Studio stehen und Ball spielen!«

»Wie? Das hat sie auf Sendung erzählt?«

»Na ja ... Paillé musste ja wohl oder übel erklären, was los war, oder? Um das Publikum nicht ganz abzuhängen. Gott, was habe ich gelacht! Du wirst sehen, ich habe es für alle Fälle aufgenommen. Wann fährst du überhaupt, und wohin?«

»In zwei Stunden, nach Genf.«

»Nur für heute?«, erkundigt sich Madeleine.

»Nein, vier Tage, ich komme am Sonntag zurück.«

»Und deine Quebecerin lässt du einsam in Paris darben?«

»Ich werde sie doch wohl nicht bei der Arbeit hinter mir her schleppen, oder? Im Übrigen kommt sie sehr gut ohne mich zurecht, mach dir keine Sorgen!«

»Also hör mal, du klingst ja ganz schön gereizt. Bist du sicher, dass alles in Ordnung ist? Es ist doch nicht etwa aus?« Ev merkt, dass sie Mado hat abblitzen lassen, ohne es zu wollen. Sie antwortet sanft, mit tiefer, entspannter Stimme, um sie zu beruhigen.

»Nein, Madeleine, es ist nicht aus, und ja, es geht mir sehr gut, sei unbesorgt.«

»Gut, so wie du nämlich eben geklungen hast, habe ich schon befürchtet, dass du sie massakriert hast oder gerade drauf und dran bist, es zu tun, dass sie dich verlassen hat oder schlimmer, dass deine hinreißende Geliebte dich mit allem betrügt, was in Paris herumläuft! Das ist doch nicht der Fall, hoffe ich?«

»Das wäre ja noch schöner! Allerdings habe ich sie nie danach gefragt, und sie ist eher von der diskreten Sorte, aber ich wette, dass sie meine Abwesenheiten eher dazu nutzt, wieder zu Kräften zu kommen, als sich weiter zu verausgaben.«

»Philippe hat es mir erzählt ... Beschert sie dir noch immer schlaflose Nächte? Und hältst du das Ruder noch fest in der Hand?«

»Schlaflose Nächte, schlaflose Nächte! Das sagt man halt so! Ich schlafe wie jeder andere Mensch, und sie auch ...«

»Ach, zum Kuckuck, Ev, doch hör auf, mir auszuweichen! Du kannst einen vielleicht auf die Folter spannen! Los, erzähl schon!«

»Aber was soll ich dir denn erzählen? Phil hat dir doch schon alles gesagt, was bleibt da noch zu reden!«

»Du tust ja verschämt wie eine Jungfrau, mir reißt gleich der Geduldsfaden! Bumst du sie noch jede zweite Nacht, ja oder nein?«

Ev prustet los. Sie wird nicht davonkommen.

»Ja, verflixt! Ich bumse sie noch jede zweite Nacht. Und wenn du nichts dagegen hast – sie mich auch. Unsere Liebesspiele dauern etwa drei Stunden, sie plaudert, sie lacht, sie vögelt wie eine Ausgehungerte, sie ist unermüdlich, und ich lasse es mir an nichts fehlen. Und in den frühen Morgenstunden, wenn sie noch schläft, nehme ich sie von hinten und erzähle ihr lauter Schweinereien dazu, das liebt sie!« Ev ist in Fahrt. Madeleine macht oh und ah, tut schockiert, kichert, staunt, prustet. Ev erzählt immer weiter, mit ihrer Mezzostimme auf einer Note verharrend. »Dann gehe ich Joggen, um nicht außer Form zu kommen, wenn du weißt, was ich meine, und bei meiner Rückkehr fällt sie über mich her, aber das wechselt, je nach ihren und meinen Gelüsten. Ich meine, manchmal kommt es auch vor, dass wir frühstücken, statt zu vögeln. Du siehst, wir sind vollkommen animalisch. Und mittags ein Quickie nach dem Essen, wenn unsere Termine es zulassen, natürlich. Und abends, bevor wir zum Essen ausgehen, zum Aperitif, also da könnte ich dir nicht sagen, wer wen nimmt, das passiert auch unter Frauen, osmoseartig. Und neulich Abend im Aufzug, da habe ich sie fast vergewaltigt, ich betone *fast*, denn sie war mehr als willig.«

»Im Aufzug, bei dir? Aber ihr seid ja total verrückt! Jetzt nimmst du mich auf den Arm, oder?«

»Nein, überhaupt nicht, und ja, wir sind total verrückt ... Also, ist es mir jetzt gelungen, dich ein bisschen zu schockieren?«

»Im Gegenteil, meine Löwin, so gefällst du mir.« Madeleine wird wieder ernst. »Es ist Ewigkeiten her, seit ich dich solche Anzüglichkeiten mit so viel Zärtlichkeit habe erzählen hören. Jetzt verstehe ich, warum du keinen Moment für uns übrig hast. Sie stiehlt dir all deine Zeit, deine Isabelle, nicht? Schaffst du es denn mit einer so leidenschaftlichen Geliebten, all deinen Verpflichtungen nachzukommen?«

»Nur mit knapper Not. Ich stecke bis zum Hals in Arbeit, die vierundzwanzig Stunden des Tages reichen mir nicht aus. Wir expandieren gerade, Philippe hat es dir sicher erzählt. Kristina kommt zwar wunderbar ohne mich zurecht, aber ich muss natürlich trotzdem ein Auge auf alles haben! In Routinedingen kann ich mich zum Glück auf Catherine verlassen ... Aber hör mal, die Zeit läuft davon und ich habe dich nicht einmal gefragt, wie es mit deiner New Yorker Ausstellung vorangeht ...«

»Ev, bist du verliebt?« Gegen Madeleines einschmeichelnde Stimme kommt Ev nicht an.

»Ja, vielleicht, kann sein, Mado ... Sie wird nicht unbegrenzt hierbleiben, sie wird früher oder später heimkehren müssen, weißt du. So, hör zu, ich kann jetzt nicht länger reden. Ich rufe dich an, wenn ich zurück bin, versprochen.«

»Nein! Versprich mir lieber, nächsten Sonntag mit Isabelle zum Mittagessen zu kommen.«

»Aber ich bin am Sonntag noch in Genf, Mado!«

»Ev, ich habe dich seit über einem Monat nicht mehr gesehen. Solche Sendepausen bin ich nicht gewöhnt. Du fehlst mir, meine Löwin.«

»Ja, ich weiß, Mado, ich weiß ... Du fehlst mir ja auch. Aber nicht dieses Wochenende. Ich habe Kristina versprochen, dieses Jahr bei dem Fest da zu sein, das sie für die Presse organisiert.«

Madeleine unterbricht sie. »Dieses Fest findet doch immer am Samstag nachmittag statt, oder? Warum fährst du nicht Samstag abend zurück?«

»Madeleine, ich bin fix und fertig, ich übernachte in Genf und ...«

»... und dann nimmst du am Sonntag morgen das erste Flugzeug und kutschierst gemütlich nach Honfleur, nachdem du deine Nixe beehrt hast, natürlich!«

»Verdammt, was für ein Dickschädel! Da weiß man, woher Evelyne ihn hat! Wird sie am Sonntag da sein?«

»Nein, sie fährt schon am Donnerstag nach Lausanne.«

»Sag ihr, sie soll mich in Genf anrufen, ja?«

»Ich werde es ihr ausrichten. Sie wird sich freuen, von dir zu hören. Und jetzt versprich mir, dass du am Sonntag mittag da bist, sonst bin ich ernstlich beleidigt! Und das ist kein Scherz ...«

»Einverstanden, dieses Risiko will ich nicht auf mich nehmen. Ich werde da sein. Mit Isabelle, und wir bleiben über Nacht, ist es dir so recht? So, ich umarme dich, Küsschen an Phil und an mein wunderbares Patenkind, das mit mir schmollt.«

»Wird erledigt. Grüß deine Schwester von mir ... Ach, Ev – denkt an Kleider zum Wechseln, ja? Phil hat einen Ausritt geplant ... Reitet sie wenigstens gut, deine Nixe? Ich meine, ich rede von Pferden ...«

»Pferd oder nicht Pferd, das kannst du sie selber fragen, hm?« Ev legt auf, während Madeleine noch lacht.

Sinnlos, ihr verheimlichen zu wollen, was sie empfindet. Verflixte Mado! Sie hat es geschafft, Isa im Fernsehen aufzuspüren! Sie lässt niemals locker ... Darin steht Isa ihr allerdings in nichts nach! Die treibt sie noch in den Wahnsinn! Gestern Abend hätte sie sie liebend gern massakriert. Keine Spur von Neugier, keine Bemerkung, kein Bedauern, nichts! Man hätte meinen können, sie sei erfreut über die vier freien Tage. Verflucht! Sie verlangt ja nicht die große Abschiedsszene von ihr ... aber diese Gleichgültigkeit! Selbst Vorwürfe perlen an ihr ab. Sie weicht aus, sowie Ev versucht, sie festzunageln. Und dieses kleine diskrete Lächeln, als wolle sie sagen, rede du nur, mein Schatz! Und die Augen, die sie gleichzeitig verschlingen! Auf dieser Ebene wenigstens zeigt sie keine Zurückhaltung ... Und sie glaubt, grübelt Ev weiter, dass ich sie so einfach werde abhauen lassen ... Verdammt, sie weiß noch nicht, mit wem sie es zu tun hat, die schöne Gleichgültige!

»Janine, haben Sie an eine Strickjacke gedacht?«

»Ja, Madame, natürlich ... Ich weiß doch inzwischen, dass es in Genf nie richtig Sommer wird, nicht einmal im Juni! Hier, die fuchsiafarbene, die Sie zu dem Wildlederrock tragen ...«

»Sie sind ein Engel, Janine! Was würde ich ohne Sie tun!« Janine errötet vor Freude und zuckt die Schultern. Ev geht lachend aus dem Zimmer. Isabelle erwartet um dreizehn Uhr dreißig ihren Anruf. Ev zieht sich ins Wohnzimmer zurück, wählt die Nummer des Hotels. Wie viele Jahre ist es her, seit sie zuletzt eine Telefonnummer auswendig gewusst hat? Was braucht diese Frau denn noch, murrt Ev vor sich hin, um zu begreifen, dass sie mir wichtig ist? Sie stellt sich wohl vor, dass ich mein Leben so am Telefon verbringe, mit einem ganzen Reigen von Geliebten?

Isabelle hebt ab. »Guten Tag, Madame Anckert ...« Sie hat ihre Schlafzimmerstimme, warm und sinnlich. Verliebt. »Pünktlich wie immer ... Wann fährst du?«

»Bald ... Und du hast geschlafen! Weißt du eigentlich, wie spät es ist, Faulpelz?« Isabelle kichert ihr leise ins Ohr. Ein Schauer läuft ihr den Nacken hinab, das Gefühl dieses geschmeidigen Körpers, der sich hemmungslos an sie schmiegt, dieses Lachen an ihrem Hals, das nach den letzten Wellen der Lust aufsteigt, Isa, die sie erfüllt und zufrieden aufs Ohr küsst, lachend, dieses immer wieder staunende, dankbare Glück, das Isabelle sie nach der Liebe großzügig spüren lässt. Ev lacht bei dem Gedanken daran.

»Du hast gut lachen, Ev Anckert ... Ich habe mich vorhin, als ich nach Hause kam, erst mal wieder hingelegt. Wie bringst du es fertig, nach einer ausschweifenden Nacht so fit zu sein? Gibt es dafür ein Rezept? Säufst du Diesel, wie dein unverwüstlicher Mercedes? Ist es das?«

»Du bist es, die unverwüstlich ist, Darling. Und da ist es doch besser, wenn ich fit bin, oder?« Isabelle lacht wieder. Die Anspielungen auf die Lust, die sie genossen hat, bringen sie immer zum Lachen. Ev merkt plötzlich, dass sie in zehn Minuten aufbrechen muss. »Hör zu, Isa, Madeleine lädt uns am Sonntag nach Honfleur ein. Hast du Zeit und Lust?«

»Deine Freunde in Honfleur? Wow! Welch eine Ehre. Ja – ja, ich habe Zeit. Gerne komme ich mit, sehr, sehr gerne! ... Warum lachst du denn jetzt wieder?«

»Über dich ... Deine Begeisterung. Das gefällt mir, Darling!«

»Na, ich hatte gedacht, ich würde dich nicht vor Montag oder sogar Dienstag wiedersehen ... Ich bin glücklich, dass du schon am Sonntag zurück bist ... Soll ich bei dir vorbeikommen? Um wieviel Uhr?«

Verdammt, dachtest du wirklich, ich wäre so lange ohne dich ausgekommen? Die Frage wollte herausplatzen, Ev hält sich zurück, keine Zeit, nicht der richtige Moment. Bei ihrer Rückkehr wird sie mit ihr reden, sie muss Klarheit schaffen. Jetzt hat sie es eilig. Ev schaltet in den vierten Gang, erklärt in Kürze das Programm, schließt: »Und wenn sich irgend etwas verschiebt, sage ich dir spätestens am Samstag Bescheid.«

Isabelle, die bis dahin schweigend zugehört hat, erwidert: »Mit anderen Worten, du bist am Sonntag vielleicht da, vielleicht aber auch nicht? Wenn ja, stehe ich zu deiner Verfügung, wenn nicht, finde ich mich damit ab?« Die Stimme ist schneidend.

Ev ist einen Augenblick sprachlos. Erst die totale Gleichgültigkeit, und jetzt plötzlich diese Arroganz, diese Vorwürfe. Zu ihrer Verfügung ...!

»Du kannst vielleicht nervig sein! Ich meinte, dass meine Ankunft sich um eine Stunde verschieben kann und dass ich dir am Samstag Bescheid gebe, wenn dieser Fall eintreten sollte, das ist alles! Und was das Zu-meiner-Verfügung-Stehen angeht – ich zwinge dich zu nichts, Isabelle, es steht dir frei, mitzukommen oder nicht!«

»Schon gut, schon gut. Ich habe geglaubt, du würdest es dir vorbehalten, in letzter Minute abzusagen ...«

»Gehört das etwa zu meinen Gepflogenheiten?«

»Nein. Heiliger Sigmund! Es tut mir leid, dass ich das so aufgefasst habe. Ich wollte dich nicht angiften. Wirst du am Sonntag da sein?« Isa ist bewegt, ihre Stimme zittert. Ev spürt, dass sie den Tränen nahe ist. Sie hat das vage Gefühl, Isabelle in die Ecke gedrängt zu haben.

»Natürlich, Darling ...« Nun hat Isabelle ihr ein einziges Mal einen Vorwurf gemacht, und sie fährt sie so an. Ev fügt mit ihrer sanftesten Stimme hinzu: »Ich wäre sehr traurig, dich nicht so schnell wie möglich wiederzusehen ... Ich hole dich am Sonntag morgen ab, Belle. Jetzt muss ich flitzen, ich umarme dich ...«

Isabelle unterbricht sie.

»Ev, beruhige mich ... Bist du mir böse?«

»Aber nein, Darling, ich war nur ein bisschen genervt ... Und es geht mir runter wie Honig, dich einmal fordernd zu erleben! Also, ich küsse dich überall, vor allem da, wo du denkst.« Isabelle lacht, schickt einen schmatzenden Kuss durch die Leitung und legt ohne ein weiteres Wort auf. Verwirrt, mit klopfendem Herzen legt Ev ebenfalls auf. Was für ein Glück, dass sie bald nach Hause zurückfliegt, sagt sie sich, sonst würde ich am Ende noch den Verstand verlieren! So, jetzt geht's weiter ... Die Arbeit ruft ... Zum Glück!

Isabelles Wange brennt noch. Ihre Lippe ist geschwollen. Sie spürt es mit der Zunge. Am rechten Mundwinkel. Heiliger Sigmund, sie hat mich voll erwischt!... Sie ist einen Meter zurückgetaumelt, hat das Gleichgewicht verloren. Ev hat sie gerade noch rechtzeitig aufgefangen. Sie muss einen blauen Fleck haben, man müsste den Rückspiegel verstellen. Vielleicht nachher, wenn Ev wieder ruhiger geworden ist. Im Moment rast sie über die Autobahn. Jetzt nur nicht so aussehen, als würde ich um dein Mitleid heischen, Ev Anckert!... Verflucht, was hat sie Angst gehabt! Es brennt. Ihre Zigarette schmeckt komisch. Ja, genau, ignorier mich nur, es ist mir scheißegal, ich werde es genauso machen! Sie hat gesagt, sie hätte mir noch mehr weh tun wollen ... Isabelle kann die Sätze in ihrem Kopf drehen und wenden, wie sie will, sie glaubt noch nicht daran. Ev hätte noch einmal zugeschlagen, wenn sie es gewollt hätte ... Sie hat nichts getan, um sich zu verteidigen; sie hat sich nicht gerührt, nichts gesagt; sie hat sogar aufgehört zu atmen. Sie wird mich umbringen, das war alles, was sie dachte ... Gott verdammt, was mache ich hier nur, mir ist überhaupt nicht mehr danach, nach Honfleur zu fahren!... Nein, das stimmt nicht, nicht umbringen. Sie sah rot, ich habe geglaubt, sie würde auf mich einschlagen, bis das Blut spritzt. Ich habe Angst gehabt, dass sie mir die Nase bricht. Das ist verrückt, dieses Bild. Sie hat wirklich gedacht: Sie wird mir die Nase brechen. Sie hat sich selbst mit blutender Nase gesehen, das Schlimmste, was ihr passieren konnte. Bei dem bloßen Gedanken tat es ihr weh bis hoch zur Nasenwurzel. Wie damals, als der Typ im Park auf sie eindrosch. Er wird mich vergewaltigen, er wird mich vergewaltigen, sie dachte an nichts anderes. Sie werden alle über mich herfallen. Er und das Dutzend Typen, die mit ihm zusammen waren. Sie spürte nichts anderes. Nicht einmal die Faustschläge. Außer denen in den Bauch, da wäre sie fast gestorben, der Atem war ihr weggeblieben. Im Kino bleibt ihnen nie der Atem weg. Sie hat Sternchen gesehen, wie in den Zeichentrickfilmen. Sie würde der Länge nach hinschlagen, das würden sie ausnutzen, um sie einer nach dem anderen zu vergewaltigen. Das Bild ging ihr nicht aus dem Kopf, hielt sie aufrecht, seltsamerweise. Die Fäuste schlugen auf sie ein, und sie hielt es aus. Sie hatte nicht einmal Angst vor Schmerzen. Nur davor, vergewaltigt zu werden ... Jetzt habe ich Angst, ich habe Angst vor dir, Ev Anckert, du kannst zufrieden sein! »Ich möchte dich schlagen ...« Nein, verprügeln, hatte sie gesagt. »Ich möchte dich am liebsten verprügeln!« Sie schmeckte Blut zwischen den Zähnen. Ev hielt sie am Kragen ihrer Bluse. In Isabelles Augen war das kein Spaß. Nicht nach der Ohrfeige, die Ev ihr gerade versetzt hatte. Sie ist Linkshänderin. Das war ihr nie aufgefallen. Die linke Hand, bereit, noch einmal zuzuschlagen. Sie wird sich beruhigen, sie wird sich beruhigen, sie wird sich beruhigen ... Der Typ schlug auf sie ein; sie sagte sich vor, ich darf nicht hinfallen, immer wieder, ich darf nicht hinfallen, ich darf nicht hinfallen. Sie blutete aus der Nase, sie blutete aus dem Mund, sie sah nichts mehr, aber sie hielt sich aufrecht!... Schließlich hat Ev sie losgelassen. Du hast mich nicht noch einmal schlagen können, Ev Anckert, ich war wehrlos, dir ausgeliefert! Du bist viel stärker als ich, das wusstest du, und jetzt weiß ich es auch! Ev schaut sie an, jetzt, in diesem Moment. Isabelle ignoriert sie. Ihr Herz klopft zu laut. Sie hatte nicht nur um des Schlagens willen zugeschlagen!... Der Typ, der hatte weitergemacht. Er hätte vielleicht aufgehört, wenn seine Bande nicht da gewesen wäre und ihn angefeuert hätte. Alle im Kreis drumherum, sie in der Mitte mit dem Schläger. Klein, gedrungen, Hände wie Schaufeln. Ein Typ schubste sie, er schlug zu, sie flog zurück, ein anderer Typ stieß sie wieder zurück, er schlug wieder zu, ein Punchingball, verrückt, die Bilder, die uns am Leben halten. Diesmal wird er aufhören, dachte sie bei jedem Schlag, eine Ohrfeige, ein Stoß, ein Faustschlag, ein Stoß. Die Typen zählten die Schläge. Er hätte sie umbringen können!... Sie hatte sich gewehrt. Damals hatte sie sich gewehrt! Seine vulgäre Hand zwischen ihren Schenkeln, blas mir einen! Er hatte die Ohrfeige voll ins Gesicht bekommen; daraufhin hatte er sich gerächt. Zu dreizehnt gegen sie. Ev lässt nicht locker. Hör auf, mich anzuschauen, ich schaue fest nach vorn!... Den Typ, den habe ich wenigstens geschlagen! Ein Schluchzen steigt plötzlich auf, schnürt ihr die Kehle zu. Ich verabscheue dich, Ev Anckert, ich verabscheue dich! Ich will nicht weinen, nicht vor dir!... Wenn sie sich entschuldigt, wenn sie sie berührt, bei der kleinsten Bewegung wird Isabelle platzen.

»Sag mal, willst du jetzt bis Honfleur so ein Gesicht ziehen?«

»So wie du es mir zugerichtet hast, bleibt mir im Moment wohl nichts anderes übrig!« Das Schlimmste, was ihr passieren kann, ist, dass Ev sie rausschmeißt, hier, mitten auf der Autobahn, und dass sie zu Fuß oder per Anhalter zurück muss ... Es muss doch hier in der Gegend auch Busse geben, oder? Es ist unglaublich, Ev kichert!

»Zeig mal her ...«

»Gott verdammt, ich weiß nicht, was du daran komisch findest!«

»Los, zeig mir dein Gesicht! Komm, lass sehen – damit ich weiß, was ich zu bereuen habe!« Ev fasst sie am Kinn, mit fester Hand, die keinen Widerspruch duldet. Sie schaut ihren Mund an, dann die Straße, zurück zu Isabelle, dreht ihren Kopf weiter nach links, mustert ihre Wange, sucht keinen Moment lang ihre Augen. Isabelle wünscht, sie würde sich entschuldigen. »Scheiße, das war wohl etwas hart! Und ich habe dich mit meinem Ring erwischt, glaube ich ...«

Sie traut ihren Ohren nicht, Ev stellt den Schaden fest, wie man sagen würde: Das Wasser ist vielleicht etwas frisch, aber wir gehen trotzdem baden, was meinst du, mein Schatz?

Der Schlag kam ganz von allein. Heftig. Er hat Ev am Unterarm getroffen. Das Auto ist aus der Spur geraten. Der Lastwagen hat gehupt. Die Sirene eines Ozeandampfers. Das Auto schlingerte. Riesige Reifen, links, so hoch wie der Volvo. Ev ist ihm mit knapper Not ausgewichen, hat wütend gehupt, verdammte Scheiße geschrien, das Steuer herumgerissen, noch einmal Scheiße geschrien und dann auf dem Seitenstreifen angehalten. Ihre Hände zittern. Bei Isabelle ist es der Bauch, in dem es bebt. Ev stellt den Motor aus. Sie bewegt sich in Zeitlupe. Nimmt ihre dunkle Brille ab, behält sie in der rechten Hand, die linke liegt auf dem Lenkrad. Isabelles Zorn ist mit einemmal verflogen. Sie bereut die Stunde, die sie miteinander im Bett verbracht haben. Es war gut, warm, angenehm, das erste Mal, dass sie sich in ihrem Hotel trafen. Sie hatte nicht die geringste Lust, Ev sofort zu sagen, dass sie abreiste, sie wollte sich nur an sie schmiegen, ihre Haut fühlen, ihre Brüste, ihren Hintern, ihre Finger in sich spüren, die sie wie jedesmal abheben und davonfliegen ließen; sie wollte sie strahlen sehen, nichts sonst. Der Streit war ausgebrochen, als sie gesagt hatte, dass sie in der kommenden Woche abreiste. »Am Donnerstag! Du kündigst mir jetzt an, dass du am Donnerstag abreist?« Sie waren im Hof des Hotels, Isabelle blickte um sich, ob jemand sie hörte; sie begann, schnell zur Ausfahrt zu gehen. »Ev, meine Tour ist seit einer Woche zu Ende. Du wusstest genau, dass ich eines Tages zurückfahren würde ...« Sie hat einen betont lockeren Ton angeschlagen. Ev ist explodiert. »Verdammte Scheiße, willst du mich verarschen? Weißt du eigentlich, was du mir da sagst?« Sie hat sich knapp zu Ev umgedreht und genickt. »Nimmst du mich auf den Arm?« Ev schrie jetzt. Woraufhin sie nervös lachend antwortete, nein, so stark sei sie nicht. Ev packte sie am Arm, sie drehte sich um, Ev schleuderte ihr ins Gesicht: »Hör auf, die Hure zu spielen!« Sie hat ihren Arm heftig fortgezogen und zurückgeschrien: »Eben, ich bin keine Hure! Ich habe kein Geld mehr, meine Ferien sind zu Ende, und dir ist es doch sowieso egal, ob ich gehe oder bleibe!« Das war falsch. Wenn jemand sie anschreit, hat sie das Gefühl, dass ihr Leben in Gefahr ist. Dann kam die Ohrfeige. Die totale Finsternis nach dem, was sie gerade erlebt hatten. Sie wollte sie nicht mehr nach Honfleur begleiten, sie sagte es ihr. Ev schob sie zum Auto, mit eiserner Hand, alles ging zu schnell, sie hatte Angst, ihren Arm loszureißen. Mit vor Wut zitternder Stimme erwiderte Ev nur: »Wir haben ein Problem zu regeln. Glaube nur nicht, dass du so davonkommst!« Und da hatte sie ihr gesagt, sie habe ihr weh getan, und Ev hatte beim Öffnen der Wagentür geantwortet: »Nicht genug für meinen Geschmack!«

»Das war keine Glanztat!« Das ist alles, was Isabelle einfällt, um das Schweigen zu brechen. Sie hat es gemurmelt; sie fragt sich, ob Ev sie gehört hat.

»Meinst du jetzt meine Ohrfeige oder deinen Schlag?«

Beides, antwortet sie und schaut Ev zum ersten Mal, seit sie solche Angst vor ihr bekommen hat, in die Augen. »Ev, ich will nicht mehr nach Honfleur ...«

Ev unterbricht sie schroff. »Ich glaube dir nicht, dass du am Donnerstag wirklich abreisen willst. Ebenso wenig nehme ich dir den lässigen Ton ab, in dem du mir das mitgeteilt hast. Du wolltest mich verletzen, und das ist dir gelungen. Ich rate dir, dieses Spielchen nicht fortzuführen. Ich bin keine alte Socke, die man einfach wegwirft. Und, um es dir unmissverständlich klarzumachen, ich will nicht, dass du am Donnerstag ins Flugzeug steigst.« Die Sätze hallen zwischen ihnen nach, ein Fagottsolo, das grollt, ohne zu zittern.

Sie hat jedes Wort abgewogen, jedes Komma mit Bedacht gesetzt. Mit derselben eisigen Selbstsicherheit muss sie wohl ihre Geschäfte führen.

»Ich habe auch keine Lust, am Donnerstag abzureisen, aber ich bin deshalb nicht auf dich losgegangen! Du bist ein Macho ... Ein Macho, und gewalttätig obendrein! Ist dir das wenigstens bewusst?«

»Jetzt lenkst du vom Problem ab.«

»Was?... Du knallst mir eine, dass mir die Lippe aufplatzt, du drohst, mich zu verprügeln, und dann sagst du, ich lenke vom Problem ab? Ich habe Angst vor dir gehabt, war es das, was du wolltest, ja? Das letzte Wort haben? Was willst du denn noch – dass ich mich entschuldige für die Ohrfeige, die du mir verpasst hast?«

»Willst du wirklich am Donnerstag abreisen?«

»Verflixt! Nein, und das weißt du genau!«

»Dann hör auf, mich zu verletzen, indem du die Coole spielst!«

»Verdammt noch mal, du hast vielleicht Nerven – du hast mich verletzt!«

»Also da stehst du mir in nichts nach! Du redest von meiner Gewalttätigkeit, einverstanden! Ich bin ein Macho, wie du sagst, und manchmal gewalttätig, ja! Aber mir wäre eine Ohrfeige lieber gewesen als diese arrogante, rotzige Miene, die du aufgesetzt hast, um mir deine Abreise mitzuteilen!«

»Rotzig! Du trägst ja ganz schön dick auf! Für wen hältst du dich, Ev Anckert?« Wenn sie jetzt auch laut wird, eskaliert die Situation wieder! Isabelle atmet tief durch: »Na gut, Ev ... Wir sollten uns jetzt mal beruhigen. Ich habe nicht die geringste Lust, noch eine Ohrfeige abzukriegen ...«

»Und ich habe keine Lust, mich weiter verarschen zu lassen!«, zischt Ev. Ihre Stimme zittert wie ihre Hand, die Isabelle beobachtet, bis sie den Blick zu Evs Augen hebt. Gewitterseen mit Regen darin. Sie ist verletzt, und sie brüllt, um es zu verbergen. Henri war genauso, denkt Isabelle.

»Gut, einverstanden, Ev. Es war ungeschickt von mir, es dir auf diese Weise zu sagen. Und rotzig, wenn du willst ... Das ist eben meine Art, mich zu schützen. Ich habe Angst bekommen, als du angefangen hast zu schreien ... und so grob zu sein. Ich habe dir die kalte Schulter gezeigt, das war falsch. Aber es war kein Grund, mich zu schlagen, davon lasse ich mich nicht abbringen!«

»Ja, ist ja gut!« Ihre Stimme ist sanfter geworden. »Ich habe die Beherrschung verloren ... Ich entschuldige mich.« Ihre Seen haben sich beruhigt. »Also, zeigst du mir jetzt den Schaden, den ich angerichtet habe?« Ihre beiden Mundfalten beben. Isabelle spürt, wie sie weich wird.

»Und wirst du dann bereuen?« Sie bekommt ein Lächeln.

»Das tue ich schon, Darling. Ich bin nicht so dumm, nicht zu erkennen, wann ich zu weit gegangen bin! Verzeihst du mir jetzt?«

»Ich ... Heiliger Sigmund, du bringst mich ganz durcheinander!«

»Ich weiß ... Das gefällt mir ... Komm her!«

Ev lächelt, als sie sie zu sich zieht. Ihre Hand an Isabelles Hals ist wieder samtweich. »Verdammt, das schwillt ja zusehends an! Tut es weh?« Empfindlich ist es allerdings; Isabelle hat einen leichten Blutgeschmack im Mund. Mit ihrer Fagottstimme murmelt Ev: »Du bist es, die mich durcheinanderbringt!« Sie zieht ein Taschentuch hervor und reicht es ihr: »Aber es wird doch nichts gebrochen sein?« Isabelle beruhigt sie. Ev schließt: »Geschieht mir ganz recht – jetzt kann ich dich nicht mehr küssen!« Ev nimmt ihr das Versprechen ab, sich von ihrem Freund Philippe, dem Chirurgen, untersuchen zu lassen, sobald sie in Honfleur sind. Isabelle entgegnet, das sei nicht gerade die ideale Situation, um ihre Freunde kennenzulernen. Ev meint, die seien durch nichts mehr zu überraschen. Sie lässt das Auto wieder an und schaltet in den ersten Gang, doch beim Losfahren bremst sie plötzlich. Sie beugt sich zu Isabelle hinüber, streift sanft ihre Lippen. Eine feuchte Brise, die nach Thymian und Unterholz riecht. »Belle, ich rate dir aber doch, deinen Flug zu annullieren, ja? Ich habe nicht die Absicht, dich wegen etwas so Idiotischem wie falschem Stolz wegfliegen zu lassen!«

Die Fahrt nach Honfleur kommt ihr vor wie Paris – Dakar.

»Jetzt erzähl mir alles ... Ist das ihr Ernst, dass sie am Donnerstag abreist?« Madeleine schüttelt das Wasser aus ihren Haaren und lässt sich neben Ev nieder, die auf dem Rand des Swimmingpools sitzt und mit den Füßen planscht.

»Ach, was weiß ich! Ich meine, nein, ich glaube nicht ...«

»Liegt dir wirklich an ihr?«, fragt Madeleine weiter.

»Daran, dass sie noch bleibt? Ja, natürlich!«

»Du lenkst ab«, bemerkt Madeleine.

»Überhaupt nicht, ich bin realistisch, früher oder später wird sie wieder abreisen müssen!«

»Du liebst sie.«

»Sag mal, werde ich jetzt verurteilt oder verhört?«

»Gut, wie du willst«, erwidert Madeleine. »Reden wir nicht mehr davon! Du musst aber zugeben, wenn du so grob mit deiner Nixe umgehst, ist es kein Wunder, dass sie die Beine in die Hand nehmen will!«

»Eigentlich macht sie sie lieber breit!«

Madeleine prustet los.

»Du kannst vielleicht anzüglich sein! Du bist doch meine Lieblingsschlampe!«

»Na, tu dir nur keinen Zwang an!«

»So lange, wie wir uns schon kennen ... Aber Spaß beiseite, Ev, gib zu, dass du bis über beide Ohren verliebt bist.« Ev setzt zu einer Antwort an, aber Madeleine redet in einem Zug weiter. »Und völlig zu recht, finde ich. Das ist eine Frau mit Charakter! Und mit Köpfchen. Ich kann mir vorstellen, wie unangenehm es für sie sein musste, nach dieser Szene hier anzukommen, aber sie hat die Situation mit Bravour gemeistert. Hast du gesehen, wie sie sich bemüht hat, die Lage zu entspannen? Gib zu, dass du dich ganz schön unwohl gefühlt hast! Ich habe keine Ahnung, was du dir als Erklärung zurechtgelegt hattest, aber sie hat dir den Wind aus den Segeln genommen, und du wurdest zusehends bleicher!«

»Na ja, ich war auf so ziemlich alles gefasst, aber bestimmt nicht auf ein öffentliches Geständnis!«

»Und sie hat die Sache hingekriegt, ohne dich bloßzustellen! Wir waren alle geplättet! Sogar du warst baff! Eine tolle Frau, deine Isabelle! Und verdammt gutaussehend! Diese frechen Brüste unter dem Top, und dieser lange Körper, geschmeidig wie eine Welle, da ist Glut unter der Asche!« Ev lacht.

»Na, zum Glück ist Philippe da, sonst müsste ich mir Sorgen um deinen Lebenswandel machen!«

»Mit meinem Lebenswandel ist alles in Ordnung, mein Schatz, deiner macht mir Sorgen! Wenn du anfängst, sie zu schlagen, heißt das, es ist Zeit, sie zu verlassen oder ihr zu gestehen, dass du sie liebst. Mir scheint, du hast weder das eine noch das andere vor.« Ev hat den Dolchstoß nicht so früh erwartet. Das ist Madeleines bevorzugte Taktik: die Gegnerin in Sicherheit zu wiegen und zuzustoßen, sobald sie sich nicht mehr schützt. Ev beschließt zu schweigen und Madeleine erst einmal das Feld zu überlassen. Aber Madeleine fragt nur sanft: »Ev, ist dir klar, wie sehr du sie verletzt hast?«

»Oh, ich bitte dich, streu nicht noch Salz in die Wunde!«

»Sie hat gesagt, du hättest sie gezwungen, ins Auto zu steigen, stimmt das?«

»Du hättest sie sehen sollen ... Sie fluchte wie ein Bierkutscher; sie brüllte, ich hätte ihr weh getan, sie wolle nichts mehr mit mir zu tun haben ... Ich hätte sie nie wiedergesehen. Erst auf der Autobahn ist mir klar geworden, was ich ihr angetan habe, als ich sie zwang, euch in diesem Zustand zu begegnen.«

»Und du hast nicht umgedreht?«

»Wohin hätte ich sie denn fahren sollen? Ins Frauenhaus?« Madeleine verzieht das Gesicht. Ev geht darüber hinweg. »Ich war fuchsteufelswild! Und ich wollte, dass Philippe sie untersucht.«

»Und so wie ich dich kenne, hattest du auch keine Lust mehr, ihr Ego zu schonen, nachdem sie zurückgeschlagen hatte!«

»Nein, das hat mich erleichtert!«

»Sag ich ja, so konntest du das Gefühl haben, quitt zu sein! Nun warst du wenigstens nicht mehr die Einzige, die zuschlägt.«

»Ach, hör doch auf mit deinen Sarkasmen! Du nervst!«

»Gib zu, dass du eine lose Hand hast!«

»Ach, Scheiße! Wenn man dich hört, könnte man meinen, ich täte nichts anderes, als Frauen zu verprügeln!«

»Hast du vergessen, wie du Caroline zugerichtet hast?«

»Das war etwas völlig anderes!«

»Ev, ich verurteile dich nicht, ich stelle nur fest! Und dein Jähzorn bereitet mir Sorgen.«

»Oje, jetzt fängst du wieder damit an ...«

»Du hast damit angefangen, verdammt!«

»Dich hätte ich sehen mögen ...«

»Oh, ich kann es mir sehr gut vorstellen, mein Schatz! Sie hat Charakter, deine Isabelle, und ich kann mir schon denken, dass sie dich ein bisschen provoziert.«

»Ein bisschen? Von wegen! Das war ein Schlag ins Gesicht! Ich reise am Donnerstag ab, danke und auf Wiedersehen ... Ohne ein Wort des Bedauerns, mit einer Lässigkeit ... und einer Arroganz! Scheiße, ich bin ihr so egal wie ein alter Lumpen!«

»Tja, und dein Problem ist, dass du, wenn sie dir Leid zufügen, eben drauflos schlägst.«

»Oh, ich bitte dich, Mado, mir reicht eine Psychologin in meinem Leben, erspare mir deine Theorien, ja!«

»Ev, du hast ihr die Lippe blutig geschlagen!«

»Jetzt mach mal halblang! Mein Siegelring hat ihr einen Kratzer zugefügt, du wirst mir doch jetzt keine Strafpred...«

»Hör auf, dich dumm zu stellen!«, hat Madeleine mit hochrotem Kopf geschrien. »Dein Ring hat damit nichts zu tun. *Du* hast sie geschlagen, *du* hast sie verletzt und *du* bereust es, zum Donnerwetter!«

»Aber natürlich bereue ich es! Was glaubst du denn? Dass ich es mit Absicht getan habe? Denkst du vielleicht, es hat mir Spaß gemacht, sie zu schlagen?«

»Was für ein Unsinn! Du weißt genau, dass ich nichts dergleichen denke ...« Madeleines Stimme ist sanfter geworden.

»Ich glaube dir kein Wort. Du verachtest mich und machst keinen Hehl daraus.«

»Aber überhaupt nicht! Was redest du denn da? Meine Zuneigung zu dir ist so tief – ich verbiete dir, auch nur einen Augenblick daran zu zweifeln!« Ev atmet tief durch. Sie hat einen Moment lang geglaubt, Madeleine würde sie verstoßen. »Ich mache mir Sorgen, Ev, ich mache mir Sorgen! Und wenn ich dich anschreie, dann weil ich die Schnauze voll davon habe, mir Sorgen zu machen, zum Kuckuck! Diese Manie, die Kontrolle zu verlieren, sobald dir an einer Frau etwas liegt! Du willst doch wohl nicht warten, bis du sie massakriert hast, ehe du dich wieder einkriegst? Diese Frau ist verrückt nach dir, und du tust so, als würdest du es nicht merken!«

»Verrückt nach mir, verrückt nach mir – du hast gut reden! Sie plant in meiner Abwesenheit ihre Abreise, ohne mir auch nur ein Wort davon zu sagen. Ich bin ihr doch scheißegal! Im Bett, da gibt es keinen Zweifel, ist sie verrückt nach mir, da gibt sie sich total hin. Aber was den Rest betrifft – kein Sterbenswort, absolute Diskretion! Keinerlei Ansprüche, nie die geringste Frage, nie die geringste Äußerung über ihre Gefühle, nichts! Sie bleibt auf Distanz, das Miststück!«

»Ev, hör auf, sie ist alles andere als ein Miststück!«

»Weißt du, was sie am letzten Dienstag zu mir gesagt hat? Ich teile ihr mit, dass ich vier Tage verreisen muss. Und sie? Nichts.

Keine Fragen, höchstens ein Zucken der Augenbraue. Ich sage ihr, dass ich nach Genf fahre. Noch immer nichts. Das bringt mich langsam auf die Palme. Verdammt! Eine andere hätte nach den Gründen meiner Reise oder nach der Telefonnummer meines Hotels gefragt, hätte irgend etwas gesagt, ein Zeichen, dass es ihr nicht gleichgültig ist, dass ich ihr fehlen werde. Und sie? Nichts, nicht ein Wort! Immer verfügbar und willig, drei, vier Nächte in der Woche. Ich brauche nur den kleinen Finger zu heben und sie läuft herbei, entzückt, mich zu sehen. Aber nie kommt sie von sich aus. Sie ruft mich nicht einmal an, außer wenn ich sie darum bitte. Und dann wagt sie es mir ins Gesicht zu sagen, dass ihre Unabhängigkeit da beginnt, wo meine Verfügbarkeit endet! Nee also, hast du da noch Worte?«

Madeleines Lachen sprudelt hervor wie ein Wasserstrahl. Ev ist verdutzt, sprachlos, gekränkt. Madeleine lacht ihr ins Gesicht. Eine kalte Dusche. Ev funkelt sie vorwurfsvoll an, Madeleine lacht weiter, legt den Arm um sie, trocknet sich die Augen. Ev kann sich nicht mehr halten, Madeleines Lachen steckt sie langsam an, sie kichert auch.

»Und das bringt dich zum Lachen, ja? Mach dich nur über mich lustig ...«

»Tja, genau, das bringt mich zum Lachen ... Und ich mache mich über dich lustig, nur ein ganz kleines bisschen, meine Löwin! Deine Nixe gefällt mir nämlich. Sie gefällt mir immer mehr ... Komm, du hast dich doch immer beklagt, dass die Frauen gleich beim ersten Gunstbeweis glauben, sich alles erlauben zu können. Und das ist jetzt mal eine, die begriffen zu haben scheint, und zwar ohne dass du es ihr erst lang und breit erklären musstest, dass es besser ist, auf Distanz zu bleiben und sich begehren zu lassen ... Du musst zugeben, dass sie es gut hingekriegt hat, oder? Du hast sie doch hoffentlich nicht angeschrien oder als Miststück beschimpft?«

»Ich habe gelacht, falls dich das beruhigt, genau wie du eben ...

Sie ist entwaffnend! Sie hat eine Art, mir das Maul zu stopfen ... Dieses Biest, sie fordert mich heraus und verschlingt mich gleichzeitig mit den Augen! Manchmal erinnert sie mich an Evelyne. Nur dass ich bei deiner Tochter immer weiß, woran ich bin. Mit Isa weiß ich manchmal nicht mehr, was oben und unten ist. Sie ist so distanziert, du kannst dir nicht vorstellen, wie sie mich damit zur Weißglut bringt!«

»Solange sie nicht weiß, woran sie mit dir ist, wird sie nicht aufhören, dich auf die Palme zu bringen.«

»Na hör mal, glaub bloß nicht, dass ich ihr Liebesschwüre machen werde!«

»Diese Idee liegt mir fern, mein Schatz. Hingegen weiß ich, dass du viel zu verliebt bist ... Widersprich mir nicht! Du bist viel zu vernarrt, um dich mit halben Sachen zu begnügen. Und wenn ich an Isabelles Stelle wäre, würde ich das längst spüren.«

»He, Isabelle scheint eine Verbündete gefunden zu haben, wie?«

»Was denn sonst! Endlich mal eine Frau, die sich nicht auf dein Geld stürzt und nicht das rollige Kätzchen spielt, um deine Gunst zu erlangen! Endlich mal eine, die dich in Ruhe deiner Arbeit nachgehen lässt, dir weder Vorwürfe noch Szenen macht, und Gott weiß, dass es an Gründen dafür nicht fehlen würde! Oh, schnapp nicht ein, du kennst deine Ansprüche und deine Grenzen! Gut, sie bietet dir die Stirn, na und? Sag nicht, dass du sie nicht dazu zwingst, sich zu verteidigen. Nicht einmal mir wagst du zu gestehen, dass du sie liebst! Donnerwetter, diese Frau ist für dich gemacht! Sie hat einen Körper, der dir gefällt, genug Köpfchen, um dich zu verführen, und genug Appetit, um deinen Ansprüchen zu genügen, sie hat Feuer und Witz, um dich wachzuhalten, und das alles, ohne dir lästig zu sein. Und dir fällt nichts Besseres ein, als ihr die Lippe blutig zu schlagen, weil sie es wagt, ohne langfristige Vorwarnung abzureisen? Oder dir zu entwischen, was Jacke wie Hose ist. Ist dir eigentlich klar, dass du von dieser Frau das Unmögliche verlangst?«

Ev weiß darauf nichts zu antworten. Madeleine hat recht. Sie hätte gern, dass Isabelle sich mit Leib und Seele in ihr Leben stürzt, so wie sie die Gabe hat, sich in ihr Bett zu stürzen. Gleichzeitig wäre sie, wenn Isabelle größere Ansprüche stellen würde, die Erste, die sich zurückzöge. Verdammt, diese Frau ist dabei, ihr Leben auf den Kopf zu stellen, und sie verlangt noch nach mehr! Ev will es nicht zugeben, nicht einmal Mado gegenüber, aber sie ist selbst überrascht, dass sie die Nachricht von Isabelles Abreise so schlecht verkraftet hat. Madeleine legt liebevoll den Arm um sie. Herrgott, sie wird gleich anfangen zu heulen.

»O Ev, mein Schatz, komm her ... Schau nicht so traurig drein, meine Löwin, sonst bereue ich gleich, dass ich so offen mit dir geredet habe.«

»Ach ... Ich sehe traurig aus?« Der schneidende, ironische Ton kommt nicht gegen Madeleines Sanftheit an.

»Ja, zumindest besorgt. Du hast schreckliche Angst, sie fortfliegen zu sehen, nicht wahr?«

Ev zuckt leicht die Schultern und murmelt dann, ohne Madeleine anzusehen: »Es war falsch von mir, so aufzubrausen ... Ich bin verrückt nach ihr, Mado, verstehst du? Und sie wird mich zwangsläufig sitzenlassen!«

»Aber sie wird sicher nicht abreisen, weil ihr nichts an dir liegt. Um die Ohrfeige, die du ihr verpasst hast, einzustecken, muss sie entweder verrückt nach dir sein oder anderweitig durchgeknallt!« Madeleine hat die Gabe, noch das größte Drama ins Komische zu wenden. »Und ich stelle fest«, fügt sie ganz ernst hinzu, »dass die Nixe weder Symptome vorzeitiger Demenz zeigt, noch maso oder plemplem zu sein scheint. Abgesehen von einer leichten Verletzung der rechten Gesichtshälfte, die durchaus nicht unheilbar aussieht, erfreut sie sich bester Gesundheit!« Ev antwortet mit einem Lächeln, das ihre trüben Gedanken vertreibt. Verflixte Mado!

»Ach, übrigens, du hast mir ja noch gar nicht erzählt, wo du sie kennengelernt hast.«

»Sie war auf dieser Party des Verlegerverbandes, du weißt schon, ich hatte dir das Plakat gezeigt, von dem Evelyne so begeistert war.«

»Stimmt, ein typischer Cloustel. Zu typisch für meinen Geschmack, aber na ja ... Ich habe dich dann im *Figaro* am Arm von Pivot und dem anderen da gesehen ... Trouë. Macht der dir noch immer den Hof?«

Ev lacht bei der Erinnerung an Trouë, der anscheinend die Hoffnung nicht aufgibt, sie eines Tages, eines Nachts in sein Bett zu kriegen.

»Ach, weißt du, er scharwenzelt um alles herum, was Röcke trägt ... Nein, an dem Abend hatte er nur Augen für Isabelle. Er war es auch, der sie mir vorgestellt hat. Zum Teufel, Madeleine, sie war berückend! Gleich beim ersten Blick ihrer smaragdgrünen Augen hat es mich erwischt. Lach nicht, du bist ihr ja selbst schon verfallen, und Phil auch ... Apropos Phil, findest du nicht, dass es ziemlich lange dauert?«

Honfleur ist ein reizendes Städtchen. Sie war vor zwei Jahren schon einmal hier und entdeckt voller Entzücken die Poesie, den maritimen Charme des Ortes wieder. Er bezaubert und rührt sie noch genauso, wenn nicht mehr als bei ihrem ersten Besuch. Philippe erzählt ihr von seiner Stadt, er kennt sie in- und auswendig. Er spricht voller Zurückhaltung von ihr, ohne Prahlerei, mit einer Spur von Stolz und vor allem mit viel Liebe. Er beschreibt jenes Café, in dem Monet üppig zu Mittag zu essen pflegte, nachdem er den Vormittag damit verbracht hatte, in den blühenden Wiesen am Rande der Hochwälder, die damals bis an die Mauern der schmalen Häuser am alten Hafen heranreichten, Skizzen zu machen. Isabelle hört ihm dankbar zu, beruhigt von der Vertrautheit, die dieser Fremde zwischen ihnen herzustellen vermag. Philippe Dauzières ist majestätisch, höflich ohne Übertreibung, ein Mann, der Respekt einflößt, sobald er einen Raum betritt. Er hat es nicht nötig, die Stimme zu erheben; er braucht nur den Mund zu öffnen, um die Aufmerksamkeit zu erlangen, die er wünscht. Seine hohe Gestalt und seine ungezwungene Haltung tragen dazu bei. Die Schultern gerade und den Kopf elegant erhoben, ohne Hochmut, über alles Getümmel erhaben, strahlt er Sicherheit und Selbstbewusstsein aus. Wie Ev, sagt sich Isabelle. Sie sind vom selben Schlag, die beiden, vom Schlag der ruhigen Eroberer, die ihren Weg verfolgen, direkt aufs Ziel zu, in aller Selbstverständlichkeit, weil das Leben ihnen das schuldig ist. Mit seiner Größe überragt er seine Frau Madeleine um gut einen Kopf. Solche physisch sehr ungleichen Paare haben sie von jeher fasziniert. Wie kann ein Mann sich dabei wohlfühlen, wenn er sich zusammenklappen muss, um den Mund einer Frau zu erreichen, die sich schier den Nacken bricht, um ihm die Lippen entgegenzurecken? Dieses Bild zweier derart verrenkter Körper ist ihr immer als der Gipfel der Uneleganz erschienen, unvereinbar mit der Hingabe eines Kusses. Sich selbst kann sie sich weder in der Position des Mannes, der seine Gefährtin weit überragt, noch in der der Frau vorstellen, die von einem derartigen Größenunterschied zum Kind gemacht wird, zumindest in ihren Augen. Ein ungleiches Kräfteverhältnis, der Gedanke blitzt in ihrem Geist auf, brennt sie an der Lippe, und die Tränen schießen ihr in die Augen. Was tut sie hier, in diesem Auto, mit diesem Fremden? Sie hätte in Paris bleiben, sich nicht beugen, sich nicht von dieser Frau beeindrucken lassen sollen, die stärker war als sie und ihr Furcht einflößte. Sie hasst sich dafür, Angst gehabt zu haben. Sie hätte ihre Wut herausbrüllen sollen, sie schlagen, sie beschimpfen, keinen Zentimeter vor ihr zurückweichen. Sie hat sich benommen wie ein verschrecktes kleines Mädchen. Ein williges Opfer, das ist sie gewesen! Noch eine jener Frauen, die sich prügeln, demütigen, kleinmachen lassen, ohne sich zu wehren. Sie, Isabelle Coache, die Psychologin der geschlagenen Frauen! Philippes tiefe, melodische Stimme singt an den Satzenden: »Sind Sie sicher, dass es Ihnen gut geht, Isabelle? Bin ich Ihnen auch nicht lästig mit meinen ganzen Geschichten?« Sie schüttelt den Kopf und wendet sich ihm zu. Weine nicht vor ihm, sagt sie sich, dann wird er sich noch unwohler fühlen; es ist schon schwer genug, wie es ist. Sie schluckt ihre Tränen herunter, ringt sich ein Lächeln ab. Das genügt ihm schon, und er knüpft wieder an die architektonische Geschichte Honfleurs an. Im Grunde, redet sie sich zu, ist von uns beiden er in der schwierigeren Lage. Als Arzt, der seinen Namen verdient, muss er Mitgefühl an den Tag legen, ohne sich jedoch Ev gegenüber unloyal zu zeigen, seiner Freundin seit zwanzig Jahren. Er erzählt von einem Haus, das ein befreundeter Architekt unter erheblichen Mühen renoviert hat. Isabelle konzentriert sich, hört wieder zu. Sie badet nicht gern in Selbstmitleid. Der Haupttragebalken, der Großmast einer an der Küste gestrandeten Galeone, der unter den Dächern dreier angrenzender Häuser verlief, machte es unmöglich, das baufällige Dach zu reparieren, ohne gleichzeitig die beiden anderen instandzusetzen, was die jeweiligen Eigentümer verweigerten, unter dem Vorwand, das Tragwerk ihrer Häuser stehe fest, während sie sich in Wirklichkeit beide an das Haus jenes Freundes anlehnten, der sich am Ende beinahe ruinierte, um alle drei Dächer instandzusetzen. Philippe schließt, sichtlich befriedigt, seine verwickelte und parenthesenreiche Geschichte in den sicheren Hafen geführt zu haben: »Sehen Sie, Honfleur ist wie ein Schiff aus dem siebzehnten Jahrhundert, trotz aller Veränderungen: Das Überleben des einen hängt hier vom Überleben der anderen ab.« Tja, denkt sie voller Ironie, und mein Überleben, von wem hängt das ab?

Sie erreichen die Altstadt von Honfleur. Erneut unter dem Zauber dieser Stadt, sucht sie mit den Augen nach der Rue de l'Homme de bois. Sie erklärt Philippe, dass sie dort einmal die Galerie von Joyce besucht hat und sich, da sie sich das Original, das am Eingang hing und in das sie sich auf den ersten Blick verliebt hatte, nicht leisten konnte, das Ausstellungsplakat besorgt hatte.

»Was, Sie kennen Honfleur schon und lassen mich hier den Fremdenführer spielen?«

»Oh, wissen Sie, die Führung, zu der ich mich damals habe überreden lassen, war so langweilig, dass ich mich beim erstbesten Café abgesetzt habe …«

»Und Sie kennen Joyce?«

»Nur flüchtig. Ihre Bilder kenne ich besser.«

»Sie ist eine Freundin von Madeleine. Sehr zurückgezogen, reserviert, menschenscheu sogar! Es ist selten, dass sie selbst in der Galerie ist. Es war also ein Privileg, ihr zu begegnen!«, sagt er mit einem Augenzwinkern und einem strahlenden Lächeln.

»Tja, dann wird die Freundin, mit der ich an dem Tag unterwegs war, ihr für den Rest ihres Lebens eine Agoraphobie verpasst haben!« Und sie erzählt ihm, von seinem Lachen ermuntert, wie Jacqueline, besagte Freundin, auf Joyce losgestürzt war, nachdem Isabelle sie darauf aufmerksam gemacht hatte, dass die Künstlerin höchstpersönlich hinter der Theke stand. »Total hysterisch, sie ging auf sie los wie ein Taifun auf ein einsames Floß! Sind Sie wirklich Madame Joyce? Sie sind tatsächlich die Malerin Joyce?... Und die arme Joyce stand da, stumm, reglos, gelähmt, vollkommen entsetzt von dieser Irren, die vor ihrer Nase herumtanzte. Und die hörte nicht auf, völlig aus dem Häuschen, fasste sie am Handgelenk, am Ärmel, an der Schulter und wiederholte ununterbrochen wie ein Mantra: Sie sind wirklich Joyce? Sie sind die Malerin Joyce? Und ohne die Antwort abzuwarten, begann sie in ihrer Tasche herumzuwühlen, auf der Suche nach einem Stück Papier; sie zieht einen Umschlag mit der Stromrechnung hervor und bittet sie um ein Autogramm, zitternd wie Espenlaub. Ich habe gedacht: Gleich ist es soweit, sie wird sich mitten in der Galerie niederwerfen und ihr den Rocksaum küssen! Und da brach Joyce plötzlich in Lachen aus, sichtlich verwirrt von dieser hemmungslosen Verehrung, und zog aus einer Schublade ein winziges Aquarell, ein Original, erkundigte sich nach ihrem Vornamen, kritzelte ihre Unterschrift auf die Rückseite der Miniatur und reichte sie Jacqueline, die jetzt nonstop wiederholte: »Ist das für mich? Für mich? Ist das für mich? Wirklich? Für mich?« Und Joyce antwortete, sichtlich verlegen, ja, ja, ja, so oft, wie die andere sie bestürmte. Ein echter Affenzirkus! Ich schämte mich, damit in Verbindung gebracht zu werden; ich wäre am liebsten im Boden versunken. Ich habe diese Szene, die wirklich grotesk wurde, beenden müssen, indem ich Jacqueline zum Ausgang zerrte, ich voran, sie stolpernd hinterher, völlig weggetreten und konnte ihren Blick nicht losreißen. Dabei verabschiedete sie sich von der fassungslosen Malerin: »Auf Wiedersehen, auf Wiedersehen, Madame Joyce, ich bin glücklich, Sie kennengelernt zu haben ...«, buckelnd und knicksend, »auf Wiedersehen, Madame

Joyce, auf Wiedersehen …« Ich war noch immer rot vor Scham und sie vor Eifer, als ich es fünf Minuten später geschafft hatte, sie vor einem Teller Garnelen auf den Boden zurückzuholen.«

Philippe lacht aus vollem Hals, er wischt sich die Tränen aus den Augenwinkeln. Er lacht wie Ev, bemerkt Isabelle und kann nicht anders, als mitzulachen. Sie findet ihn schön. Er ist sehr attraktiv, mit seinem ergrauenden Haar, den sinnlichen Lippen und den blitzenden grauen Augen. Und doch liegt seine Schönheit woanders, eine bei Männern seltene Schönheit; er lächelt viel, sein Gesicht verändert sich ständig, ein offenes Buch, empfindsam, neugierig, ausdrucksvoll, aufmerksam. Im Umgang mit anderen Menschen hat er mit Ev jene Mischung aus amüsiertem Interesse und kaum merklicher Distanz gemeinsam. Wie ihr ist ihm jene Haltung des Aristokraten eigen, der den Snobismus seiner noblen Herkunft zwar abgelegt hat, aber dennoch deren Glanz kultiviert, jenen gewissen Firnis des Mannes von Welt, der glücklich ist, einer zu sein. Alles in allem hat er einen hinreißenden Charme, genau wie die schöne Ev Anckert.

Jetzt fängt es wieder an zu bluten! Sobald sie lacht … Sei nicht dumm, korrigiert sie sich sofort, es blutet, weil es aufgeplatzt ist, punktum! Der Kloß in ihrem Hals wird größer, ihr Lachen bleibt mit einem lächerlichen Kieksen stecken.

»Wir sind fast da, Isabelle.«

Sie wendet den Kopf ab, sie fühlt sich abwechselnd elend und lächerlich.

»Tut es weh?«, fragt er und beugt sich leicht vor, um ihren Blick zu suchen.

»Mhmm … ein bisschen«, murmelt sie und drückt sich den Beutel mit Eiswürfeln gegen den Mund. Ein Knebel aus Eis, denkt sie mit Tränen in den Augen. Sie hat diesen dummen Beutel nicht haben wollen, der sie an ihre Schwäche und Verletzlichkeit erinnerte. Philippe hat darauf bestanden, um die Schwellung zu verringern. So eine Scheiße, flucht sie vor sich hin.

»Es brennt, nicht wahr?«, antwortet Philippe sanft. »Mit der Lokalanästhesie wird es besser, Sie werden sehen. Sie haben doch keine Angst vor diesem kleinen Eingriff, oder?«

»Nein, nein ... Ich komme mir lächerlich vor, das ist alles.«

»Lächerlich?«

»Ja, sicher! Gerade habe ich ein zweihundert Seiten dickes Buch über Gewalt in der Ehe veröffentlicht, und jetzt sitze ich hier, mit einer Platzwunde im Gesicht und diesem verdammten Eisbeutel, und warte darauf, genäht zu werden ... Ein Glück, dass meine Promotiontour zu Ende ist – ich würde schön blöd aussehen, wenn ich jetzt meine schlauen Ratschläge an die geschlagenen Frauen austeilen würde!«

Er lacht leise, einmal mehr. Diese Leute bringen wirklich ihr ganzes Leben mit Lachen und Reiten zu!

»Sie haben eine Art, die Dinge auszudrücken ... Tut mir leid, Isabelle, ich konnte nicht anders ...«

Er kann nichts dafür, sagt sie sich, es ist Ev, der ich es verüble, mich in diese groteske Situation gebracht zu haben.

»Ist schon in Ordnung, Philippe ...« Sie würde am liebsten weinen.

Er parkt sein Auto vor einem der schmalen Häuser am alten Hafen. »So, da sind wir! Meine Praxis ist gleich hier, über dem Café.«

Isabelle sucht nach einem Ort, wo sie ihr Paket aus Taschentüchern und Eis loswerden kann.

»Lassen Sie nur, das werden Sie nicht mehr brauchen. Legen Sie es einfach auf den Boden.«

»Aber es wird schmelzen ... Und es ist etwas Blut daran.«

»Ach, das bisschen Blut! Na ja, wie man so sagt ...«

Sie steigt aus, er kommt um den Wagen herum zu ihr auf den Gehweg. Ev sagt, er sei fünfundvierzig, aber er wirkt zehn Jahre jünger mit seiner sportlichen Figur, seinen Jeans und seinen Turnschuhen, seinem federnden Gang. Er sucht in einem dicken Bund nach dem richtigen Schlüssel, und während er die Tür öffnet, dreht er sich zu ihr um.

»Wissen Sie, wie ich die schöne Ev immer nenne?« Sie schüttelt den Kopf. »Die Amazone …« Sie lächelt, das Bild ist perfekt. Philippe öffnet beiläufig die Tür und schaut sie aufmerksam an: »Sie hat mit ihr die Kühnheit und den Stolz gemeinsam, aber auch die Sensibilität und die Integrität.«

Sie geht auf seinen Vermittlungsversuch ein.

»Philippe, ich will nicht, dass Sie sich genötigt fühlen, sie zu verteidigen oder zu entschuldigen. Sie sind alte Freunde … Ich habe sie vor Ihnen nicht anschuldigen wollen; ich wollte Sie auch nicht auf meine Seite ziehen, als ich von Gewalt in der Ehe sprach.«

»Ev kann sich sehr gut selbst verteidigen, Isabelle, keine Sorge. Vielleicht bin ich sehr ungeschickt … Ich versuche Ihnen zu sagen, dass Ev nicht nur bereut, Sie verletzt zu haben, sondern auch, dass sie Sie in diese äußerst unangenehme Situation gebracht hat, die Sie mir gerade geschildert haben. Und ich fand es außerordentlich mutig von Ihnen, die ganze Geschichte gleich bei Ihrer Ankunft offenzulegen. Da gehört ganz schön was dazu, einfach so zu sagen: Also, es ist so, ich habe ein blutig geschlagenes Gesicht, aber es ist Ihre Freundin hier, die mich geschlagen hat, weil ihr der Ton nicht gefiel, in dem ich ihr meine Abreise angekündigt habe … Sie haben mich beeindruckt, und Ev ist, wie ich sie kenne, erschüttert gewesen. Also, tun Sie mir einen Gefallen, ja? Wenn Sie sich lächerlich vorkommen, dann sagen Sie sich, dass die Amazone sich mindestens ebenso lächerlich fühlt, nur dass sie es Ihnen nie gestehen wird.« Isabelle antwortet nicht, ihre Augen füllen sich mit Tränen. Sie hat es ihm nicht zugetraut, aber er hat die Situation vollkommen durchschaut. Er nimmt ihren Arm, lächelt sie mit einer Sanftheit an, die ihr in der Seele guttut, und sagt dann: »Jetzt kommen Sie und lassen Sie mich Ihr schönes Gesicht wieder zusammenflicken!«

Madeleine beruhigt sie. Die Fahrt in die Stadt, das Versorgen der Wunde, die Fahrt zurück, das dauert eben seine Zeit. »Los, erzähl weiter, du bist ihr sofort verfallen, und was dann?« Ev schweigt, lässt die Augen über das Wasser schweifen. Ja, sie war Isabelle verfallen, verzaubert von ihrer Präsenz.

»Es stimmt, dass sie sich bewegt wie eine Welle ... Sie erinnert mich an die Bilder von Guido. Zuerst sind es die Farben, die dich gefangennehmen, sie sind sehr klar, manchmal sogar grell. Und dann ist da unter der Oberfläche diese Bewegung, die sinnlichen Rundungen in den Linien und dieses ganz ungewohnte Relief, das man auf den ersten Blick gar nicht erfasst. Eine Leuchtkraft, verstehst du ... Dieses unglaubliche Licht unter den Farbflächen. Man möchte es am liebsten anfassen, um besser sehen zu können ...« Ev wendet sich Madeleine zu, die sie aufmerksam und schweigend anschaut. »Weißt du, Mado, es ist tatsächlich das erste Mal in meinem Leben, dass ich einer Frau so nahe kommen möchte!«

»Tja ... Dann verstehe ich jetzt besser, dass du nicht die geringste Lust hast, sie dir entfleuchen zu sehen. Aber wenn sie dich verlässt, mein Schatz, dann sicher nicht frohen Herzens!« Ev mustert sie, lächelt schwach, sie möchte ihr gern glauben. Madeleine knüpft sanft an: »Sie muss sich ziemlich in der Klemme gefühlt haben, dass sie es dir so schroff mitgeteilt hat ... Glaubst du wirklich, dass sie nicht länger bleiben kann?«

Es war an der Zeit, dass er mit seinen zwei Stichen fertig wurde, sonst würde sie anfangen zu heulen wie ein Baby. Sie hätte gern Ev an ihrer Seite gespürt, sich weniger allein auf der Welt gefühlt. Aber sie hatte es abgelehnt, dass Ev sie begleitete. Mit den Konsequenzen ihrer Ohrfeige konfrontiert, hätte Ev es ihr übelgenommen, so wie jeder Peiniger es seinem Opfer übelnimmt, dass es am Ende besser dasteht als er. Ev hätte sich genötigt gefühlt, sie zu bemuttern, sie zu hätscheln. Aber Isabelle wusste, dass Ev noch steif und befangen war, zwischen Bedauern und Groll schwankte. Jetzt fehlt sie ihr. Philippe ist sehr aufmerksam und auf mütterliche Weise behutsam, aber es ist Ev, die sie in diesem Moment bräuchte, ihre Wärme, ihre schützenden Schultern, ihre Hände auf ihrem Rücken, die ihr Halt geben, ihren Akzent, der in ihren Ohren singt. Sie trägt es ihr nicht nach, dass sie aufgebraust ist, sie grob behandelt hat, nicht einmal, dass sie sie geschlagen hat. Sie würde es gern, verflixt, und wie gern sie das würde! Alles wäre so viel einfacher in ihrem Kopf, so viel logischer, so viel stimmiger, wenn es ihr gelänge, Zorn gegen Ev zu empfinden. Aber ihr Zorn ist schon verpufft, ein riesiger roter Ballon, der plötzlich aufgetaucht ist, allen Platz zwischen Ev und ihr eingenommen hat und dann einfach geplatzt ist, ohne Spuren zu hinterlassen. Sie sollte sich wenigstens gedemütigt fühlen, das wäre gesünder! Aber so sehr sie auch in sich geht, sich erforscht, ihren Stolz befragt, ihre Empfindlichkeiten sondiert und ihren Groll anzustacheln versucht, es steigt nichts in ihr auf als die Scham, Angst gehabt zu haben. Was ihr am meisten zu schaffen macht, ist, solche Angst gehabt zu haben.

Während Philippe seine Instrumente reinigt, klärt er sie darüber auf, dass die Fäden in spätestens einer Woche gezogen werden müssten, dass er keinen resorbierbaren Faden verwendet habe, weil der so fein sei, dass er das zarte Lippengewebe zerschneiden könnte.

Isabelle hört ihm zu, er spricht von jemand anderem – das ist nicht sie, der das gerade passiert ist! Sie hätte sich wehren müssen, ihr die Ohrfeige zurückgeben, Schlag für Schlag, auf sie einprügeln, brüllen, sie beschimpfen, sich weigern mitzufahren ... Übelkeit steigt in ihr auf, sie spielt nur eine Rolle in einem schlechten Stück, die Bretter öffnen sich unter ihren Füßen und sie versinkt im Boden, ein magischer Gedanke, sie verschwindet einfach im Bühnenbild.

Philippe fährt sie schweigend zur Villa zurück. Er schiebt eine Cassette ein, Massenet; es ist schön, Isabelle sagt es ihm, er antwortet mit einem sanften Lächeln. Sie ist ihm dankbar, dass er sie in Ruhe wieder zu sich kommen, ihre Fassung wiederfinden lässt.

Ev spürt Madeleines sanften Blick auf sich ruhen. Sie hat recht. Isabelle muss sich in der Klemme gefühlt haben, wie am letzten Mittwoch am Telefon. In die Ecke gedrängt. »Sie wird am Donnerstag nicht abreisen. Sie möchte länger bleiben. Wie lange, weiß ich nicht. Sie sagt, sie sei völlig abgebrannt. Ich würde ihr gerne aushelfen, aber sie lässt mich ja schon im Restaurant kaum die Rechnung bezahlen. Wenn ich anböte, ihr etwas vorzustrecken, würde ich sicher auf Granit beißen! Sie hat einen verdammten Dickschädel! Ihre Unabhängigkeit geht ihr über alles ... Und wenn sie einmal beschlossen hat, mir zu trotzen, brauche ich das Fingerspitzengefühl einer Spitzenklöpplerin, um sie umzustimmen.«

»Und Spitzenklöppelei erfordert ziemlich viel Geduld, was nicht gerade deine Stärke ist, wie du zugeben musst!«

»Aber was redest du denn da, ich bin ein Ausbund an Geduld! Als sie neulich mit einem schlimmen Schnupfen und 39 Fieber bei mir aufgekreuzt ist, musste ich alle möglichen Listen anwenden, damit sie sich pflegen ließ. Und auch dann nur, weil sie zu schlapp war, um mich zum Teufel zu schicken. Sie würde sich eher die Zunge abbeißen, als zuzugeben, dass sie mich braucht! Jede Zelle ihres Körpers sagt es mir, wenn ich sie ausziehe. Aber ansonsten offenbart sie sich nur millimeterweise, wenn überhaupt! Im einen Moment spüre ich, dass ihr viel an mir liegt, und im nächsten gibt sie sich lässig, gleichgültig. Das macht mich fertig. Die Ohrfeige heute Morgen, die hat sie nicht umsonst gekriegt! Ich konnte es nicht mehr ertragen, diesen Ton, diese arrogante Haltung ... Sie war gemein! Fast hätte ich mit der Faust zugeschlagen!« Ihre Stimme bricht, sie schluchzt auf, sie will nicht mehr von all dem reden, es tut zu weh. Madeleine legt ihr die Hand auf den Rücken, streichelt sie sanft. Ev beißt sich auf die Lippe, um nicht mehr zu weinen. »Herrgott, ich bin doch kein Ungeheuer! Aber es war wie ein Fausthieb voll in die Magengrube, Mado!«

»Der Gedanke, dass du ein Ungeheuer bist, liegt mir fern. Und wenn, dann bist du das sanfteste, liebenswerteste Ungeheuer, das ich kenne ... Hätte ich dich sonst zur Patin meiner Tochter gemacht? Du hast übrigens recht – Isabelle hat eine gewisse Ähnlichkeit mit Evelyne. Wenn es jemanden gibt, der dich auf die Palme bringen kann, dann dein Patenkind! Sie war noch keine zwei Jahre alt, da brachte sie dich schon zur Weißglut! Und gleichzeitig schaut sie dich bis heute an wie das erste Weltwunder! Könntest du dich nicht damit begnügen, deiner wunderbaren Nixe den Kopf zurechtzurücken wie Evelyne, ohne zuzuschlagen?« Madeleine redet ihr mit daunenzarter Stimme zu. Ev lässt sich einlullen. »Weißt du, liebste Ev, man muss schon ziemlich stabil sein, um es mit dir aufzunehmen. Isabelle fehlt es nicht an Format, aber selbst mich, die ich dich seit fünfundzwanzig Jahren kenne, schüchterst du noch gelegentlich ein, wenn dich der Zorn packt.« Ev will gerade erwidern, sie übertreibe, aber Madeleine lässt ihr keine Zeit dazu. »Doch, doch! Dir ist nicht immer klar, was für eine Macht du ausstrahlst, mein Schatz. Um sich so zu verhalten, wie sie es getan hat, muss Isabelle ziemliche Angst vor deiner Reaktion gehabt haben ... Oder selbst sehr leiden. Ach, wenn man vom Teufel spricht ... da kommen sie zurück.« Philippes Cabrio fährt durch die Pappelallee bis zur Auffahrt. »Wenn ich dich recht verstanden habe«, knüpft Madeleine wieder an, »reist sie am Donnerstag nun doch nicht ab, oder?« Ev schüttelt den Kopf. »Dann könntest du ihr doch in nächster Zeit mal deine Samtpfoten zeigen, ja?« Und Madeleine küsst Ev noch in die Halsbeuge, bevor sie sie in den Pool schubst ...

»Oh, du Miststück! Verräterin!« Ev hat eine Riesenfontäne aufspritzen lassen. Madeleine springt lachend hinterher.

»Sag mal, könntest du deiner Nixe nicht einen Verlagsvertrag anbieten, um sie noch ein paar Monate hierzuhalten?«

»Einen Verlagsvertrag?«

»Ja, warum nicht? Sie schreibt doch – und das nicht schlecht, oder? Worauf wartest du dann noch, um sie zu engagieren? Catherine wird doch bestimmt dies und das zum Schreiben oder Redigieren für sie haben!«

»Eine tolle Idee, Mado, du bist genial! Warum bin ich nicht selbst darauf gekommen?«

»Weil du an nichts anderes denkst, als mit ihr zu vögeln!« Worauf Ev sie mir nichts, dir nichts an den Schultern packt und sie bis auf den Grund des Swimmingpools tunkt, um sie sofort wieder heraufzuziehen, ehe sie vor lauter Lachen ertrinkt.

Isabelle lässt ihren Blick auf der Suche nach Ev durch den Garten schweifen, und als sie sie entdeckt, wie sie lachend mit Madeleine im Wasser herumtollt, zieht sich ihr Herz zusammen. Sie fühlt sich plötzlich als die Fremde, die außen vor bleibt, das hässliche Entlein, das stört, als Unsichtbare, Überflüssige, Bittstellerin, ausrangiertes Spielzeug. Ihre Kehle ist zugeschnürt; sie lacht nicht, als Philippe amüsiert bemerkt: »Wie zwei kleine Mädchen, die die Schule schwänzen!« Sie läuft davon, aufs Haus zu; sie hat nicht mehr die Energie zu kämpfen oder das Gesicht zu wahren.

Lächelnd geht Philippe zu ihnen hinüber. Ev steigt aus dem Wasser, schnappt sich ein Handtuch und läuft ihm entgegen. »Wo ist denn Isabelle?«

»Sie ist hineingegangen. Sich umziehen, glaube ich ...«

Ev will voller Ungeduld zum Haus stürzen, doch Philippe greift nach ihrem Arm und hält sie zurück.

»Ev, jetzt warte mal ...« Ev befreit ihren Arm, woraufhin Philippe sofort ihren Kopf zwischen seine großen Hände nimmt, sehr zart. »Isabelle ist stärker erschüttert, als sie es sich anmerken lässt ... Du gehst jetzt ganz sanft mit ihr um, meine Schöne, ja?« Philippe küsst sie leicht auf den Mund, bestätigt den Freundschaftspakt zwischen ihnen. Er verurteilt sie nicht, das weiß Ev, aber sie fühlt sich unwohl in ihrer Haut.

»Keine Angst, genau das habe ich vor. Hast du sie genäht?«

»Zwei Stiche. Sie wird sie spüren, wenn die Betäubung nachlässt, es wird ziepen ... Sie liebt dich sehr, weißt du. Ich habe den Eindruck, dass ihr das Herz auf der Zunge brennt.«

»Ich gehe zu ihr.« Ev macht ein paar Schritte auf das Haus zu, dreht sich noch einmal um. »Phil, hat sie jetzt Bettruhe oder so?«

»Nein, nein ... Sie kann sogar baden gehen, wenn sie will, das würde die Wunde nur säubern.« Ev entfernt sich. Philippe ruft ihr lachend nach: »Aber was du auch vorhast – du wirst darauf verzichten müssen, sie zu küssen!« Ev bleibt stehen, atmet tief durch, dreht sich zu Philippe um, verletzt von der Unterstellung, sie könnte so unsensibel sein. Aber Philippes breites, offenes Lächeln hat nichts Vorwurfsvolles an sich. Sie ist es, die alles falsch auffasst.

»Phil, spinnst du jetzt oder was?«

»Klar, ich spinne ...«

Ev ist nicht zum Lachen zumute; Philippe zuckt ergeben die Schultern. Sie kehrt ihm den Rücken, sie will im Moment nur eines: Isabelle sehen, sie in die Arme nehmen, versuchen, alles wiedergutzumachen, sie beruhigen und auch sich selbst.

»Ich bin es, Isa, kann ich hereinkommen? Philippe hat mir gesagt … Isa, was ist denn?« Ev geht auf sie zu. Isabelle packt ihre Tasche, versucht ihre Bluse zusammenzulegen, das große senffarbene Stück Stoff verschwimmt ihr vor den Augen.

»Fass mich nicht an!« Ev streift ihre Schulter. »Gott verdammt, Ev Anckert, raus hier! Ich habe dir gesagt, du sollst mich nicht anfassen – das ist doch Französisch, oder?«

»Ist ja gut, Isa, schon gut! Du brauchst nicht zu schreien, ich habe schon verstanden! Ich rühre dich nicht an.« Ihre Stimme ist sanft, Isabelle bricht in Tränen aus.

»Ich will nicht mehr, dass du mich anfasst … Nie wieder! Ich will dich nicht mehr sehen … Ich will weg von hier.« Sie versucht, aufzuhören zu weinen, aber es ist stärker als sie, sie schluchzt, sie zittert am ganzen Leib.

»Isa, erklär mir, was los ist … Hast du Schmerzen?«

»Ja, ich habe Schmerzen, Ev Anckert! Aber das ist dir doch völlig egal … *Ich* bin dir doch völlig egal!«

»Heute Morgen hast du es mir eher andersherum zu spüren gegeben.«

»Siehst du eigentlich nicht, was du tust?«

»Isa, es tut mir sehr leid, dass ich dich geschlagen habe …«

»Wenn es nur das wäre!«, hat sie geschrien. Sie weint nicht mehr. Außer ihrem Mund, der langsam auftaut, und ihrer Lippe, die zwickt, spürt sie nichts als Wut. Sie würde am liebsten um sich schlagen. »Wenn du eine Lawine auslöst, Ev Anckert, darfst du dich über den Steinschlag nicht wundern!«

»Das verstehe ich jetzt nicht …«

»Ach, stell dich doch nicht dumm! Steinschlag, verdammt,

S-t-e-i-n-s-c-h-l-a-g – Steinschlag! Das ist so klar wie dein Argot!«

»Komm, Isa, jetzt beruhige dich, verdammt! Hör auf zu schreien und sag mir, was los ist!«

»Ich beruhige mich schon seit vier Stunden, und jetzt habe ich die Schnauze gestrichen voll! Du weißt genau, was los ist, tu doch nicht so unschuldig! Ich lasse mir die Lippe zusammenflicken, wegen dir, Ev Anckert, und dann komme ich zurück und du bist nicht einmal da!«

»Darf ich dich daran erinnern, dass du nicht wolltest, dass ich mitkomme? Das kannst du mir doch jetzt nicht vorwerfen!«

»Du tust so, als gäbe es mich gar nicht! Es ist dir scheißegal, was ich empfinde! Ich komme hierher zurück, musste deinetwegen genäht werden, und du schäkerst mit Madeleine herum ... Sie küsst dich in die Halsbeuge und du lachst, Gott verdammt, du lachst! Ich komme mit meiner blutiggeschlagenen Fresse zurück, und du lachst einfach, Ev Anckert! Du amüsierst dich, wie wenn nichts wäre; ich bin dir scheißegal; du siehst mich nicht einmal ankommen, du ... Du ekelst mich an, Ev Anckert! Du bist das schönste Ekel, das mir jemals begegnet ist!«

Ev hat alles eingesteckt. Sie lässt sich auf die Bettkante sinken und schaut Isabelle verblüfft an.

»Na so was ... Eine richtige Eifersuchtsszene!« Sie hat ihren spöttischen Ton angeschlagen. Den wird Isabelle ihr austreiben.

»Eifersucht? Du denkst, dass ich eifersüchtig bin? Das gibt dir was, wie? Aber ich scheiß drauf, Ev Anckert, ich scheiß drauf, dass du mit Madeleine ins Bett gehst! Du kannst mit ganz Frankreich ins Bett gehen, das lässt mich kalt, das geht mir am Arsch vorbei! Aber nicht vor meiner Nase! Und vor allem nicht nach dem, was ...«

»He, jetzt aber mal langsam, hör auf! Du täuschst dich: Madeleine ist nicht meine Geliebte und ist es auch nie gewesen.« Sie spricht ruhig. Isabelle spürt die Wut in sich aufsteigen, sie bringt sie zur Weißglut!

»Ich sag dir, es ist mir scheißegal!«

»Ich glaube dir kein Wort ... An deiner Stelle hätte ich dasselbe gesehen. Aber es ist nicht so, wie du denkst.«

»An meiner Stelle, Ev Anckert? Was hättest du an meiner Stelle getan, na? Ich hätte mir längst ein paar Ohrfeigen eingefangen!«

»Sag mal, wenn du dich so in meinen Namen verbeißt, klingt das, als würdest du mich hassen ... Würdest du mich jetzt mal ausreden lassen, damit ich es dir erklären kann? Madeleine ist eine sehr alte Freundin, ich habe sie unheimlich gern und sie mich auch. Lass mich ausreden ... Es kommt oft vor, dass wir uns küssen, dass wir einander in den Arm nehmen, aber da ist nichts Sexuelles dabei. Eine tiefe Zuneigung, nichts anderes, das versichere ich dir, Isa. Aber wenn es dich so sehr stört, werde ich es Madeleine sagen, und wir ...«

»Nein, so habe ich das nicht gemeint!«

»Nur so lange, bis du dich daran gewöhnt hast. Was kann ich noch tun?« Evs Stimme ist sanft, zu sanft, das bringt sie aus der Fassung, gleich wird sie wieder weinen.

»Das ist es nicht! Mit mir bist du nie so! Und du beschimpfst mich als Hure ... Dich interessiert doch nur Sex!« Und sie bricht in Tränen aus.

»Ruhig, Belle ... Beruhige dich doch! Komm her, komm ...« Ev steht auf und nimmt sie in die Arme, hüllt sie ein. Es ist warm, es ist kühl, der nasse Badeanzug, Isabelle fröstelt bei der Berührung ihres nassen Bauches. Ev reibt mit einer Hand ihren Rücken, streichelt ihr mit der anderen den Nacken, ihre Zärtlichkeit besänftigt sie. Ev küsst sie auf das Haar: »Ich habe dir sehr weh getan, nicht? Es tut mir leid, Isabelle, wirklich ...« Isabelle zerfließt an ihrem Hals, der nach Wasser riecht, in Tränen. Ev wiegt sie. »Schhhh ... ruhig, Belle, ruhig ...« Langsam beruhigt sie sich.

»Weißt du, Ev Anckert, es ist das erste Mal in meinem Leben, dass ich meinen Kopf am Hals einer Frau ruhen lassen kann, ohne dass es mich zerreißt.« Isabelle spürt Evs Lächeln an ihrer Wange.

»Tja, und für mich ist es das erste Mal, dass ich mich zerreiße, um eine Frau bei mir zu halten ...«

»Idiotin!«

Ev macht sich los, um ihr Gesicht zu betrachten. »Geht's jetzt besser?«

»Mhmm ... Bist du mir noch böse?«, fragt Isabelle besorgt.

»Aber nein ... Ich explodiere, ich raste aus, aber danach ist es vorbei. Die Zeitbombe bist eher du! Sag, willst du nun wirklich zurück nach Paris, jetzt gleich?«

»Nein, ich war nur so wütend.«

»Ja, das habe ich allerdings gemerkt! Und ist es jetzt vorbei? Glaubst du immer noch, dass ich nur auf Sex mit dir aus bin?« Isabelle schüttelt den Kopf. Mit den Fingerspitzen streift Ev ihre Lippen, lässt sie bis zu ihren Augenwinkeln wandern, wischt ihre Tränen fort. »Tun sie weh, deine Stiche?« Nein, es brenne nur ein bisschen. »Belle, ich will nicht, dass du am Donnerstag abreist ...«

»Ja, das habe ich gemerkt!« Sie lächeln einander an, erleichtert, dass die Krise vorbei ist. Isabelle beruhigt sie: »Ich reise am Donnerstag nicht ab, Ev. Aber ich habe ein ernstes Geldproblem zu lösen.«

»Wir werden eine Lösung finden, Darling.«

»Und von dir will ich nichts annehmen!«

»Jaja, ich weiß! Du sollst mich ja nur helfen lassen, dein Problem zu lösen, das ist alles, was ich verlange. Alles klar?« Isabelle nickt. »Und noch etwas, wenn wir schon mal dabei sind: Mach das nicht noch mal mit mir, so wie heute Morgen ... Versprich mir, dass du mir deinen nächsten Abreisetermin frühzeitig ankündigst.«

»Ev, ich wusste nicht, wie ich es dir sagen sollte ...«

»Versprich es mir!«

»Einverstanden – versprochen.«

Ev legt ihren Mund zart auf ihre Schläfe, ihre Wange, ihre Lippen ...

»Nein, Ev, nicht. Ich kann jetzt nicht ...«

»Mmmh ... ich weiß.«

»Ich bin jetzt überall zu empfindlich.«

»Ich weiß, Darling ...« Sie legt ihre Finger unter Isabelles Kinn und küsst sie trotzdem auf den Mund, ein kurzer Kuss. »Wir haben den ganzen Tag, die ganze Nacht vor uns, und ich habe es nicht eilig ... Also, komm, ziehst du deinen Badeanzug an? Ich warte unten auf dich. Geht es jetzt, bist du sicher?« Ihre Stimme streichelt sie.

»Ja, es geht wieder, alles in Ordnung.«

»Und was Madeleine angeht, bist du nun beruhigt oder soll ich das Embargo verhängen?« Sie hat ihr Lächeln wiedergefunden, strahlend wie ein nördliches Gewässer.

»Nein, schon gut. Ich habe dir gesagt, dass ich nicht eifersüchtig bin.«

»Daran zweifle ich, Darling!«

»Es war ein Anfall von Neid, Ev, nicht von Eifersucht!«

»Oh, wenn Sie das sagen, Frau Doktor, dann muss ich es wohl glauben!« Sie grinst sie an.

»Los, raus jetzt, dass ich mich in Ruhe umziehen kann.«

»Ich gehe schon. Lass mich aber nicht zu lange schmachten, ja!«

»Ev?« Sie wollte gerade die Tür hinter sich zumachen. »Ich ... Danke.« Ev schaut sie langsam an, von Kopf bis Fuß, eine Ewigkeit. Dann wirft sie ihr eine Kusshand zu und geht lachend hinaus. Isabelle muss auch lachen, einmal mehr hingerissen von dem unglaublichen Charme dieser großen, blonden Ev Anckert, die so bald zu verlassen sie nicht die geringste Lust verspürt.

»Ev hat mir ein paar Ihrer Werke gezeigt.« Sie haben sich auf der Terrasse niedergelassen, sitzen bequem in großen Rattansesseln und trinken genüsslich einen dreißig Jahre alten Portwein, auf den Philippe ganz stolz ist und den er am liebsten noch weiter hätte reifen lassen, wie Madeleine ihr anvertraut. »Aber in diesem Alter«, erklärt sie augenzwinkernd, »ist es höchste Zeit, genossen zu werden!« Sie sind allein, Philippe und Ev haben zwei der Pferde aus Philippes Stall gesattelt, auf den er nicht weniger stolz ist. Da schon der Gedanke an einen Ausritt ihr Kopfschmerzen bereitete, hatte Isabelle es vorgezogen, dazubleiben und in der Sonne zu faulenzen, und Madeleine hatte angeboten, ihr Gesellschaft zu leisten und etwas zu plaudern. »Das ist eine Leidenschaft von mir. Sie werden mir dieses Vergnügen doch nicht verwehren?« Angesichts des so taktvollen Angebots hatte Isabelle sie nicht weiter gedrängt, die anderen zu begleiten.

Beim Mittagessen lachte sie sehr, als Isabelle erklärte: »Ich muss mich bei Ihnen entschuldigen, Madeleine. Ich habe die schlimmsten Dinge von Ihnen gedacht, als ich Sie vorhin am Pool gesehen habe, wie Sie Ev küssten.« Ev verschluckte wieder einmal beinahe ihr Glas. Philippe rief aus: »Sie haben doch wohl nicht gedacht, sie habe mir Hörner aufgesetzt?«

»Ich muss gestehen, Philippe, dass ich sogar geglaubt habe, Sie würden es billigend in Kauf nehmen.« Philippe und Ev lachten los, mit demselben anmutigen Zurückwerfen des Kopfes.

»Von der schönen Anckert Hörner aufgesetzt bekommen, und auch noch billigend, das ist ja reizend! Haben Sie uns vielleicht noch mehr solcher pikanten Phantasien zu enthüllen?« Madeleine amüsierte sich prächtig.

»Mado, ich bitte dich, gieß nicht noch Öl ins Feuer!« Ev sah leicht besorgt zur ihr hinüber, aber Isabelle ging nicht weiter ins Detail.

»Ev hat meinen zügellosen Phantasien einen Riegel vorgeschoben, zumindest was Sie angeht, Madeleine.«

»Na, da bin ich aber froh!« Philippe lächelte ihr warm zu, und das Mittagessen war heiter und harmonisch zu Ende gegangen.

»Ihre Lithographien haben mir sehr gut gefallen, jedenfalls die, die ich beim Durchblättern der Gesamtausgabe von Colette gesehen habe.« Madeleine lächelt ihr zu. Eine schöne Frau, großzügig, mit einer liebenswürdigen, belebenden Ausstrahlung. Sie trägt ihre fünfzig Jahre mit der ruhigen Heiterkeit derer, die aus einem erfüllten Leben heraus nach vorn blicken. In ihren kastanienbraunen Augen funkelt und blitzt es, Kieselsteine, die in der Sonne kichern.

»Ev wollte um jeden Preis, dass ich bei dieser Sonderausgabe mitwirke! Sie hat es geschafft, mich davon zu überzeugen, dass ihr verlegerisches Werk ohne mich unvollendet bliebe!« Das Satzende geht in eine Kaskade über. Sie lacht ständig, ein strahlendes, volles, rundes Lachen wie sie selbst, ein ansteckendes Lachen, eine Quecksilberspur in ruhigem, klarem Wasser.

»Sie bewundert Ihr Werk zutiefst. Wenn sie von Ihnen spricht, muss man Sie einfach sofort mögen!«

»Oh, wissen Sie, Ev ist ein bedingungsloser Fan. Mein treuester und auch mein strengster. Sie ist im Grunde die Einzige, Sie kennen sie ja nun auch ein bisschen, die so anspruchsvoll und zugleich so bedingungslos ist!«

Isabelle lacht, weil sie lacht. Wenn es Menschen gibt, die für das Glück begabt sind, dann gehört Madeleine dazu. Außerdem spürt sie bei ihr eine feine Empfindsamkeit, die sie anzieht, etwas, das sie rührt und ihre Nähe suchen lässt. Im Augenblick wird ihr der Umgang mit Madeleine noch dadurch erleichtert, dass sie sich gegenseitig zum Lachen bringen, wechselseitig ihren

Humor genießen, beide entzückt davon, in der anderen eine Frau zu entdecken, die gern lacht, so wie andere gern trinken, joggen oder gärtnern. Eine Leidenschaft, die sie beide mit Ev teilen.

»Mag sein, dass Ev Sie bedingungslos liebt, wie Sie sagen. Ich für meinen Teil weiß jedenfalls, dass mir das, was ich gesehen habe, gefallen hat. Ich habe Ihre Bilder auf Anhieb gemocht.« Madeleine schaut sie an; sie beeilt sich nicht, ihr höflich zu danken; sie wartet auf die Fortsetzung. »Sie haben mich bewegt, glaube ich ... Besonders diese eine Radierung, die in Evs Salon hängt, die *Frau im Morgenmantel*. Wissen Sie, welche ich meine?«

»Ja, eine Radierung in fünf Graustufen. Was daran gefällt Ihnen so gut? Die Technik? Die Farben? Das Motiv?«

»Puh! Das ist eine schwierige Frage! Ich verstehe nicht viel von Kunst, Madeleine, noch weniger von Kunstkritik. Es gefällt mir, aber warum genau ...«

»Versuchen Sie es trotzdem!«

»Ich weiß nicht, es ist etwas Verwirrendes an diesem Bild, eine Art Nacktheit in der Bewegung, die Sie dieser Frau verliehen haben, in ihrer Geste ... Sie zieht ihren Morgenmantel aus ... es ist nur ein Morgenmantel, den sie sehr langsam ablegt, und doch habe ich jedesmal, wenn ich sie anschaue, das Gefühl, bis in ihre Seele zu blicken ... Vielleicht in die Ihre. Und ich weiß nur, dass ich das sehr schön finde.«

Madeleine hat ein beglücktes Lächeln auf ihrem Gesicht.

»Sie machen mir da das schönste Kompliment, das eine Künstlerin sich erträumen kann. Und glauben Sie mir, Isabelle, da können die Kunstkritiker einpacken!... Ev hat recht, wenn sie sagt, dass Sie entwaffnend sind.«

»Das sagt Ev von mir? Wirklich?«

»Ja. Erstaunt Sie das?«

»Allerdings! Sie ist diejenige, die entwaffnend ist, nicht ich.«

»In ihrer Unberechenbarkeit ist sie es auch, das stimmt. Aber bei Ihnen ist es die Ehrlichkeit, die entwaffnend wirkt, und ganz besonders auf unsere Ev, die eher an Schliche und Ränke gewöhnt ist. Die Leute ... Eigentlich wollte ich sagen, die Frauen, *ihre* Frauen ... Schockiere ich Sie?« Isabelle schüttelt den Kopf. »Dann ist es gut! Ihre Frauen neigen sonst eher zu Ausweichmanövern als zu Geradlinigkeit. Ausweichmanöver, die im Übrigen angesichts ihres Temperaments gerechtfertigt sind.«

»Tja ...« Madeleine bietet ihr sehr geschickt Hilfestellung an. Isabelle bewegt sich auf unsicherem Boden. Sie will weder etwas gegen Ev sagen noch sie in Schutz nehmen, auf keinen Fall lügen, noch weniger so aussehen, als wolle sie um Mitleid heischen.

»Hören Sie, Isabelle, es ist höchste Zeit, dass wir darüber reden. Ich billige es in keiner Weise, dass Ev Sie geschlagen hat, das weiß sie sehr gut. Sie sind hier nicht im Beichtstuhl und können mich jederzeit zum Teufel schicken, wenn ich Sie nerve ...«

»Ach, ich fürchtete, diese ganze Geschichte würde eher Sie nerven, Ihre Ruhe stören!«

»Meine Ruhe? Die lassen Sie mal meine Sorge sein. Mit Ev werden wir nicht so bald am Kamin sitzen und stricken!« Sie kichern gemeinsam über das Bild. »Also«, fährt Madeleine fort, »jetzt mal im Ernst ... Sehen Sie, Isabelle, ich habe das deutliche Gefühl, dass Sie auf den Schlag heute Morgen nicht vorbereitet waren. Sie täten gut daran, sich besser zu wappnen. Wussten Sie, dass Ev zu solchen Wutausbrüchen fähig ist?«

»Zu Wutausbrüchen, ja. Im Restaurant hätte ich fast einmal ein Stück Himbeerkuchen an den Kopf gekriegt. Sie hat sich im letzten Moment beruhigt. Aber dass sie mich schlagen würde ...«

»Es ist Ihr gleichgültiges Auftreten, das sie wütend gemacht hat, wissen Sie das?«

»Ja, ich weiß ... Einen Moment lang habe ich gedacht, sie würde total ausrasten und sich weiter an mir austoben. Es ist verrückt, ich habe mich schon im Krankenhaus gesehen!«

»O nein, nun übertreiben Sie nicht! Ev ist jähzornig, aber sie würde Sie nicht wirklich verprügeln ... Seien Sie unbesorgt, sie will Ihnen nichts Böses.«

»Vielleicht ... Sie hat immerhin gedroht, mich zu verprügeln!«

»Was?«, fragt Madeleine erstaunt. »Heute Morgen?«

»Ich dachte, Ev hätte es Ihnen erzählt.«

»Nein. Sie im Übrigen auch nicht. Wollten Sie sie schützen?«

»Nein! Nein, überhaupt nicht.«

»Na, das will ich aber auch hoffen! Ich bewundere die Schlichtheit, mit der Sie bei Ihrer Ankunft hier alles offen auf den Tisch gelegt haben. Ich habe mir gesagt: Das ist mal eine, die auch tut, was sie predigt. Aber was ich da gerade gehört habe, gefällt mir gar nicht ... Isabelle, sagen Sie mir, was verheimlichen Sie noch?«

»Nichts, Madeleine, nichts ... Ich habe Angst gehabt, das ist alles.« Die Tränen schießen ihr in die Augen. Madeleine schweigt, ein mitfühlendes Schweigen, in dem höfliche Verlegenheit keinen Platz hat. Isabelle fährt leise weinend fort. »Ich schäme mich so, dass ich mich nicht gewehrt habe ... Das verstört mich am meisten – dass ich dermaßen Angst vor ihr hatte.«

»Man zieht eben keine Katze aus dem Wasser, ohne vorher Handschuhe anzuziehen! Ev ist an manchen Punkten etwas kitzelig. Sie sind noch einmal mit dem Schrecken davongekommen. Im Übrigen würde ich nicht sagen, dass Mut darin besteht, den Kopf freiwillig auf den Richtblock zu legen, nicht wahr?« Madeleines Augen funkeln, Isabelle wischt sich die Tränen ab, von einer Last befreit, an der sie erstickte. »Trotzdem«, fährt Madeleine fort, »Ev ist einfach zu jähzornig. Aber das wird ihr schwerlich auszutreiben sein. Meiner Ansicht nach ist es besser, sich vorzusehen, als sich hinterher zusammenflicken zu lassen. Ev ist eine stolze Löwin! Wenn sie sagt, Ihre Arroganz habe sie verletzt, müssen Sie ihr das glauben. Verstehen Sie, was ich meine?«

»Ja ... Es ist seltsam, ich habe diese Woche gerade einer Freundin geschrieben, Ev Anckert sei eine Löwin.«

»Tja, dann sind wir ja schon zwei, die wissen, woran wir sind!

Und ich liebe diese Löwin – Sie nicht?« Sie wartet die Antwort nicht ab, sondern steht auf, füllt ihre Gläser erneut und fügt lächelnd hinzu: »Und ich liebe Ihren Humor ... Das ist ein unschätzbarer Trumpf im Umgang mit Ev, wissen Sie. Ich habe keine Ahnung, wie Sie in letzter Sekunde den Flug des Himbeerkuchens aufgehalten haben, aber merken Sie sich den Trick, Isabelle, um Ihrer Gesundheit willen!« Wieder das Lachen, die Vertrautheit zwischen ihnen. »Werden Sie noch eine Weile bleiben, was meinen Sie?«

»Ich möchte so lange wie möglich bleiben ... Aber ich bin klamm.« Madeleine hebt fragend die rechte Braue. »Klamm«, erklärt Isabelle lachend, »das heißt, ich bin pleite!«

»Ach so!«, ruft Madeleine aus, erleichtert, dass es nichts Schlimmeres ist. »Wenn das Ihr Problem ist, wird Ev glücklich sein, Ihnen aus der Patsche zu helfen ... Sie ist sehr großzügig, wissen Sie.«

»Ja, ich weiß, aber ich habe meinen Stolz.«

»Sie ist stolzer als Sie, aber ebenso klug, glauben Sie mir. Lassen Sie sie nur machen, Isabelle, Sie werden sehen ... Es liegt ihr viel an Ihnen, und sie wird alles tun, was in ihrer Macht steht, um Sie hierzubehalten.«

»Genau das ist es ja, was mir Sorgen bereitet! Eines Tages werde ich zurück müssen, Madeleine. Ich kann nicht ewig bleiben.«

»Das weiß Ev sehr wohl .., Lassen Sie sie nicht zu sehr zappeln, Isabelle, und nehmen Sie an, was sie Ihnen anbietet!«

»Wie meinen Sie das?«

»Ich meine, dass sie sich abzappelt, um Sie zum Bleiben zu bewegen ...«

»Heute Morgen habe ich ihr Gezappel jedenfalls voll ins Gesicht gekriegt!«

Madeleine grinst und gibt ihr einen Klaps auf den Oberschenkel.

»Ein Grund mehr, einzulenken und zuzulassen, dass sie sich jetzt um Sie kümmert! So, jetzt ist es aber gut. Schluss mit der

Beichte. Nun ist es Zeit, in die Kapelle zu gehen.« Und sie führt sie durch das Haus bis in ihr Atelier unter dem Dach.

Isabelle fühlt sich geehrt. Madeleine zeigt ihr ihre Radierungen, die Erstdrucke einer Serie von zweiundzwanzig, die sie im Januar in New York auszustellen gedenkt. Sie liebt ihren Beruf, sie spricht voller Leidenschaft davon, lachend auch dann, wenn ihr Mund nicht lacht. Wie Ev, die lächelt, auch wenn sie nicht lächelt. Madeleine erklärt begeistert die verschiedenen Etappen der Radierung, die gewissenhafte Sorgfalt, die sie erfordern, die Freude, die sie daraus zieht. Als Isabelle sie so in ihrem Element sieht, sagt sie sich, dass sie es wohl verdient, die engste und älteste Freundin der wundervollen Ev Anckert zu sein. Sie strömen beide über von derselben Energie, wie der von wilden Pferden, die entfesselt durch eine endlose grüne Prärie galoppieren, in der alles möglich, alles erlaubt ist, eine Freiheit, die sie beide für das Natürlichste von der Welt halten. Mit einem kleinen Unterschied. Ev weigert sich, mit vollem Einsatz loszustürmen, wenn sie nicht von Anfang an das Ende der Prärie vor Augen hat, während Madeleine angesichts des Unvorhersehbaren den Himmel, die Erde, das Feld in ganz kleine Stücke unterteilt, die sie dann, geduldig und eines nach dem anderen, bezwingt. Sie mag diese Frau und beneidet Ev um diese Freundin an ihrer Seite.

Dass seine Frau vor ihm andere Männer gekannt hatte, mache ihn rasend vor Eifersucht, hatte einer ihrer Klienten Isabelle anvertraut. Jedesmal, wenn er mit ihr schlief, und dagegen komme er nicht an, sagte er, »wenn ich nicht sicher bin, dass ich sie total geschafft habe, kann ich nicht ejakulieren.« Er glaubte ihr nicht, wenn sie sagte, sie sei befriedigt; er behauptete, sie spiele ihm den Orgasmus bloß vor, um ihn zu beruhigen. Und wenn er einmal glaubte, dass sie wirklich gekommen war, dann bestürmte er sie mit Fragen, forderte, dass sie Vergleiche anstellte über die Zahl der Orgasmen, ihre Intensität, die Originalität der Stellungen, die Lust, die sie dabei empfand; er bedrängte sie so lange, bis sie sich schlicht weigerte, seine Fragen zu beantworten, was ihn gewalttätig werden ließ, oder bis sie ihn als krank beschimpfte oder drohte, ihn zu verlassen, wie sie es schon dreimal getan hatte, was ihn darin bestärkte, dass er ein Versager sei, und in bodenlose Verzweiflung stürzte. Als Isabelle ihn darauf aufmerksam machte, dass er sich immer selbst in eine Position der Unsicherheit manövrierte, die ihm bestätigte, er sei ein Verlierer, hatte er ihr entgegnet, »bei den Frauen kann sich ein Mann doch nie sicher sein!«

An diesen Klienten hatte sie gedacht, als Ev ihr in dieser Nacht sagte, sie hätte nie geglaubt, dass sie eines Tages das Gefühl haben könnte, ihr fehle ein Penis. Isabelle war so verblüfft, dass sie lachen musste. Ev hatte sie gerade so glücklich gemacht, dass sie sie angefleht hatte, einen Pause einzulegen, um wieder zu Atem zu kommen. Ev hatte ihr zugeflüstert: »Mit dir frage ich mich das wirklich.« Ihre sanfte Stimme und ihr ernster Ausdruck, ihr bohrender Blick, die ganze kaum verhohlene Verletzlichkeit hatten sie verwirrt. Ev machte sich wirklich Gedanken. Es ging nicht um ihre Leistung, Ev zweifelt nicht an sich, dachte Isabelle, jedenfalls nicht an ihren Künsten. Es hatte auch nichts mit Eifersucht zu tun. Ev fand es eher erregend, als dass es sie eifersüchtig machte, wenn Männer oder Frauen in ihrer Anwesenheit Interesse an Isabelle bekundeten. Es war etwas anderes. Zum ersten Mal seit dem Beginn ihrer Liaison hatte Isabelle das Gefühl, eine Schwachstelle in Ev Anckerts Festung zu spüren.

Isabelle ist ihrer Bitte, ihre Abreise zu verschieben, nachgekommen. Als letztes mögliches Datum hat sie zunächst den 15. Juli festgesetzt, mit der Begründung, sie brauche mindestens drei Wochen, um ihre Seminare vorzubereiten. Ev hat unbeugsam dagegengehalten: »Sonntag, den 31., Darling. Ausnahmsweise wirst du deine Seminare eben in einer Woche vorbereiten. Das ist doch nicht so dramatisch, oder?« Bei ihrem letzten Argument hat sie sich schließlich geschlagen gegeben: »Ich werde nicht vor dir auf die Knie fallen, Isabelle. Ich will, dass du so lange wie möglich bleibst. Gib mir nicht das Gefühl, dich darum anflehen zu müssen.« Über ihren Verlag bietet Ev ihr einen Vertrag an, in dem Isabelle sich verpflichtet, Lektüre-, Korrektur- und Schreibaufgaben zu erledigen, je nach Bedarf; im Gegenzug bekommt sie einen Vorschuss überwiesen. Ihren abweisenden Reaktionen trotzend, jedes ihrer Argumente abschmetternd, hat Ev sie schließlich auch davon überzeugt, in die vom Verlag angemietete Wohnung zu ziehen: »Du kannst nicht zwei Monate lang im Hotel arbeiten, und leben im Übrigen auch nicht.« Worauf Isabelle erwiderte, dann hätte sie das Gefühl, ausgehalten zu werden, das käme auf gar keinen Fall in Frage. Ev hat sich darüber hinweggesetzt: »Verdammt, du bist ja stolzer als ich, Isabelle, aber ich bin sturer und reicher! Deshalb vergisst du jetzt mal deine emanzipierten Skrupel und nimmst dieses Wohnungsangebot an!« Auf zwei anderen Bedingungen ihrer Abmachung hat sie jedoch bestanden, auch wenn sie nicht schwarz auf weiß festgehalten sind. »Erstens: Vertrag hin, Vertrag her, Ev – wenn du die Hand gegen mich erhebst, bin ich auf der Stelle weg. Zweitens: Wenn sich herausstellt, dass dein Vertrag ein Scheinvertrag ist, dass es keine Arbeit, sondern nur Geld gibt, steige ich sofort aus.« Ev hat gelacht und erklärt, sie sei eine der härtesten Geschäftsfrauen, die sie kenne, ehe sie schloss: »Die erste Bedingung erscheint mir selbstverständlich, Darling. Und was die zweite angeht, so überrascht es mich, dass du es für möglich hältst, die Editions Anckert könnten dich fürs Nichtstun bezahlen. Das entspricht weder der Politik des Hauses noch meinem persönlichen Interesse. Glaub mir, ich verspüre keinerlei Vergnügen bei der Vorstellung, dass du die ganze Zeit vor dem Telefon sitzt und darauf wartest, dass ich mich freimache, um deine leere Zeit auszufüllen. Ich will, dass du Lust hast, mich zu sehen, Darling, und das setzt voraus, dass du selber beschäftigt bist.« Im Gegenzug bekommt Isabelle das Versprechen, das Ev mit einem langen Kuss besiegelt hat: »Ich werde meine Ferien nicht vorverlegen können, Darling. Hingegen verspreche ich dir, dass ich deine Anwesenheit bis zur Neige ausnutzen werde.«

Trotz dieser Vereinbarung über die Bedingungen ihres verlängerten Aufenthaltes hat Ev ihren Seelenfrieden verloren. Die Lust, die Isabelle in ihren Armen sucht und findet, beruhigt sie nicht länger; Ev verlangt es nach mehr, das spürt Isabelle mit allen Fasern ihres Körpers. Ev will sie noch intensiver besitzen. Isabelle hat versucht, sie zu beruhigen, indem sie ihr sagte, sie sei wunschlos glücklich, worauf Ev nach einer langen Pause erwiderte: »Nicht an dir zweifle ich, Belle, sondern an mir.« Darauf gab es nichts zu sagen. Isabelle ist plötzlich das Leid bewusst geworden, auf das Ev in jeder Verzögerung ihrer Lust lauert, und, noch beunruhigender, das Leid, das Ev ihr ohne zu zögern zufügen wird, wenn sie spürt, dass sie ihr entgleitet.

Sie hat sich Ev genähert, ganz vorsichtig. Ev hat sich zuerst küssen lassen, ohne sich zu rühren, und hat dann ihre Hände an Isabelles Armen hochwandern lassen bis zu ihrem Hals, dann langsam von ihrer Kehle zu ihren Brüsten, dann hat sie wieder innegehalten und geflüstert, beinahe flehend: »Belle, liebe mich …« Tief berührt hat Isabelle sie in den Arm genommen, gestreichelt, gewiegt, geliebt wie ein krankes Kind, das noch nichts von seiner Krankheit weiß.

Paris. Nachts, den 15. Juni

Timothée, meine liebe Timothée!

Ich habe zwei Bücher in drei Jahren geschrieben, um zu sagen, dass Gewalt im Grunde nichts anderes ist als ein Mangel an Vokabular. Ich habe mich getäuscht, Timothée: Es ist auch, vielleicht vor allem, eine Frage von Taubheit. Du schreist: Hilfe! Hilfe!, und die andere hört dich nicht. Du rufst: Ich liebe dich! Ich liebe dich!, und die andere hört nichts. Darin liegt sie, die Gewalt, Timothée, das wusste ich nicht. Jetzt weiß ich es, ich spüre es, ich sehe es.

O Timothée, die Welt ist vollkommen wahnsinnig geworden! Ein junger Mann, ein zweiundzwanzigjähriger Araber, hat mit einem Maschinengewehr in der Hand ein Restaurant gestürmt und dreiundzwanzig Menschen getötet, ein Massaker, Timothée, ein echtes Blutbad – sind die Bilder davon bis zu dir nach Montreal gedrungen? Überall Blut, Timothée, überall, an den Wänden, zwischen den Tischen Blutlachen ... Ich weine, während ich Dir davon schreibe, ich zittere, mir ist speiübel. Auf der Titelseite des Figaro *ist eine Frau, die mit dem Gesicht in ihrem Teller liegt, ein junges Mädchen von achtzehn Jahren, dieses Foto ist entsetzlich, der Tod ist nicht so vulgär – ich denke an die Eltern des Mädchens, an ihre Freunde, an die Menschen, die sie geliebt haben und sie ermordet auf einer Titelseite wiederfinden, in einer absurden, lächerlichen, entwürdigenden Stellung, mit dem Gesicht in ihrem Couscous – es sollte verboten sein, den Tod auf diese Weise zu zeigen.*

Von dem jungen Mann sagen sie: ein verrückter Killer, ein an-

staltsreifer Psychopath, ein unangepasster Außenseiter ... Es waren noch keine drei Stunden seit seinem Selbstmord vergangen, da fingen sie im Fernsehen schon an, ihn zu psychoanalysieren: seine Mutter, die sich prostituierte, sein Vater, der ihn schlug, seine lieblose Kindheit, die Flucht nach Frankreich mit seiner Mutter und seinen beiden Brüdern, die Jugend in Pantin, seine Lehrer in der Schule, seine Klassenkameraden, sein Leben als Stricher von seinem vierzehnten Jahr an, mit ausschließlich weißen Männern, sein Kolonisierten-Komplex, alles wurde durchgehechelt, sein Herz seine Seele sein Körper, fehlte nur noch sein Impfpass, vor allem aber fehlte die krasse Armut seines Ghettos, die Sackgasse der Einwanderung, die Einsamkeit, die Angst, die Scham und die Wut darüber, nicht erwünscht zu sein – davon haben weder der Moderator noch seine Psychoanalytiker-, Psychiater- und Soziologen-Gäste geredet.

Ich schreibe Dir das alles in einem Zug, erschüttert, Du wirst mich wieder überempfindlich finden, an Dir perlt das Leben ab wie am Gefieder einer Ente, ich bin eher ein Schwamm, wie Du weißt, ein dicker, nasser Schwamm.

An dem Restaurant bin ich vor zwei Wochen vorbeigekommen, im neunten Arrondissement, als ich auf dem Weg ins Plakatmuseum war, das nicht weit davon ist. Ein einfaches kleines Lokal, das arabische Spezialitäten anbietet, Le Maghreb, nichts Besonderes, eine gastronomische Oase, wie es viele in der Stadt gibt. Paris ist hysterisch geworden, ununterbrochen Sirenengeheul, Bomben- und Plastiksprengstoffalarm, die Metro macht dicht und wieder auf, weil ständig Drohanrufe von all den Verrückten eingehen, die sich von der Gewalt, die in der Pariser Luft liegt, mitreißen lassen und die Polizei in ständiger Alarmbereitschaft halten – ich habe eine Bombe in der Station St-Michel gelegt, ich habe eine in der Station Opéra versteckt – Du kannst Dir die Auswirkungen ausmalen, ein Chaos, eine Flutwelle kollektiven Wahns, so etwas habe ich noch nie erlebt, ich könnte gut darauf verzichten, es ist hässlich, es ist erschreckend, verwirrend, es zerreißt mich bis tief in die Seele.

Der Araber ist in dieses Restaurant gekommen, angeblich ruhig – ich würde sagen vor Wut kochend wie eine Statue, die beschlossen hat, sich in Bewegung zu setzen, ohne um Erlaubnis zu fragen, ihren Platz zu verlassen, einfach angewidert davon, dass alle Hunde der Gegend sie anpinkeln, dass alle sturzbetrunkenen Nachtschwärmer ihre volle Blase auf sie entleeren, wenn sie nicht gerade auf sie kotzen. Der Typ kommt an, es ist acht Uhr, alle Tische sind besetzt, alles blütenreine Weiße, keine Araber, die machen die Arbeit, die anderen lassen sich ihre Portion Exotik servieren in diesem Miniaturghetto, in das sie sonst nie einen Fuß setzen würden, jedenfalls nicht abends. Er sagt: »Ich will alle Araber auf der linken Seite sehen, die anderen bleiben sitzen.« Er feuert einen Warnschuss ab, es heißt, er zitterte nicht einmal, die Kellner, der Chef, alle Araber drücken sich in einer Reihe mit erhobenen Händen an die Wand, den Atem anhaltend, zu Tode erschrocken wie die Gäste an den Tischen, Männer, Frauen, Paare, drei Kinder. Er befiehlt den Arabern abzuhauen, sie lassen sich nicht bitten und drängeln sich hinaus, er schießt ein zweites Mal in die Luft, damit es schneller vorwärtsgeht. Und dann, Timothée, dann knallt er die Leute nacheinander ab, eiskalt angeblich, ohne Eile, er verfolgt sie bis unter die Tische, wo sie Schutz suchen, er hat die drei Kinder erschossen, zwei an einem Tisch, eines drei Tische weiter, ehe er ihre Eltern tötete, zuerst die Frauen, die Männer zum Schluss. Nicht einen Mann hat man sitzend vorgefunden, alle elf hatten versucht zu fliehen, wie die Hasen, Timothée, Hasen, die in alle Richtungen rannten und die er abknallte wie auf dem Jahrmarkt, er hat sie alle mit einem Kopfschuss erledigt, keine Gnade, wie mein Taxifahrer sagte, als er darüber sprach, was Le Pen mit den Arabern machen würde, wenn er in Frankreich aufräumen würde. Im ganzen Restaurant lagen die Toten verstreut, dann hat er sich eine Kugel in den Mund geschossen, ich werde nicht umsonst gestorben sein, wird er sich gesagt haben.

Ich kann nicht aufhören zu heulen.

Es nimmt kein Ende, es ist vollkommen verrückt. Sechs Stunden später hat jemand ein Mietshaus in die Luft gejagt, vierzehn Wohnungen, vor allem maghrebinische Familien, die Eskalation, Timothée, ein Alptraum, dreizehn Tote und Verletzte dazu, Kinder darunter, Timothée, ein Vergeltungsschlag, sagen sie im Fernsehen. Als wäre die blinde Ermordung von Unschuldigen, die nie im Leben ein Gewehr in der Hand gehalten haben, irgend etwas anderes als die reine Gewalt, die nur auf einen Anlass wartete, um auszubrechen, um irgend etwas zu treffen, das aussah wie ein Araber, wie diese »Scheißalgerienfranzosen, die uns unsere Jobs wegschnappen«, wie mir der Taxifahrer von neulich vorgeiferte, einer von denen, die sich nach dem Hakenkreuz zurücksehnen.

Die Polizei ist dabei, ganz Paris zu durchkämmen, es hat sich niemand zu dem Attentat bekannt, alle sind empört, alle haben Angst, die Juden, die Araber, die Rechtsextremen, alles vermischt sich, der alte Palästina-Konflikt macht wieder Schlagzeilen, überall sucht man nach Wölfen im Schafspelz, es ist verrückt, total verrückt, Paris ist im Ausnahmezustand. In der ganzen Stadt geht es drunter und drüber, und dann hat eine linksextreme Gruppe von Arabern noch ein Restaurant in die Luft gejagt, heute Abend, ein schickes Restaurant voll von Touristen, von Weißen natürlich, nichts als Bleichgesichter, eine selbstgebastelte Bombe, vor allem Sachschaden, ein Schwerverletzter, keine Toten, man atmet auf, als wäre das beruhigend.

Für mich, meine Timothée, die Du dies mit zehn Tagen Verspätung liest, ist das Schlimmste an dem Ganzen der Gedanke, erschrick nicht, dass ich den jungen Araber verstehen kann. Ich will sagen, dass die Gewalt nicht ein Mangel an Vokabular ist, sondern das Ausbleiben einer Reaktion am anderen Ende der Lei-

tung, die stumme Mauer, weil du nicht das richtige Wort gewählt hast, weil du nicht den richtigen Akzent hast, weil deine Haut zu dunkel ist oder weil es dir einfach nicht gegeben ist, zu sagen, was du zu sagen hast. Du redest ins Leere, der andere ignoriert dich, du hast nicht seine Worte, seine Sätze, seine Gesten, du verfügst nicht über das richtige Vokabular, das seine, und deshalb hört er dich nicht, du redest vergeblich, er hört dir nicht zu, du redest lauter du schreist du brüllst, er geht einfach weiter, und wenn dir schließlich die Stimme, die Geduld ausgeht, dann schlägst du zu schlägst Krach das Knallen einer Bombe eines Maschinengewehrs oder nur einer Ohrfeige, das versteht jeder, das ist eine universelle Sprache.

Ich schreibe Dir wie eine Verlorene ich schlafe nicht ich weine ich bin erschüttert ich habe keine Interpunktion keine Syntax mehr noch sonst irgend etwas als das Bedürfnis Dir all das zu sagen nur Du kannst es hören niemand sonst würde die Gewalt verstehen Timothée es fängt an wenn eine sagt ich brauche dich und die andere es nicht hört. Ich schreibe Dir wie mit Drogen vollgepumpt nicht berauscht nur bematscht um drei Uhr morgens um Dir zu sagen dass Ev Anckert mich heftig geschlagen hat, mit zwei Stichen am Mundwinkel genäht, dass ich völlig verrückt sein oder mich getäuscht haben muss aber ich bin mir jetzt sicher wie ich es noch nie gewesen bin ich würde es niemandem zu sagen wagen außer Dir Timothée die alles hören kann dass ich diese Gewalt genährt habe jedesmal wenn ich nicht hörte dass sie sagte ich will dich. Ich hörte nichts ich war tauber als sie stumm ist, weil sie in meiner Sprache nicht klar sagte ich liebe dich. Ich frage Dich, kann man das konventionelle »Ich liebe dich« denn nur in Worten sagen, nur in diesen zwölf kleinen Buchstaben?

Sie sagte mir du machst mich verrückt und alles was ich verstanden habe ist du gehst mir auf die Nerven oder du widerstehst mir oder du machst mich an aber ich habe nie gedacht dass sie mir in ihrer Sprache sagte ich liebe dich wie verrückt. Ich bin nicht darauf gekommen aus dem einfachen Grund dass ich Angst davor hatte dass sie mich lieben könnte oder dass ich zu Tode erschrocken war bei dem Gedanken ich könnte sie lieben. Sollten wir irgendwann später noch einmal darüber reden, werde ich vielleicht anders darüber denken, aber jetzt heute Nacht, meine Timothée, denke ich, dass manchmal eine Ohrfeige nötig ist, um zu begreifen, dass die andere dich braucht.

Uff! Es tut mir gut, Dir das alles zu erzählen, die Leere nach dem Sturm, das Wasser, das endlich wieder fließen kann. Zwischen Ev und mir ist wieder alles in Ordnung, mach Dir keine Sorgen. Ich habe nicht den Stoff zum Opfer und sie nicht den zur Peinigerin. Wir haben eine Absprache getroffen, nach der ich sofort gehe, wenn sie jemals wieder die Hand gegen mich erheben sollte. Sie ist gewalttätig, ich selbst bin es auch, ich habe es bisher verdrängt oder geleugnet, jetzt weiß ich es. Ich schlage nicht mit der Hand zu, obwohl auch das mir passieren kann, ich werde es Dir erzählen, sondern ich schlage vor allem mit scharf geschliffenen Worten; ich hinterlasse Wunden, sie blaue Flecken.

Sie hat mich gegen Mitternacht aus Stockholm angerufen. Sie machte sich Sorgen um mich, fragte mich aus, bat mich, nicht aus dem Haus zu gehen. Sogar ihre Sanftheit wirkt stark. Ich war so bewegt, dass ich keine zwei Worte herausbrachte, ohne wieder in Tränen auszubrechen. Sie wollte in zwei Tagen zurückkommen. Nun nimmt sie das erste Flugzeug morgen früh.

Ich bleibe noch zwei Monate in Frankreich, bis zum 31. Juli. Air Canada, es ist ein Sonntag. Ich würde mich sehr freuen, in Mirabel Dein Gesicht zu sehen, wenn Du Zeit hast, natürlich, und wenn Du es aushältst, Dich vor allen Leuten von mir in die Arme schließen zu lassen. Ev hat mir einen Vertrag angeboten, sie ist großartig ... Auf diese Weise verdiene ich genug Geld zum Leben, ohne das Gefühl zu haben, ausgehalten zu werden, mein Stolz bleibt gewahrt, ach und ich vergaß, eine möblierte Woh-

nung, ich schicke Dir die Adresse, sobald ich sie habe. Ich bitte Dich noch um den großen Gefallen, weiter meine Katze zu gießen und meine Pflanzen zu füttern, wie nur Du es kannst!

Meine geliebte Timothée, bevor ich Dich verlasse, danke ich Dir sehr, dass Du mir Deine Ohren oder vielmehr Deine Augen leihst, ein großes Dankeschön aus tiefstem Herzen, das mir nun weniger schwer ist als vorhin, danke, dass Du mir so geduldig durch das Labyrinth meiner Gefühle folgst. Wenn ich mich irgendwann ändere, wirst Du Dich langweilen, das sagst Du selbst. Wenn Du Dich änderst, wirst Du mir fehlen – Du bist mein Rettungsfloß, mein Rettungsring, mein sicherer Hafen, und ich danke Dir dafür, dass Du immer da bist. Ich umarme Dich ganz fest, Du fehlst mir oft, meine Schattenspielfotografin. Pass auf Dich auf und schreib mir postlagernd an mein Hotel, bis Du meine neue Adresse hast. Bis ganz bald,

Isabelle

Guido hat den Spanienkrieg mitgemacht, sagt er, Isabelle glaubt ihm nicht, das kann er in ihrem Gesicht lesen. »Doch, doch, junge Frau, den Bürgerkrieg! Auf Seiten der Roten, natürlich!« Seine beiden Goldzähne blitzen in der Sonne. Er ist ein erstaunlicher Mann, bald alt, tragisch, vom Leben gezeichnet, dann plötzlich wieder sehr jung, vor Energie strotzend, ein Ausbund von Frische, der in lautes Lachen ausbricht. Es ist weder das *hoho!* eines schmerbäuchigen Würdenträgers, noch das *hihi!* eines verstopften Mönches, auch nicht das *huhu!* eines verschnupften Kauzes, sondern ein schallendes *haha!*, das laut und klar ertönt, und alles, was auf dem Planeten Erde lebendig ist, muss mitlachen, ohne recht zu wissen, warum. Er zwinkert Ev zu. Er vergöttert sie, nennt sie Schönheit, Göttin, Gold-Ev. Er verschlingt sie mit seinen funkelnden schwarzen Augen unter den ergrauenden struppigen Augenbrauen, sorgfältig gestutzt von seiner Frau, die er Adéla oder Déla nennt, je nachdem, ob er sie ruft oder ihr den Hof macht. Dieser kleinen Eitelkeit unterwerfe er sich jede Woche, erzählt er, »damit man *ihn* nicht für mich hält«, auf Dalí anspielend, mit dem man ihn auch wirklich verwechseln könnte, wenn man sich den Schnurrbart dazu denkt. An Ev gewandt, fügt er noch hinzu: »Stell dir mal diese Katastrophe, diese Peinlichkeit vor! Der Kopf dieses Impotenten auf meinem katalanischen Körper!« Und wieder lacht er schallend. Isabelle hat noch nie einen Narziss getroffen, der so glücklich ist, am Leben zu sein.

Adélaïde, die sie als Einzige so anredet, wirkt an der Seite ihres vulkanischen Guido wie ein zurückhaltendes, schüchternes junges Mädchen. Aber Isabelle erahnt die Glut unter der Asche. Ihr ebenfalls schwarzer Blick schleudert Blitze. Ihre dunkle, seidige

Haut, ihre aufrechte Haltung, ihre Brüste, die rund und fest aus dem einladenden Ausschnitt eines Männerhemdes hervorlugen, das an ihr aussieht wie eine Dschellaba, ihr nervöser Körper, zart, aber nicht mager, ihr ganzes Wesen strahlt eine brennende Leidenschaft, eine wilde Sinnlichkeit aus, die von dem kindlich klingenden Singsang ihres provenzalischen Akzentes kaum verdeckt werden. Diese beiden, sagt sie sich, sind aus demselben Stoff. Heiliger Sigmund, das muss hochgehen wie Dynamit, wenn sie streiten, und das tun sie sicher nicht zu knapp! Der Altersunterschied zwischen ihnen wird zwanzig, fünfundzwanzig Jahre betragen, aber sie haben beide dieselbe Gier, denselben Lebensdrang. Isabelle empfindet Dankbarkeit gegenüber Ev für das Glück, hier bei ihnen zu sein, unter einer Pinie zu sitzen und einen kühlen Grain de Gris zu schlürfen.

Eine Woche, denkt sie und atmet tief durch, eine Woche darf ich nun dieses Glück erleben! Sie schaut Ev an. Sie strahlt. Isabelle legt die Hand auf ihren Arm, spürt, wie sie leicht erschauert. Ev wendet ihr ihre fliederblauen Seen zu, lächelt sie an, Isabelle verspricht ihr mit Blicken: Ich werde dich lieben. Mit den Augen spaziert Ev über ihre Brüste, streicht über ihre Schenkel, nimmt Besitz von ihrer bittenden Hand, die ihren Unterarm drückt, kehrt zu ihren Augen zurück und antwortet ihr: Nur noch etwas Geduld und ich gehöre dir.

Ev hatte verkündet: »Paris ist verrückt geworden, ich brauche eine Luftveränderung und du auch, Darling. Ich nehme dich für eine Woche mit zu Freunden, sie werden dir gefallen. Er ist Maler, sie ist Keramikerin und Bildhauerin. Ihr Haus ist in der Provence, in Les Baux, kennst du das? Ein Paradies, Darling! Sag nicht nein, Isa ... Isa, bist du noch dran?« Sie brachte kein Wort heraus, Evs Worte knatterten in ihrem Ohr. Benommen dachte sie: Sieben Nächte hintereinander in ihren Armen, ich habe das große Los gezogen; sie lachte vor Glück, sagte ja, und Ev schloss:

»Ich komme dich am Samstag um acht abholen. Wir fahren bei Philippe in Saint-Louis vorbei, damit er dir deine Fäden zieht.« Sie hatte protestiert, sich bedankt, aber das sei ein unnötiger Umweg, sie könne genausogut noch am selben Tag allein zu ihm in die Klinik gehen. »Kommt nicht in Frage, Darling, diesmal werde ich bei dir sein!« Und unter dem Klang ihrer Mezzostimme war sie dahingeschmolzen.

Philippe nahm sie zwischen zwei Eingriffen dran. Er war in Eile und Ev nervöser als eine säugende Löwenmutter. Philippe zog den Faden ohne Vorwarnung mit einem Ruck heraus, sie sagte *autsch!* und verzog unwillkürlich das Gesicht. Ev brüllte los: »Verdammte Scheiße, Phil! Machst du das mit Absicht oder was?« Der schöne Phil gab schlagfertig zurück: »Und du?« Sie standen einander gegenüber, ein minutenlanges Duell, Philippe wie ein gespannter Bogen, die Schieferaugen auf Ev geheftet, die zum Sprung bereit war, mit wütendem veilchenblauem Blick. Philippe wandte sich ab, tupfte vorsichtig Isabelles Lippe ab, eine winzige Blutperle, murmelte dann: »Verzeih mir, Ev, das war ein Schlag unter die Gürtellinie ...«

»Ich stecke ihn ein, alter Hexer! Komm, erteil mir die Absolution, damit ich in Frieden ziehen kann.« Sie umarmten sich innig, und in diesem Augenblick hatte Isabelle sie darum beneidet, zwanzig Jahre der Liebe hinter sich zu haben.

Isabelle antwortet Guido, er werde es vielleicht als Kompliment für seine katalanische Schönheit missverstehen, aber er erscheine ihr viel zu jung, um den Bürgerkrieg mitgemacht zu haben. Er greift von ihrem Satz nur die katalanische Schönheit auf: »Gold-Ev, du weißt, wie schön ich dich finde ... Aber sag mir, wie stellst du es nur an, im grauen Paris eine so charmante Frau zu finden?«

»Ich importiere sie aus Quebec!«, antwortet sie lächelnd.

»Ah, so ist das also! Hörst du, Adéla? In Quebec sprechen die Engel französisch ...« Dann wendet er sich Isabelle zu und bohrt seinen schwarzen Blick in den ihren: »Zweiundsechzig, ich bin zweiundsechzig Jahre alt, junge Frau ... Fünfzig, wenn ich mit Déla im Bett bin! Und in diesem verdammten Krieg war ich mit zwölf, da war ich noch ein Kind. Und du warst noch ein Engel mit Federn. Ja, ich war ein dummer Junge, der an ein Spiel glaubte ... Verstehst du?« Sie nickt. Er ist verwirrend, emotional, verwundbar. Er spricht in Bildern, die sich schwallartig ergießen und die man zusammenfügen muss, um ihm zu folgen. »Ich darf dich duzen, nicht wahr?«, hängt er noch an.

»Ja, ist gut.« Ihre lächelnden Blicke begegnen sich.

Das Gespräch entbrennt von Neuem, kommt zu seinem Ausgangspunkt zurück – die Gewalt in Paris, die Sorge und die Angst, dass das Leben trotz der vollen Caféterrassen, der Schlangen vor den Kinos, der ausverkauften Theater nicht mehr im Fluss ist. Ev sagt, sie hätte nicht gedacht, eines Tages diese Anspannung zu erleben, die das scheinbar normale Alltagsleben durchdringt. Guido erklärt, seit dem Ersten Weltkrieg sei nichts mehr normal, »die Verrückten sind an der Macht, und nur die Verrückten wissen das!«, versetzt er zwischen zwei Seufzern; die Gewalt habe nie aufgehört, wiederholt er und zwinkert mit seinen müden Augen, »sie verkleidet sich in mörderische Gerüchte, seit die Welt zu einem Dorf geworden ist«. Adélaïde entgegnet voller Ungeduld: »Krieg, Gewalt, Gemetzel, du siehst nichts anderes mehr! Das ist doch in deinem Kopf, wo es nicht mehr richtig tickt!« Guido dreht sich zu Ev um und erwidert, sich an die Stirn tippend: »Da siehst du, meine Göttin, dass sie mich für einen alten Deppen hält! Aber das war ich schon, als sie sich in mich verknallt hat, also kann ich es nicht erst geworden sein, oder was meinst du? Es sei denn, ein Depp ist zu doof, um mitzukriegen, dass er immer doofer wird!« Er zeigt seine Goldzähne, Ev lacht mit ihm, Adélaïde gibt auf: »Ach, du alter Spinner!«, und fährt ihm mit der Hand durch das Haar. Isabelle erzählt von dem Taxifahrer, der sie so verstört hat. Ev unterbricht sie mit ihrer dunklen Stimme:

»Davon hast du mir nie etwas gesagt, Darling!« Ein leiser Vorwurf, auf den Isabelle antwortet, sie habe ein kurzes Gedächtnis, außerdem mache sie mit ihr lieber andere Dinge, als über Le Pen zu reden. Bei diesem Namen fährt Adélaïde hoch: »Was, er war ein Le Penianer?«

»Ich dachte, man sagt Penist!«, flachst Isabelle. Das Wort bringt Guido zum Lachen, Ev legt ihr die Hand auf den Nacken, fest und einschmeichelnd, ein langer Schauer läuft ihr den Rücken hinab.

»Penist – das ist gut ... Aber du tust ihnen zu viel der Ehre an. Faschistische Eunuchen, das würde es eher treffen!« Worauf Guido übergangslos beginnt, von den Flugzeugbombardierungen zu erzählen, mit denen die Nazis sich an spanischen Dörfern übten, mit Francos Billigung, von der Angst der Kinder und auch der Erwachsenen, die in ihrem mittelalterlichen Landleben noch nie mehr als bestenfalls das ferne Brummen eines Automobils gehört hatten, das sich in ihre abgelegene Berggegend verirrte. Er sagt, ohne den Hass auf die Juden wäre Guernica das Hiroshima der Nazis geworden, weil der Exodus der jüdischen Intelligenz aus Deutschland Hitler daran gehindert habe, die Atombombe vor den Amerikanern herzustellen, bei denen diese Genies ja zu Dutzenden Zuflucht gesucht hätten. Isabelle hört ihm zu, wie er in seinen Erinnerungen rührt, schweigend wie auch Ev und Adélaïde. Aus seiner beschädigten Kindheit hat er das psychedelische Lachen derer mitgebracht, die schon mehrere Male gestorben sind und darüber staunen, dennoch jeden Morgen die Sonne aufgehen zu sehen.

»Diese Gewalt in Paris macht ihn völlig irre!« Guido ist zum Arbeiten in sein Atelier gegangen. »Und mit dem Alter scheint es immer schlimmer zu werden.«

»Déli, jetzt übertreibst du aber, meinst du nicht? Er ist immer schon tragisch gewesen, dein Hidalgo, oder?«, widerspricht Ev sofort.

»Ach, das Leben mit ihm ist eine Tragödie – zu sehen, wie er sich quält und windet wie eine Nacktschnecke in der Sonne!«

»Geht es ihm so schlecht?«, fragt Ev beunruhigt.

»Nicht schlechter als sonst, nein ...«

»Aber du machst dir Sorgen, hm?«, bohrt Ev weiter.

»Ach, es nimmt mich schon mit, ja! Wenn man ihn so sieht, wie diese ganzen Geschichten, die man aus Paris hört, ihn aufwühlen ... Es zerreißt ihm das Herz. Jede Nacht verkriecht er sich in sein Atelier, hängt sich an die Flasche und an ein und dasselbe Bild, wie ein Verrückter, immer dasselbe Bild, der alte Irre, seit einer Woche!«

»Na, in der Zeit ist er wenigstens nicht hinter den Mädchen aus dem Dorf her!« Die Anspielung lässt sie beide in Lachen ausbrechen. Isabelle beobachtet sie, für einen Moment ausgeschlossen aus ihrer Vertrautheit. Ihr Lachen verklingt, es ist nichts mehr zu hören als der Gesang der Zikaden. Als falle Ev ihre Anwesenheit plötzlich wieder ein, wendet sie sich ihr zu. Ohne Umschweife beginnt sie Isabelle zu erzählen, wie Adélaïde Guido verführt hat, den sie damals schon Hidalgo nannte, als er noch Zeichenlehrer an der Universität von Aix-en-Provence war, wo sie beide sich als Kunststudentinnen kennengelernt hatten.

»Und du hast auch gemalt?«, fragt sie neugierig nach.

»Nein, herumgekleckst, Darling! Ich habe schnell begriffen, dass mein Talent darin besteht, das der anderen zu entdecken.« Anscheinend pflegte sich Guido an seine jüngsten Studentinnen heranzumachen, und Adélaïde verzehrte sich danach dazuzuzählen. Guido lädt sie ein, nach Unterrichtsschluss etwas mit ihm trinken zu gehen, und als sie in das Café kommt, sieht sie ihn mit einer jungen Frau dasitzen, die er gerade in die Halsbeuge küsst. Adélaïde schießt auf den Tisch zu, knallt der Frau eine, welche darauf schleunigst das Weite sucht, leert ihm das Viertel Rosé über den Kopf, setzt sich neben ihn und verkündet lautstark: »Und wenn du das noch mal mit mir machst, reiße ich dir die Augen aus und du musst mein Aktbild aus dem Gedächtnis malen!« Guido war vom Fleck weg hingerissen und blieb der untreue Hidalgo, den sie seit nunmehr zwanzig Jahren immer wieder zurückerobert.

»He, Ev mein Schatz, was erzählst du denn da? Isabelle wird denken, ich spinne ebenso sehr wie er!« Isabelle lacht noch, als Ev ihr die Hand auf den Schenkel legt: »Ich entführe dich, Darling. Du hast doch gesagt, Déli, ich soll mich fühlen wie zu Hause?« Ev ergreift ihre Hand und zieht sie hoch.

»Ev, mein Schatz, die Siesta ist hier heilig! Damit macht ihr, was ihr wollt. Abendessen gibt es um einundzwanzig Uhr. Zählt nicht darauf, dass ich euch aus dem Bett hole.« Adélaïde ist direkt, stachelig wie ein Igel; sie zwinkert Isabelle zu.

Eine Woche wird ihr nicht genügen, um diese Menschen bis zur Neige auszukosten.

Gleich in der ersten Nacht mit Ev hat sie herausgefunden, dass sie beide der Gleichzeitigkeit in der Lust keinen besonderen Wert beimessen. Die Idee, das eigene Metronom mit dem Puls der Partnerin gleichzuschalten, und eins und zwei und drei, die Gangart und das Tempo mit der anderen abzugleichen, sich Manöver auszudenken, noch zwei kleine Bewegungen mehr, nicht zu weit links, nicht so fest, nicht so langsam, um ihr Karussell anzutreiben, ohne sich selbst auszubremsen, die Vorstellung, just in dem Augenblick aus dem Rhythmus zu kommen, wo die andere den ihren findet, dieses Bild, kommst du Schatz ich komme jetzt komm doch auch, verursacht ihr Krämpfe im Bauchnabel, sie spürt nichts mehr, verliert die Stimmung, die Melodie, die Spur, sie weiß nicht, wie sie zu ihrer Lust kommen soll, wenn sie sich darauf konzentriert, der anderen welche zu bereiten, nein, wirklich, sie kann nicht gleichzeitig hier und anderswo sein, ohne ganz einfach nirgends zu sein. Als sie mit siebzehn Jahren das *Kamasutra* las, wusste sie schon definitiv, dass sie die Disziplin des göttlichen Körpers, die organisierten Reisen zum Tao, den einen Orgasmus für zwei, die vollkommene Osmose von Yin und Yang gern den Akrobaten überließ. Ihr eigener Gott Orgasmus ist unvollkommen; es braucht mindestens drei davon, um ihn vollständig zu machen.

Zum Glück denkt Ev wie sie, dass die Lust zu zweit die Lust der einen ist, die sich durch die Lust verdoppelt, die die andere daraus bezieht, dass sie diese bewirkt. Ihrer beider Gleichzeitigkeit besteht darin, die andere bis zum Gipfel zu begleiten, ohne selbst hinaufzuklettern, sich von der anderen begleiten zu lassen, die die Strecke plant, die Haken setzt, das Seil spannt, über die Rolle zieht, nachlässt, wenn der Zug zu stark wird, sich erkundigt, wie das Wetter oben ist, und bereit ist, die ganze Strecke von Anfang an neu zu entwerfen, wenn die Wand zu steil ist, um die Ekstase andauern zu lassen.

Ev ist Meisterin in der Kunst der Begleitung, die sie seit der ersten Nacht an sie weitergibt. Isabelle entdeckt mit ihr, dass das Begehren einen natürlichen Hang zum treffenden Wort hat und dass die Kunst, Lust zu empfinden und Lust zu schenken, mit der Kunst der Sprache beginnt. Ev verwendet die Wörter wie einen Königinnenweg, um sie zu locken und zu entflammen. Sie sagt: »Komm her und lass mich deine Perle lecken ...«, und die Deutlichkeit des Bildes lässt sie sich schon öffnen. Wenn Ev sie einmal essen statt lecken oder es ihr besorgen statt mit ihr vögeln will, dann nicht etwa mangels Vokabular, sondern weil die eine Technik der anderen tatsächlich nicht gleicht und weil die versprochene Lust um so größer ist, wenn sie genau benannt wird.

Ihr Abenteuer in den sprachlichen Mäandern der weiblichen Lust hatte an dem Tag angefangen, als Ev ungeduldig zu ihr sagte: »Aber Isa! Wie oft muss ich dir noch sagen, dass ich es nicht eilig habe, dich kommen zu sehen? Kannst du es nicht abwarten oder wie?« Sie hört sich noch, wie sie ihr antwortet: »Na, dann musst du dich eben mit dem großen Bären begnügen, der mir die Möse leckt, weil mit dem kleinen Bären, direkt auf der Perle, bringst du mich im Nu zum Orgasmus, da kann ich nichts gegen machen!« Ev nahm die Ermittlungen flächendeckend auf, indem sie die Art ihrer Lust eingehend untersuchte; mit ihrer Zunge im Norden, im Süden, im Osten, im Westen ihres Hügelchens leckte sie mit kleinen Strichen, mit großen Strichen, rieb, lutschte zart oder drückte von oben nach unten, auf der Stelle, von links nach rechts, kreiste, rollte, hin und her. Und damit fing es erst an, später wurden die einzelnen Steine der von ihrer Neugier ausgelösten Orgasmenkette von Ev als der Diamantenexpertin, die sie trotz allem noch war, in Form, Beschaffenheit und Farbe registriert. Seit sie in Les Baux sind, schweben sie im siebten Himmel, bei jedem neuerfundenen Ausdruck bekommen sie einen Lachanfall. Sie hat im Bett noch nie so viel gelacht wie mit Ev auf der Suche nach dem treffenden Wort, nach der genauen Metapher für ihrer beider Lust. Der gestreckte Zeigefinger, der lang und hart zwischen den feuchten Lippen hin und her gleitet, den Höhleneingang auf dem Hinweg so zart streifend wie auf dem Rückweg die Perle, ist das Zebra: ich komme, ich komme nicht, ich komme, ich komme nicht, das sich in die Giraffe verwandelt, wenn zu den regelmäßigen Bewegungen des Zeigefingers der Rhythmus des Beckens hinzukommt, das sich der Liebkosung entgegenreckt. Die unendlich erstaunte Giraffe, als Gott ihr bestätigte, dass sie nur einmal in neun Jahren einen Koitus erleben würde: *was?*, sagt sie, ihren Hals vorreckend, der seitdem so lang und geschmeidig ist wie die Lust, die sie bei Ev hervorruft. Das Zebra und die Giraffe, tastende Vorspiele neben dem Seehund, ich gleite hinein und wieder hinaus, das ist schon ernster, vor allem in Begleitung eines Kreisels auf der Nase, des Zeigefingers, der um die Perle kreist, und hinein und hinaus. Das gestirnte Himmelszelt, das ist die vervielfachte Lust des Seehundes unter dem großen Bären, da verlässt Ev das Planetarium, wird ganz bodenständig, drei Finger, die in sie hineingleiten und dortbleiben, von den Zuckungen festgehalten, die sie überkommen. Ev will mehr, sie soll sie nehmen, das Quartett, das Quintett, die große Orgel in ihrer weit offenen Kathedrale, die Isabelle erforscht bis zum Altar, Ev gibt sich ganz hin, will überwältigt werden, angenagelt, gekreuzigt, mit ihrem weit offenen Leib, der gurgelnde Töne von sich gibt, mehr, Darling, ja!, Ev wirft sich ihr entgegen, aus ihren Meerestiefen hervor, ihre Kathedrale wird von seismischen Vibrationen erschüttert, mit denen sie schließlich kommt, glücklich, am Leben zu sein.

Isabelle hatte befürchtet, der tägliche Umgang mit Ev würde das nackte Begehren abschwächen, das sie nach zwei oder drei Tagen Pause auf ihrer Haut spürte, wenn sie ihre Stimme am Telefon hörte, auf der Straße ihren Arm berührte, im Auto ihren Schenkel streifte. Sie hatte befürchtet, wenn sie an ihrer Seite lebte, würde die Leidenschaft abklingen, gerade genug, um die Qual nicht mehr zu empfinden, jenes Galoppieren des Herzens, sobald sie ihr Parfum riecht, ein Moosteppich im Unterholz, jenes köstliche Ziehen im Bauch, das ja sagt, sobald Ev sie anschaut und ihre Augen ihr direktere Avancen machen als die Hand auf ihrem Hintern, den sie im Aufzug zu ihrer Wohnung streichelt. Sie hatte sich unnötig Sorgen gemacht. Sie hatte die Rechnung ohne Ev Anckerts Energie gemacht, die atemberaubender war als alles, was sie bisher erlebt hatte, und ohne ihre eigene Gier, die unersättlicher war, als sie es sich bis zu diesen Ferien einzugestehen gewagt hatte. Bis zu diesem Genesungsurlaub, korrigiert sie sich, der sich mehr in der Horizontalen als in der Vertikalen abspielt.

»Wow!« Bei ihrem Anblick pfeift sie voller Bewunderung. Guido und Ev wollen bald zu einem Tagesausflug aufbrechen und einen gemeinsamen Freund besuchen, den Ev seit drei Jahren nicht mehr gesehen hat – einen Schriftsteller-Gentleman-Farmer, der in der Camargue Pferde züchtet. Da sie nicht sportlich genug ist, um vier Stunden zu Pferd zu verbringen, hat Isabelle die Einladung abgelehnt. Adélaïde hat ihr statt dessen eine Führung durch Les Baux angeboten; obwohl sie schon fünf Tage da sind, hat sie den Ort noch nicht besichtigt. Ev ist als Amazone gekleidet, eine weiße Jeans, die eng an ihren langen, muskulösen Oberschenkeln anliegt, eine zweite Haut, die sich an ihre eigene schmiegt. Isabelle betrachtet die Rundung ihres Venushügels, ihren Hintern, ihre geschwungenen Hüften. Eine azurblaue Bluse lässt sie leuchten, dazu die Wölbung ihrer Brüste, die wie ein Wegweiser in graue Vorzeiten weist, in die sie sich gern verirren würde. Sie würde ihr die hohen schwarzen Stiefel anlassen, auf die Gefahr hin, als Fetischistin zu gelten; sie möchte sich eine Unpässlichkeit andichten, um noch ein Schäferstündchen mit der Amazone verbringen zu dürfen. »Da wird ja die ganze Herde geil, wenn sie dich so ankommen sieht!«, bemerkt Isabelle, mit vor Erregung wild klopfendem Herzen. Ev wirft ihr ihren sprachlosen Blick zu, Guido lacht sein kosmisches Lachen. Ev, ganz die Frau von Welt, die von ihrer Bemerkung mitten auf der Place de L'Etoile bloßgestellt worden wäre, versetzt: »Du kannst vielleicht manchmal anzüglich sein, Isabelle!«

»Ach, anzüglich, so ein Kokolores!«, tönt Adélaïde mit ihrem singenden Akzent. »Du würdest die gesamte französische Armee aufgeilen, so wie du aussiehst! Nicht wahr, Dalgo, was meinen deine Eier dazu?« Gelächter im Chor, und zum zweiten Mal sieht Isabelle die schöne Anckert erröten. Guido, dem das nicht entgangen ist, setzt mit blitzendem Auge noch eins darauf: »So rot, wie deine Wangen sind, ist es eher die Henne als die Eier, auf die man aufpassen muss!«

Das Frühstück dehnt sich von Anekdote zu Anekdote aus, gelegentlich gewürzt von dem katalanischen Lachen, dem sich niemand entziehen kann. Die Olivenpflanzung, die Guido und Adéla vor der Habgier der Bauspekulanten gerettet haben, indem sie eines von Guidos Gemälden versteigerten, um ihre blühende Oase um vierzigtausend Olivenbäume zu erweitern; eine befreundete Malerin aus Aix, mit der Ev von früher bekannt ist, die mit einem langen Krebsleiden kämpft und eines Tages unglaublich abgemagert hier ankam, am Arm eines zarten Vietnamesen, über den sie lachend sagte: »Vor zwei Jahren hätte er mich fett wie ein Mastferkel gefunden! Und jetzt, wo ich Federn gelassen habe, fällt er mir in die Arme und nennt mich sein kleines Täubchen!«; die Unabhängigkeit Quebecs, zu der es vielleicht eines Tages kommen wird, »... und die Penisten, wie stark sind die bei euch?«; die Katze Minou, die in der Nacht zuvor in der Truhe geworfen hat, in der Adélaïde ihre langen japanischen Pinsel aufbewahrt und die sie nun nicht zu benutzen wagt, um die Familie nicht zu vertreiben. Ev lächelt ihr von Zeit zu Zeit zu, Isabelle streichelt sie aus dem Augenwinkel, Guido fährt mit der Hand über Adélaïdes Hintern, als sie sich beim Tischabräumen über ihn beugt, um ihn zu küssen. Diese beiden, denkt Isabelle, müssen sich wie wir bei Sonnenaufgang geliebt haben. Als sie mit Adélaïde aus der Küche zurückkommt, ist Ev verschwunden. Adélaïde bittet Guido, ihr zu helfen, ein Gipsmodell umzustellen, das zu schwer für sie ist: »Nur zehn Minuten, Dalgo, während unsere Ev sich in Schale wirft.«

»Ich kann Ihnen doch auch helfen, wenn sie weg sind«, bietet Isabelle an.

»Das ist nett, aber es ist mir lieber, wenn Hidalgo das macht.«

»Es ist nämlich eine heikle Sache, verstehst du ...«, Guido steht mühsam vom Tisch auf, »... Déla lässt niemanden außer mich ihre Modelle anfassen.«

»Ach, du alter Spinner!« Und sie machen sich lachend auf den Weg. Isabelle setzt sich auf die Terrasse am Swimmingpool. Sie freut sich schon darauf, nach diesem Wirbel in Ruhe eine letzte Tasse Kaffee zu trinken.

»Da bist du ja, Darling ...« Ev gesellt sich zu ihr. Sie ist herrlich, begehrenswert, verführerisch. Isabelle sagt es ihr. Als Antwort bekommt sie nichts als ein Lächeln aus nördlichen Gewässern, das auf einem langen »Mmmh ...« liegenbleibt. Ev hält ihr einen im Hause Anckert erschienenen Roman hin. Isabelle hebt den Blick, ein Fragezeichen. Ev sagt nur: »Ich will deinen Kommentar dazu.«

»Aber es ist doch schon erschienen!«

»Man kann dir nichts verheimlichen, Darling! Aber du wirst mir trotzdem deinen Kommentar dazu geben ...«

»Ev Anckert! Du willst mich in meinen Ferien arbeiten lassen?«

»Doktor Coache ...«, ihre beiden Mundfalten zittern, sie bleibt jedoch ernst, »... das Leben besteht nicht nur aus Lust und Liebe! Man muss schuften, um sich seine Brötchen zu verdienen.«

»Weißt du, was Doktor Coache dir antwortet?«

»Oh, das möchte ich lieber nicht hören ... Obszönitäten von der übelsten Sorte wahrscheinlich!« Sie lächelt. Das Knie zwischen ihre Schenkel geschoben, beugt sich Ev über sie, küsst sie und betastet ihre Brüste wie Melonen.

»Mmmh ... Ev!« Sie beendet den Kuss. »Wenn du mir wirklich alle Hände voll zu tun geben willst, lässt du deine besser in den Taschen!« Ev lacht.

»Und Madeleine findet *mich* vulgär!« Mit einem Schwung richtet Ev sich auf, ruft ihr noch zu: »Viel Spaß beim Lesen, Darling!«, mit einem in die Luft gehauchten Kuss.

»Verflixt, Ev Anckert, du willst mich doch nicht so sitzen lassen?« Doch sie ist schon auf und davon, winkt ihr noch ein Byebye zu, ohne zurückzublicken. Ev hat weder Zeit, sich umzudrehen noch Luft zu holen, da liegt sie schon im Wasser. Und schwimmt mehr schlecht als recht, stellt Isabelle fest, mit ihren Stiefeln und ihren aufgeblähten Klamotten. »Das würde ich nicht gerade als olympiareif bezeichnen!«, prustet Isabelle los.

»Verdammt!« Ev kann nicht anders, sie muss lachen.

»Dein Pferd würde sich totlachen! Komm, ich helf dir raus ...« Sie bekommt einen Schwall Wasser ab und weicht zurück.

»Isabelle Coache, warte, bis ich dich in die Finger kriege!« In zwei Zügen erreicht Ev den Beckenrand. Sie lacht noch, aber rette sich, wer kann, Isabelle läuft davon wie ein Hase. Sie springt immer zwei Stufen auf einmal die Treppe hoch, Ev ist schon hinter ihr her, ihre Stiefel platschen laut auf dem Steinboden. Immer noch lachend, schlägt Isabelle einen Bogen um den Tisch, Ev springt in zwei Sätzen darüber, wie eine ausgehungerte Löwin. In Sachen Hetzjagd ist Ev Anckert, selbst noch nass bis auf die Haut, erfahrener als sie ... Isabelle sucht einen Ausweg. *If you can't fight them, join them*, denkt sie in ihrem wilden Galopp, man mag von ihnen halten, was man will, aber den Engländern liegt die Diplomatie im Blut. Sie schlägt einen Haken, rennt die Treppe wieder hinunter wie ein geölter Blitz, und ehe Ev Zeit hat zu begreifen, was im Hirn eines Hasen vorgeht, flüchtet sie sich mit einem Kopfsprung in den Pool. »Na, das ist ja schlau!« Die Hände in die Hüften gestemmt und ganz außer Atem steht Ev am Beckenrand. Isabelle planscht herum, heilfroh darüber, nur ein Top und Shorts anzuhaben.

Das Wasser tropft langsam von Evs Kinn, ihre nassen Haare sind nach hinten gestrichen, ihre Augen sind noch nie so fliederfarben gewesen wie jetzt, glitzernde Seen, Tropfen an den Wimpern. Sie springt wieder hinein und schwimmt auf Isabelle zu.

»Ev Anckert, du bist so schön, dass ich für dich meine Seele verkaufen würde!« Isabelle schlingt ihre Arme um Evs Hals, ihre

Beine um ihre Taille, Ev drückt sie fest an sich, Isabelle küsst sie und lässt sich mit ihr zusammen untergehen.

»He, was macht ihr denn angezogen im Pool?«

»Er ist eben nicht geheizt.« Ev lacht und wirft den Kopf nach hinten.

»Ev, komm sofort da raus! Gérard wird nicht den ganzen Tag auf uns warten!«, schreit Guido. Isabelle ist beunruhigt.

»Guido, ich habe sie ins Wasser geschubst ...«

»Das ist mir egal!«

»Aber ich bin die Schuldige!«

»Lass gut sein, Isa ...« Ev lächelt und nimmt sich die Zeit, sie zu küssen. »Guido, wenn du willst, dass wir bald aufbrechen, dann hilf mir, die Stiefel auszuziehen. Geh schon mal auf die Terrasse und warte auf mich!« Guido schüttelt den Kopf. »Los, hau schon ab, alter Lüstling!«

»Außer Déla gibt es wirklich keine, die mir so auf die Nüsse gehen kann wie du!« Die Sonne spielt auf seinen beiden Goldzähnen, und Guido geht davon, irgend etwas Spanisches murmelnd, das Isabelle nicht versteht. Ev schon: »Leck dich doch selber am Arsch!«

»Ist er wirklich sauer?« Isabelle greift nach ihrem Badehandtuch, das sie am Vorabend auf einem Stuhl hatte liegenlassen.

»Ach, der beruhigt sich schon wieder.« Ev macht sich ganz offensichtlich keine Sorgen um Guidos Launen.

»Dich scheint das ja kalt zu lassen. Ich würde sogar sagen, dass du dich köstlich amüsierst!«

»Darüber, dass Guido eine Stinkwut hat?«

»Genau.«

»Na, was soll er denn machen, außer herumzustänkern?«

»Das reicht doch, oder?«

»Das braucht man doch nur vorbeiziehen lassen, Darling ...« Tja, sagt sich Isabelle, so weit bin ich wohl noch nicht. Die fliederblauen Augen mustern sie. »Isa, tu mir den Gefallen und lass dich so nicht auf der Terrasse blicken, ja?« Evs Stimme vibriert in der Tiefe. Isabelle schaut sie neugierig an, sie wirkt ernst.

»Du bist doch wirklich unglaublich! Sonst genierst du dich doch auch nicht vor Guido ...«

»Isabelle, ich bitte dich einfach darum.«

»Findest du mich denn so aufreizend?«, neckt Isabelle sie.

»Allerdings, Darling!« Ev lacht, während sie sich die Haare trocken rubbelt. »Du wirst Déli außer sich bringen ... Und glaub mir, dann gibt es Krach!«

»Ach so, ich dachte schon ... Aber wenn es Déli ist, die es anmachen könnte ...« Und diesmal ist sie es, die plötzlich im Pool landet.

Provence. Freitag, den 23. Juni

Liebe Timothée,

siehst Du all diese Pracht? Die Grotten und die Felsen, die Lichtflecken auf den Steilwänden, das Kleid von goldenen Steinen unter der Sonne ... Adélaïde lässt mich Les Baux von oben bis unten und von Osten bis Westen entdecken. Ein vom Mistral geprägtes Heiligtum, das man von Tag zu Tag zerfallen sieht. Adélaïde leiht mir ihre Künstlerinnenaugen: ein zwischen Olivenhainen eingehauenes Mondenmeer. Und diese ganze Pracht von Steinen und Seide werde ich mir auf dem Grund von Ev Anckerts Seen bewahren. Ich umarme Dich.

Isabelle

Eines Abends gegen acht Uhr, Place de l'Opéra, glänzten nach einem prasselnden Regenguß die dampfenden Pflastersteine. Die Sonne brach sich auf der Kuppel der Oper und badete alle Gebäude ringsum in ihrem Licht. Im Café de la Paix sitzend, in das sie sich vor dem Regen geflüchtet hatte, erlebte sie, dass Paris weder grau noch ockerfarben ist, sondern vergoldet wie eine mittelalterliche Miniatur. Wenn es nicht schon längst passiert gewesen wäre, hätte sie sich in diesem verzauberten Moment unsterblich in Paris verliebt, das gelbe, das goldene Paris.

Ev hört ihr lächelnd zu. Sie haben die ganze Fahrt über wenig geredet, da der Wind ihnen bei hundertvierzig Stundenkilometern im offenen Volvo-Cabrio um die Ohren pfiff. Isabelle fügt noch hinzu: »Aber schade, nach einem Bad im Licht der Provence wirkt Paris wirklich grau. Glaubst du, die Lage hier hat sich etwas beruhigt?« Sie haben die ganze Woche weder Nachrichten gehört noch Zeitung gelesen. Auf Evs ausdrückliche Bitte hin hat Guido sie nicht über die Ereignisse auf dem Laufenden gehalten, die er selbst jeden Morgen verfolgte. Als sie ihn zum Abschied umarmte, hat Isabelle ihm für diese Ferien von allen Schrecken gedankt, worauf er ihr ernst antwortete: »Junge Frau, du hast noch dein ganzes verdammtes Leben, um dich dieser blutigen Scheißwelt zu stellen!«

»Glauben Sie wirklich, dass unser Planet dermaßen im Eimer ist?«, hatte sie leise zurückgefragt.

»Aber nein, dem Planeten geht es gut! Der Planet ist unschuldig! Er will leben ... Er ist ein Kind, das gefoltert wird ... Die Peiniger, die werden sich nicht davon erholen ... Du verstehst das, nicht wahr?« Sie war sich nicht sicher. Sie verstand jedoch, warum sie seine Bilder, die als surrealistisch bezeichnet wurden, nicht anschauen konnte, ohne trotz all des Lichtes, das von ihnen ausging, das Gefühl zu haben, dass irgendwo auf der Welt gerade ein Kind ermordet wurde. Adélaïde nahm Ev das Versprechen ab, dass sie im August für eine Woche wiederkäme, wenn Guido seinerseits in Spanien wäre, um, wie er kichernd meinte, seine katalanische Schönheit wiederherzustellen. Isabelle hatte nicht gelacht, nicht einmal gelächelt. Sie will nicht wissen, wo Ev Anckert im August sein wird.

An der Porte de Saint-Cloud gibt es einen Stau. »Du hast mir noch gar nichts über den Roman erzählt, Darling.«

»Wann in aller Welt hätte ich denn einen Roman lesen können?« Ihre Augen auf Ev, ihre Hand auf ihrem Schenkel fügen hinzu: Und ich beklage mich nicht darüber. »Ev, die Zeit läuft zu schnell davon ...« Sie hat geflüstert. Das große schwarze Loch schnappt nach ihr, zieht sie nach unten. Ein Anfall von Wehmut nach dem Feuerwerk der Gefühle. Schwierig, im Augenblick zu leben, wenn er keine Zukunft hat.

»Ich weiß, Isa ...« Ev streicht ihr mit dem Handrücken über die Wange. Sie zeigt sich so einschmeichelnd sanft, dass Isabelle sich lieber nicht vorstellen mag, dass sie mit allen ihren Frauen so ist. Evs Zärtlichkeit möchte sie für sich allein, ganz exklusiv, auch dann, wenn sie nicht mehr da sein wird. Die anderen mögen sich den Rest teilen! Ev fragt: »Hast du jetzt Hunger, Darling?« Nein, es hat Zeit. Ev fügt hinzu: »Isa, du kannst ruhig nein sagen, weißt du. Ich werde kein Drama daraus machen.«

»Und warum sollte ich nein sagen, wenn ich es ebenso sehr will wie du?«

Evs zwei Mundfalten beben. »Sag mal, Frau Doktor, glaubst du, wir sind normal?«

»Absolut nicht! Und es geht mir sehr gut damit – dir nicht?« Sie kichern im Duett.

»Isa, ich werde diese Woche sehr beschäftigt sein ...«

»Ja, ich weiß, dachte ich mir schon ...« Ich lerne, mich nach dir zu sehnen, Ev Anckert.

»Aber ich halte mir den Dienstagnachmittag und -abend frei ... Ich hoffe, du hast dann Zeit?« Isabelle nickt und lacht. »Was gibt's denn da zu lachen?«

»Dich ... Es ist neu, dass du mich nach meiner Meinung fragst.«

»Hm, verstehe ... Soll ich das mit in den Vertrag aufnehmen?«

»Was, dass du deine Dienstage freihältst?«

»Nein, dass ich dir jetzt schon fehle, Darling.«

»Heiliger Sigmund! Ich glaube, jetzt habe ich herausgefunden, was dir an Adélaïde so gut gefällt ...« Der Stau löst sich auf, der Verkehr setzt sich wieder in Bewegung, Isabelle wartet, bis Evs Aufmerksamkeit wieder frei ist. »Sie ist die einzige Frau, die du kennst, die immer das letzte Wort behält.«

»Sag mal, du hast dir wohl die ganze Woche Notizen gemacht, wie?« Isabelle antwortet nicht, erwidert Evs Lächeln. Ev folgert kichernd: »Gib zu, dass du dich mit Déli nicht ganz wohl fühlst.«

»Nicht so wohl wie mit Madeleine, aber ich mag sie schon.«

»Sag doch gleich, dass Déli dich einschüchtert!«

»Ja, manchmal, wie wenn du mit deiner Tatze zuschlägst. Madeleine ist eher deine Samtpfote.« Isabelle bekommt einen Fliederblick zugeworfen. Sie sind gleich da.

»Und weißt du, was meine Samtpfote dir sagt?«

»Mhmm ... Dass ich dich verrückt mache und dass wir nicht so bald Abendessen gehen werden!« Isabelle küsst sie hinters Ohr, knabbert an ihrem Ohrläppchen: »Und – aber schreib das nicht in den Vertrag – du fehlst mir jetzt schon ...«

Madeleine lässt ihren Schluck Sancerres im Mund kreisen, verkostet ihn als Kennerin, schnalzt mit der Zunge und stößt einen zufriedenen Seufzer aus. »Eine Spur zu jung für meinen Bordeaux-gewöhnten Gaumen, aber er hat Temperament, eine durchaus interessante Unreife!« Ev lacht, entzückt von Mados Lust am Wein.

»Soll ich Philippe schnell anrufen, damit er sich zu uns gesellt? Vielleicht würde der Sancerres ihn wieder in den Sattel heben?«

»Wenn du an das Temperament des schönen Phil denkst, kann ich dich beruhigen, da ist alles wieder in bester Ordnung. Jetzt müsste ich mich mal wieder in den Sattel heben, und zwar je eher, desto besser!« Madeleine lacht. Ev steht auf der Leitung und versteht nichts. »Na ja! Wegen der Muskeln und der Beweglichkeit der Schenkel! Ich reite nicht mehr regelmäßig genug, ich müsste es wieder, weil ... lach doch nicht! Ich bin eben keine Zwanzig mehr!«

»Phil doch auch nicht! Und worüber beklagst du dich eigentlich? Wenn ich recht verstanden habe, hat dein prächtiger Gatte seine ehelichen Pflichten wieder aufgenommen. Du solltest ...«

»Eheliche Pflichten? Na, das fehlte ja gerade noch, dass er mich aus Pflichtgefühl vögelt!«

»Das war doch nur Spaß, Mado ... Also, es ist alles wieder in Ordnung, ja? Du machst dir keine Gedanken mehr?«

»Ach, weißt du, mein Schatz, ich mache mir immer mal Gedanken, nichts weiter Ernstes, du kennst mich ja ... Immerhin hat seine Phase der Unlust fast drei Monate gedauert. Ich weiß schon, du wirst mir wieder sagen, dass solche Phasen in unseren dreiundzwanzig Ehejahren selten waren. Und du hast recht. Trotzdem, diesmal ist mir bewusst geworden, dass der Abstand zwischen meinen fünfundfünfzig und seinen fünfundvierzig Jahren heute größer ist als vor zwanzig Jahren.«

»Was? Da komme ich jetzt nicht mit ... Noch vor zwei Wochen warst du über seine Lauheit beunruhigt. Du wirst dir doch jetzt nicht wegen seines Feuers Sorgen machen?«

»Nein, nein, du verstehst mich nicht! Ich mache mir keine Sorgen, ich stelle nur fest, das ist alles! Schau, die Midlife-Krise, die existentiellen Fragen, die nostalgische Sehnsucht nach seinen Zwanzigern, die Obsession der letzten Chance, all diese Grübelei, wer bin ich, was habe ich aus meinem Leben gemacht, gefalle ich noch, und so weiter und so fort, dieses ganze Infragestellen, der Zweifel, das Bedauern, die Bilanz, für mich ist das lange vorbei! Und er steckt bis zum Hals darin!«

»Verstehe ... Und du fragst dich, ob du ihn da begleiten kannst, ist es das?«

»Unter anderem. Außerdem wird er immer schöner, der Strolch, und er weiß es!«

»Und angenommen, er würde dich mit einem quicklebendigen jungen Ding betrügen, wie würdest du da reagieren?«

»Du verlierst mal wieder keine Zeit! Verflixte Löwin, immer geradewegs aufs Ziel zu!« Die beiden Frauen schauen sich lachend an, glücklich über ihre Vertrautheit. Augenzwinkernd stößt Ev mit Madeleine an, deren Lachen langsam verklingt, eine Kette von Liebesperlen. »Ich weiß es nicht, Ev. Das ist stimmungsabhängig. Wenn ich mitten in der Arbeit stecke, wie zur Zeit gerade, wird alles sehr relativ. Dann sage ich mir: Soll er sich doch eine Verrücktheit leisten, sich seiner Reize vergewissern, er käme dann nur um so leidenschaftlicher und aufmerksamer zu mir zurück. Ich würde keinen schlechten Tausch machen. Aber wenn mir der Gedanke kommt, dass sein Abenteuer sich in die Länge ziehen könnte, oder wenn ich ihn zum Beispiel freitagabends erwarte, er jedoch im Krankenhaus aufgehalten wird und ich mich in Honfleur im Kreis drehe und auf sein Kommen hoffe wie eine schmachtende Julia, dann könnte ich schreien. Wenn er mich mit einer anderen betrügen sollte, hübsch oder nicht, alt oder blutjung, würde ich ihm die Augen auskratzen, oder besser, ich würde ihn erst kastrieren und dann rausschmeißen! Damit keine andere mehr etwas von ihm hat ... Gemein, wie?«

»Hundsgemein!« Ev lacht über Madeleines geknickte Miene. »Du bist noch immer wahnsinnig verliebt in ihn, hm?«

»Mehr als das, das weißt du doch. Meine Seele ist in der seinen verankert, sie steckt fest wie ein alter Nagel, der nicht die geringste Lust hat, sein altes wurmstichiges Brett zu verlassen. Und da ist nichts zu machen, weißt du, der Körper kann ruhig ein paar Fehlschläge im Bett ertragen, das andere ist da ...«, Madeleine klopft sich mit der Faust gegen den Bauch, »da, verstehst du, hartnäckiger als der Regen in der Normandie! Ich brauche diesen Mann zum Leben, so einfach ist das.«

»Und Philippe würde ohne dich auch nicht überleben.«

»Eben doch, er würde überleben! Wie ich, letztlich ... Aber das wäre kein Leben!«

»Tja, aber jetzt, während du lebst und er auch, was würdest du davon halten, wenn wir essen, du alte verliebte Feinschmeckerin?« Ohne Madeleines Antwort abzuwarten, greift Ev nach der Karte, setzt ihre Brille auf und lässt sich das Wasser im Mund zusammenlaufen. Sie hat sich den Luxus dieses Mittagessens zu zweit genehmigt – zwei Stunden mit Madeleine, ein kostbares Geschenk, aber die Zeit rast und sie darf sich keinesfalls verspäten, sie ist am Nachmittag mit Isabelle verabredet und muss vorher noch einen Haufen Details mit Catherine regeln.

»Sag, meine Löwin, apropos verliebte Feinschmeckerin, erzähl mir doch mal, wie es deiner Nixe geht. Hattet ihr schöne Ferien in Les Baux?«

»Herrlich ... Ich empfehle dir die Kalbsklößchen, eine Spezialität des Chefs, und das Rindfleisch auf Lyoner Art ist auch nicht schlecht ... Such du doch den Wein aus, ich trinke dann mit.« Der Ober kommt an den Tisch, Ev bestellt. Madeleine beobachtet sie, ein Laser, der sie sorgfältig abtastet. Als der Ober weg ist, nimmt Ev hektisch ihre Brille ab, Mado schaut ihr direkt in die Augen.

»So, und jetzt erzählst du mir von deinen herrlichen Ferien. Und keine Ausflüchte! Ich will die Details, ich will alles wissen. Auf, ich höre.«

»Lass mich dir zuerst sagen, dass Déli und Guido dich umarmen, es geht ihnen sehr gut. Déli bereitet auch eine Ausstellung für Januar vor, sie werden also nicht nach New York kommen können. Sie haben mir ihr diesbezügliches Bedauern ausgedrückt.«

»Sehr nett von ihnen, ich werde sie anrufen, danke für die Vorspeise. Und jetzt zum Hauptgericht, mein Schatz. Erzähl mir von Isabelle. Ist sie immer noch so hinreißend?«

»Ja, und immer noch so leidenschaftlich und faszinierend ... Sie hat Guido und sogar Déli buchstäblich verführt. Du kennst ja unsere Wildkatze! Tja, binnen zwei Tagen hatte sie sie bezwungen, gezähmt! Déli hat es nicht einmal gemerkt. Gleich am ersten Morgen war Isa in der Küche und hat Kaffee gekocht, so ungezwungen, als wäre sie zu Hause ... Guido und ich, wir hörten sie plappern und lachen, und so war das jeden Morgen. Herrgott, ich kann mich nicht erinnern, jemals so viel mit einer Frau gelacht zu haben! Weißt du, wie sie Déli genannt hat? Den Igel mit Lockenwicklern!« Madeleine prustet los und sagt, das passe genau, darauf Ev: »Tja, sie ist eben nicht nur lustig, sondern auch klug, verdammt klug ...«

»Und dich weiß sie jetzt besser zu nehmen?«

»Keine Angst, sie hält sich wacker!« Ev lacht leise. »Am Abend vor unserer Abreise sollte sie bei der Fnac vorbeigehen, um mir zwei Michelin-Karten zu besorgen, weil meine veraltet sind. Als wir dann unterwegs waren, etwa hundert Kilometer hinter Paris, fragte ich sie nach den Karten, und sie hatte sie zusammen mit ihren beiden Romanen im Hotel vergessen. Ich habe gesagt, sie sei doch ein Schussel, man könne sich wirklich nicht auf sie verlassen. Da schießt sie zurück: ›Wenn du das nächste Mal Karten brauchst, dann sag Corinne Bescheid, sie kann einen Boten schicken, um sie zu kaufen, und Janine wird es übernehmen, sie dir in den Koffer zu packen. So bist du dann sicher, dass du nichts vergisst!‹ Was soll ich darauf noch antworten, hm?«

»Diese Frau gefällt mir immer besser! Ich habe das Interview gelesen, das sie dem *Figaro Madame* gegeben hat. Hast du es gesehen? Sie fürchtet wirklich weder Tod noch Teufel, deine Nixe! Ich bin nicht mit allem einverstanden, was sie vertritt, aber das ist jedenfalls mal eine Seelenklempnerin, die kein Blatt vor den Mund nimmt, es ist wirklich erfrischend! Ihr Buch hat eingeschlagen wie eine Bombe, oder?«

»Es läuft sehr gut. Die Art von Buch, die ich auch gern verlegt hätte ... Nicht schlecht, die Klößchen, hm?« Madeleine verdreht die Augen und gibt ein genüssliches Seufzen von sich. Ev fährt fort. »Isabelle ist ziemlich froh, dass sie ihre Verpflichtungen hinter sich hat. Weißt du, ich habe mich manchmal gefragt, ob ich meinen Autoren nicht zu viel abverlange, wenn sie auf Promotiontour sind. Aber jetzt, wenn ich bedenke, dass Isabelle bis zu fünf Interviews am Tag geschafft hat, wird mir klar, dass eher das Gegenteil der Fall ist. Wir sind ziemlich behutsam, ja zaghaft im Vergleich zu ihrem kanadischen Verlag. Lescop leistet großartige Arbeit; sie ist ein As, diese Frau! Ich würde sie gern abwerben, wenn sie mir gegenüber nicht so abweisend wäre. Und so indiskret, vor allem. Weißt du, dass sie sich erdreistet hat, Isa vor mir zu warnen? Ein frauenmordender Vamp sei ich, sagt sie, reizend, nicht?«

»Sie hat nicht unrecht«, erwidert Madeleine, ohne mit der Wimper zu zucken. »Ist dir klar, mein Schatz, wie viele Frauen sich in den letzten achtzehn Jahren bei uns in Honfleur die Klinke in die Hand gegeben haben? An die hundert, meine Löwin!

Und ich zähle nur die, die du mitgebracht hast – von deinen One-Night-Stands ganz abgesehen …«

Verflixte Mado! Wie sie ihr mit diesem Mutter-Oberin-Gesicht, das sie auch immer aufsetzt, um Evelyne zu ermahnen, diese gewissenhafte Aufstellung unter die Nase reibt. Ev erwidert amüsiert: »Ich spüre, dass der jährliche Vortrag über meine Bindungsangst fällig ist.«

»Oh, lach nur, ironisiere, so viel du willst! Letztlich haben alle deine Frauen nur eine einzige Rivalin gehabt – deinen Verlag. Ich habe recht, und du weißt es. Gib zu, dass es dich erwischt hat, sie hält dich am Wickel. Und nach allem, was ich gesehen habe, ist sie auch in der Lage, dich im Griff zu behalten. Ist sie noch immer so fabelhaft? Zum Donnerwetter, nun erzähl schon! Bist du noch in sie verliebt?«

Ev ist verwirrt. Sie kann nicht leichthin von Isabelle reden. Jetzt nicht mehr. Sie schaut über ihren Glasrand, erforscht Madeleines Blick, sie trinkt einen Schluck Wein, sucht nach den richtigen Worten, stellt ihr Glas langsam ab. Mado beobachtet sie, aufmerksam und geduldig. Ev lehnt sich zurück, senkt die Augen, stößt einen langen Seufzer aus, begegnet endlich Madeleines warmem Blick: »Tja ... ja, ich bin in sie verliebt ... Und sie hat mich im Griff, wie du sagst. Sie ist die begeisterungsfähigste Frau, der ich je begegnet bin, Mado. Und auch die liebevollste. Immer bereit zu jeder Verrücktheit, sinnlich, unkompliziert, als wäre die ganze Woche Sonntag!«

»Und euer Verhältnis ist immer noch so leidenschaftlich?«

»Ich habe in meinem ganzen Leben noch nie so gevögelt! Doch, doch, ich versichere dir, noch nie in meinem Leben! Mit ihr ist alles erlaubt, alles gut. Sie liebt Sex, und das macht mich verrückt. Herrgott, Mado, ich könnte stundenlang mit ihr vögeln ... Sie hat immer Lust auf mich. Ich brauche sie nur zu streifen und sie gibt sich mir hin, und ich will sie die ganze Zeit …«

»Na, sag mal, das beruhigt sich ja gar nicht wieder! Du bist ihr mit Haut und Haar verfallen, wie?«

»Oh, da ist noch mehr, Mado ... Ich sage nicht, dass es in meiner Sammlung nicht ein paar außergewöhnliche Liebhaberinnen gegeben hat ... Aber mit Isa ist es etwas anderes. Sie lacht ... Verstehst du? Sie vögelt und sie lacht, wie im Fernsehen, wie bei euch in Honfleur. Im Bett ist sie dieselbe Frau. Und im Restaurant ist sie auch dieselbe Frau wie die, mit der ich zehn Minuten zuvor im Bett war und auf die ich zwangsläufig noch vor dem Ende des Essens wieder Lust haben werde. Verstehst du? Sie hat eine Art, sich zu geben, die mich total verrückt macht ... Ich bin von ihrer Anwesenheit abhängig. Ich mogele ständig mit meinen Arbeitsstunden. Und je öfter ich sie sehe, desto mehr will ich sie, statt mich zu beruhigen, und desto mehr koche ich bei der Vorstellung, dass sie wieder fort muss. An manchen Tagen sage ich mir: Gut, es reicht, du setzt einen Schlusspunkt unter diese Geschichte, ehe du dich vollends zum Gespött machst! Das halte ich zehn Minuten durch, und dann denke ich wieder an nichts anderes mehr, als sie anzurufen, um ihr lauter Unsinn zu sagen oder ein Rendezvous zu vereinbaren ... Total verrückt, verstehst du, total verrückt!«

»Du bist verliebt, meine Löwin!«

»Tja, und genau da drückt der Schuh ... Verdammte Scheiße! Ich kann nicht mehr ohne sie auskommen ... Solange sie da ist, will ich so viel wie möglich von ihr haben!«

»Hat sie deinen Verlagsvertrag unterschrieben?«

»Noch nicht. Ich treffe sie nachher.«

»Und zieht sie nun in die Verlagswohnung?«

»Ich habe es mir anders überlegt. Sie wird bei mir einziehen.«

»Na so was! Habt ihr darüber gesprochen? Weiß sie davon?«

»Nein, noch nicht.«

»Ev, spinnst du oder was? Sie wird es niemals akzeptieren, sich von dir aushalten zu lassen, verdammt! Dazu ist sie viel zu stolz und zu eigenwillig!«

»Madeleine, ich habe dieses blöde Arrangement satt, dass sie für sich lebt und ich für mich! Ich will, dass sie da ist, wenn ich abends nach Hause komme, wenn ich morgens aufwache, zum Frühstück, zum Aperitif, zum Schlafen, ich will sie jeden Tag und jede Nacht! Das ist doch verständlich, oder? Solange sie da ist, will ich sie bei mir haben!«

»Ich verstehe dich sehr gut, mein Schatz, aber ...«

»Nein, du begreifst es eben nicht!«

»Zum Donnerwetter, Ev, wenn du sie vor vollendete Tatsachen stellst, besteht die Gefahr, dass sie dir wieder mit Arroganz begegnen wird, und sie wird damit nicht unrecht haben!«

»Mado, ich bin nicht blind! Isabelle war begeistert von diesen Ferien, alles war perfekt. Und da soll ich jetzt erst einen Termin vereinbaren, um die Nacht mit ihr zu verbringen?«

»Genau das musst du ihr sagen – dass du sie in deiner Nähe haben willst, weil sie dir fehlt. Nicht, dass du verlangst, dass sie auf Abruf bereitsteht und dich brav zu Hause erwartet, wenn du von der Arbeit kommst. Wenn du ihr das Gefühl gibst, als Edelnutte behandelt zu werden, liebste Ev, wird sie dich in deine Schranken weisen.«

»Ich behandle Isabelle doch nicht wie eine Edelnutte!«

»Ich rede von deinem Ton, Ev, deiner Haltung! Du scheinst zu glauben, dass sie es dir schuldig ist, bei dir zu wohnen, dass sie keine andere Wahl hat, als sich deinen Wünschen zu beugen. Du hast solche Angst, sie zu verlieren, dass du Gefahr läufst, dich ihr gegenüber aufzuführen wie der letzte kleine Macker, der ... He, was gibt's denn da zu lachen?«

»Am Sonntag, als wir nach Paris zurückkamen, habe ich ihr gegenüber bemerkt, dass sie sich mit Déli nicht so wohl fühlt wie mit dir. Da hat sie erwidert, Déli sei mein Tatzenschlag und du meine Samtpfote. Und du bestätigst das ... Sie bezeichnet mich auch ständig als Macho!«

»Und das bringt dich zum Lachen!«

»Klar amüsiert mich das! Sie schlägt aus, aber es erregt sie auch. Sie erinnert mich an dieses Stutfohlen, weißt du noch, das ich Evelyne zum zehnten Geburtstag geschenkt habe. Ein Rassepferd. Evelyne hat eine ganze Weile gebraucht, um zu kapieren, dass eine Stute dieses Schlages kein Maulesel ist, den man mit einem Stück Zucker gefügig macht. Da braucht man eine feste Hand, Durchsetzungsvermögen ... Und Isa, verstehst du, liebt meine Samtpfote, aber das allein würde nicht reichen, um mich zu halten. Sie hat auch Biss, die Nixe, nicht nur gurrende Sehnsüchte!«

»Verstehe ... Und dieses Kostüm, das einen Eunuchen heiß machen würde, das trägst du, um sie um ihr Seelenheil zu bringen?«

»Damit sie mir aus der Hand frisst, jawohl!«

»Du bist eine abscheuliche Manipulatorin, weißt du das?«

»Und ich bin auch noch stolz darauf, ob es dir gefällt oder nicht! Ich will sie und ich werde sie kriegen. Und in diesem Punkt, meine schöne Madeleine, weiß ich besser, wie ich meine Samtpfote einzusetzen habe, als du! Möchtest du einen Kaffee oder so einen scheußlichen Lindenblüten-Minze-Tee?«

»Selber scheußlich!«, entgegnet Madeleine lachend. »Im Grunde, meine Löwin, gefällst du mir als Eroberin!«

»Isa auch, siehst du!«

»Ev, war das mit der Wohnung schon beschlossene Sache, bevor wir nach Les Baux gefahren sind?« Ev hat sie an diesem Morgen im Hotel angerufen. Ihr Vertrag war fertig. »Ich schicke dir um fünfzehn Uhr dreißig einen Wagen, Darling. Du lässt deine Rechnung vorbereiten, ich kümmere mich darum. Dein Gepäck gibst du ab, wir holen es heute Abend. Ich umarme dich, Darling. Wir sehen uns nachher.« Damit hatte sie aufgelegt, es war alles geregelt. Ev hatte an alles gedacht. »Du wirst deine eigenen Schlüssel haben, das Boudoir wird hergerichtet, damit du in Ruhe darin arbeiten kannst. Catherine wird vorbeikommen, um den Computer einzurichten und dir das Faxgerät zu erklären, das wirst du brauchen. Sie wird dir alles zeigen, du wirst sehen, sie ist ein Engel, ihr werdet euch sehr gut verstehen! Und ansonsten, zähle nicht auf mich, um deine touristischen Streifzüge durch Paris zu überwachen!« Sogar mit ihren Skrupeln, sich als Mätresse aushalten zu lassen, hatte sie kurzen Prozess gemacht. »Ich übernehme sämtliche Kosten, Isabelle. Du kannst die eine oder andere Kleinigkeit bezahlen, wenn du Lust hast, aber es kommt nicht in Frage, dass wir halbe-halbe machen. Ich will keine Diskussionen über Geld mit dir, ist das klar?« Isabelle hatte die Waffen gestreckt, bezwungen von dieser Amazone, die glaubte, sie könne sich alles erlauben.

Ev liegt auf ihr, die Ellenbogen ins Kopfkissen gestützt, und lässt ihren Mund über ihr Gesicht wandern, auf Lippenspitzen. Die Frage überrascht sie nicht. »Nein, keineswegs, Darling ...«

»Es fällt mir schwer, dir zu glauben, Ev Anckert!«

»Und – ist das wichtig?« Ev drückt ihr Becken gegen das ihre.

»Ev, du versuchst abzulenken! Hattest du dir das Ganze schon vor Les Baux überlegt?«

»Was redest du dir denn da ein?«

»Ich habe das Gefühl, geködert worden zu sein wie ein Fisch an der Angel!« Mit einem Hüftschwung presst Ev ihren Bauch gegen ihr Geschlecht. Isabelle stöhnt. Als sie sich unter Evs Liebkosungen öffnet, weiß sie, dass sie recht hat – Ev hat nie geglaubt, dass sie anderswo, fern von ihr leben würde.

Seit sie vor über einer Woche in Evs Welt eingezogen ist, hat es keinerlei Zwischenfälle gegeben. Isabelle versucht, nicht in Evs Privatsphäre einzudringen, während Ev sich bemüht, ihr den Zugang dazu zu erleichtern: »Der Scotch ist dort, Isa, bedien dich.«, oder: »Ach, eine Kleinigkeit, Isa! Meine Anrufe werden vom Auftragsdienst entgegengenommen. Nur meine Privatnummer klingelt im Schlafzimmer oder im Boudoir. Da nimmst du ab, Darling, sonst mache ich mir Sorgen, ja?« Ev geht ihren täglichen Beschäftigungen nach, als wäre sie nicht da, ohne sich nach Isabelles zu erkundigen, höchstens abends einmal, wenn sie sich im Restaurant treffen oder Ev vorher in der Wohnung vorbeikommt, um sich frischzumachen. Dann fragt sie mit einer eigenartigen Mischung aus Neugier und Zurückhaltung in Blick und Stimme: »Hattest du einen guten Tag, Darling?«, oder auch: »Wie geht es dir, Isa?« Auf diese Fragen erwartet sie keine genauen Auskünfte, und Isabelle hütet sich, ihr im Detail von ihren Streifzügen durch Paris zu berichten, die sie trotz der Bombendrohungen, die inzwischen fast nur noch lästig sind, weiterhin unternimmt, oder ihr in allen Einzelheiten von ihrem Mittagessen oder gar von dem horrenden Preis des Parmaschinkens und der Honigmelone zu erzählen, mit denen sie den Kühlschrank im Hinblick auf ihr gemeinsames Frühstück bestückt hat. Ev hat ihre verführerischsten Gewohnheiten beibehalten, ihren morgendlichen Lauf, nachdem sie sie von hinten genommen hat, das Frühstück im Bett, ihre zweideutigen telefonischen Einladungen gegen siebzehn Uhr. Isabelle entdeckt noch mehr belgische, elsässische, norwegische und schwedische Biersorten um Mitternacht oder, wie an diesem Abend, als sie sich wieder anzog, während Ev unter der Dusche die bekannte Carmen-Arie schmetterte.

»Ev, du hattest mich nicht vorgewarnt, dass deine Putzfrau heute kommt.« Das hatte sie ihr schon gleich bei ihrer Ankunft sagen wollen. Ev hatte galantere Prioritäten.

»Oh, stimmt ja, das hatte ich völlig vergessen! Sie ist gestern aus dem Urlaub zurückgekehrt.«

»Aha ... Ich stand jedenfalls ziemlich blöd da, halb angezogen, als ich sie um acht Uhr morgens hereinkommen hörte!« Ev amüsiert sich über das Bild, das Übrige bekommt sie nicht mit, weder den kaum verhohlenen Vorwurf in Isabelles Stimme noch die Gereiztheit, die in Zorn umzukippen droht. »Ich fand das nicht lustig!«

»Tut mir leid, Darl...«

»Sie hat mich angeschaut, als wäre ich widerrechtlich hier eingedrungen! Ich konnte nur guten Tag stammeln und wurde gemustert, aufgespießt ... Und dann hat sie die Frechheit gehabt, mich mit hochnäsiger Miene zu fragen: ›Weiß Madame Anckert, dass Sie da sind?‹« Ev lacht noch mehr, sie legt Isabelle die Hand auf den Oberschenkel, während sie gleichzeitig nach einem Parkplatz für ihre Luxus-Limousine sucht, die sie souverän durch die Straßen von Paris manövriert.

»Sie hält sich für meinen Wachhund, Isa. Lass dir von einer solchen Kleinigkeit nicht die Laune vermiesen ... Sie wird sich daran gewöhnen.«

»Taucht sie etwa täglich bei dir auf?«

Ev hat inzwischen eine Parklücke entdeckt. »So ein Idiot! So viel Platz für ein Motorrad!« Ev hupt den Motorradfahrer an und macht ihm mit der rechten Hand Zeichen, auf die er mit einer obszönen Geste antwortet. Ev murmelt vor sich hin: »Jaja, du kleines Arschloch ... Fick dich doch selber, das wird dir guttun!«

Isabelle schweigt. Sie lässt Ev einparken, schwört sich, kein

Wort mehr über die Putzfrau zu verlieren, und beißt die Zähne zusammen. Ich werde es diesem Wachhund schon zeigen ...!

Zum dritten Mal führt Ev sie ins Bataclan, eines ihrer Stammlokale. Die Ober begrüßen sie mit ihrem Namen, wenn sie hereinkommt. Ev ist hier fast zu Hause. Derselbe Tisch wie immer, ihr Tisch, wartet im hinteren Teil des Saales auf sie. Während Isabelle Platz nimmt, sagt sie sich, dass dieser Typ, der Ev anlächelt, sich nach ihrem Wohlbefinden erkundigt, während er ihr den Stuhl zurechtrückt, sich eine Bemerkung über ihr gebräuntes Gesicht erlaubt – »Die Pariser Sonne scheint ja ziemlich intensiv zu sein, in letzter Zeit ...« –, dass dieser Fremde mehr über Ev Anckert weiß, als sie in dem einen verbleibenden Monat erfahren wird. Und als Ev mit ihm in Gelächter ausbricht, bohrt sich eine Eifersuchtsspitze durch ihr Trommelfell. Als Ev verkündet, sie würden den Aperitif überspringen, widerspricht Isabelle: »Für mich einen Dubonnet auf Eis.«

»Du hast mir doch gesagt, du seist am Verhungern, Darling!«

»Wir können doch etwas dazu knabbern, oder?« Der Ober, in vollendeter Zuvorkommenheit, schlägt Ev einen Teller Rohkost und einen Kir vor, erkundigt sich, ob sie jetzt zu bestellen wünsche oder später, in aller Ruhe, und dieser Takt bewirkt, dass Isabelle sich noch plumper fühlt als zuvor. Ev lässt sie nicht aus den Augen, während sie ihre Zigarette anzündet. »Statt zu schmollen, Darling, solltest du lieber ausspucken, was dir nicht passt, hm?« Der Ton ist verspielt, sie nimmt Isabelles Gefühle auf die leichte Schulter.

»Du quillst nicht gerade über vor Mitgefühl!«

»Und was soll das nun heißen?«

»Ich habe versucht, mit dir darüber zu reden, was heute Morgen passiert ist, aber es interessiert dich nicht. Du hast das Ganze schnell unter den Teppich gekehrt.«

»Und wegen dieses kleinen Zwischenfalls bist du so sauer?«

»Für mich ist das kein kleiner Zwischenfall, und ich will nicht in diesem Ton darüber reden!«

»Welchem Ton?«

»Ev, lass es gut sein, ich will mich nicht streiten.«

»Dann hör auf, mich zu nerven!«

»Verflixt, Ev, du treibst mich in die Enge!«

»Isabelle, ich habe dir gesagt, dass es mir leid tut. Ich hätte dir Bescheid sagen sollen. Ich habe nicht daran gedacht! Nun mach kein Melodram daraus!«

Der Ober tut, als sei er von Geburt an stocktaub, stellt einen wunderbaren Rohkostteller und ihre Aperitifs auf den Tisch und verschwindet wieder, ohne nach ihrer Bestellung zu fragen. Isabelle trinkt einen Schluck von ihrem Dubonnet und fischt mit dem Stäbchen nach der Zitrone.

»Isabelle, wenn du weiter die beleidigte Leberwurst spielst, werde ich ernstlich sauer!«

Blitzartig taucht Honfleur vor ihr auf; sie denkt an Madeleine, an ihren Humor, an die Wutausbrüche der Löwin; ihr Magen krampft sich zusammen, ihre Drachen wetzen die Krallen. Tief durchatmen, Coache, atmen, Gisèle ist tot und begraben!

»Ev, ich habe nicht die Absicht, heute Abend ins Flugzeug zu steigen. Wenn du aber anfängst zu toben, sobald ich versuche, mit dir zu reden, besteht die Gefahr, dass genau das passiert. Ich habe mich heute Morgen gefühlt wie ein Haar in der Suppe. Eine Nummer, Ev, ich habe mich gefühlt wie eine Nummer in dem Register, das sie wohl über die zahlreichen Eroberungen der Madame Anckert führt. Das hat mich so verletzt, dass ich am liebsten meine Koffer gepackt hätte. Dass du nicht daran gedacht hast, mir Bescheid zu sagen, das kann ich noch hinnehmen. Ein Versäumnis, eine Unaufmerksamkeit, nichts wirklich Schlimmes. Aber dass dein Wachhund mich wie die letzte kleine Nummer behandelt, die ihre Arbeitgeberin sich genehmigt hat, nein, das ist zu demütigend. Da sind meine Grenzen ... Ich dulde es nicht, wie die Zweitausendste in der Liste behandelt zu werden. Und wenn das in deinen Augen belanglos ist, dann nehme ich mir das Recht heraus, beleidigt zu sein, ob es dir gefällt oder nicht.« Sie hat die Stimme nicht erhoben. Die Seen haben ihre Farbe von veilchen- zu fliederblau gewechselt. Evs Lachen sprudelt hervor wie eine Kaskade.

»Du bist wirklich köstlich!« Isabelle antwortet nicht. Sie lässt Ev wieder zu Atem kommen und sich von ihrem Amazonenblick betrachten, ohne jede Hast. Evs Lachen klingt aus, die Fontänen beben noch nach: »Entschuldige, Darling, dass ich dich in Verlegenheit gebracht habe. Ich werde gleich morgen ein paar Worte mit Janine reden, die, nebenbei gesagt, nicht Buch führt über meine Eroberungen ... Aus dem einfachen Grund, dass ich sie für gewöhnlich nicht bei mir einziehen lasse.«

»Bringst du sie sonst lieber in der Verlagswohnung unter?«

Ev sieht sie durchdringend an und führt, ohne sie aus den Augen zu lassen, eine Olive zum Mund. Isabelle möchte ihre Worte zurückholen, sie ihres Sinnes entleeren, sie nie gedacht haben. »Ich habe gerade eine Gemeinheit gesagt ... Darf ich es noch mal probieren?« Ev antwortet nicht. Sie legt den Kern langsam auf den Tellerrand. »Ich war den ganzen Tag sauer auf dich, und jetzt kommt alles völlig falsch heraus.« Ev sagt noch immer nichts; mit den Augen fleht sie Isabelle an, den Rückwärtsgang einzulegen. »Ev, ich bitte dich um Verzeihung ... Ich habe wirklich geredet, ohne nachzudenken. Ich liebe es, mit dir zu leben, das weißt du ...«

»Ich fing gerade an, daran zu zweifeln.«

»Ev, es ist nicht immer einfach für mich ... Manchmal habe ich das Gefühl, ich träume, und wenn ich dann aufwache, werde ich panisch ... Wie heute. Den ganzen Tag hat es in meinem Kopf rumort: Ich bin eine Frau unter so vielen anderen, nur eine von vielen. Und wenn ich anfange, so etwas zu denken, dann tut es mir weh, ich werde ganz klein und löse mich in nichts auf. Ich versuche, mich an das zu klammern, was ich für dich empfinde, an das, was zwischen uns passiert, und denke, ich bin die Ausnahme. Aber das ist auch nicht besser – dann frage ich mich, was an mir so Besonderes ist, dass dir so viel daran liegt, mich in deiner Nähe zu haben ... Dann gelingt es mir nicht mehr, daran zu glauben, ich wechsle ständig zwischen Höllenfeuer und siebtem Himmel hin und her. Ich tappe im Dunkeln ... Entweder ich schwebe auf Wolken oder ich stürze in einen Abgrund!«

»Aua, das muss ja weh tun!« Ev lächelt und zwinkert ihr zu. Isabelle will schon daraus schließen, dass Ev ihre Gefühle egal sind, da fährt sie mit ihrer sanftesten Stimme fort: »Und quälst du dich oft so?«

»Nur wenn ich Angst habe, dich zu lieben.« Das Geständnis hat sich mit einemmal gelöst, ein Felsbrocken, der den Annapurna hinabstürzt.

Ev wirft den Kopf zurück, ihr Lachen ist eine Ekstase aller Sinne.

»Na, das höre ich lieber ... Und bist du jetzt bereit zu essen? Eifersuchtsszenen regen nämlich meinen Appetit an.«

»Ev Anckert! Ich habe dir keine Szene gemacht ... Heiliger Sigmund, du nimmst mich nicht ernst. Dafür wirst du mir zahlen!«

»Gerne, Darling, außer der Essensrechnung lässt du mich ja sonst nichts bezahlen!« Isabelle begreift die Anspielung auf das Ensemble von Rabane, das sie sich vor zwei Tagen nicht hat schenken lassen wollen. Ev hebt die Hand, um zu bestellen.

»Ev, die Garderobe war nicht im Vertrag eingeschlossen.«

»Dich über das Kommen der Putzfrau zu informieren auch nicht.« Der Gegenschlag kommt so fix, dass Isabelle losprusten muss. Ev nutzt das aus, um ihr mit päpstlichem Ernst eine ihrer Lieblingsanzüglichkeiten zuzuflüstern, mit den Augen auf der Karte. »Hast du Lust auf Muscheln, Darling, oder auf frisches Fleisch?«

»Schon gut, Ev, lass es gut sein ...«

Ohne das Menu aus den Augen zu verlieren, knüpft Ev an ihre letzten Worte an: »Alles wird an dem Abend gut sein, Isa, an dem ich dir dieses Ensemble ausziehen werde, das dir passt wie angegossen ... Hast du gewählt?« Ihre fliederfarbenen Augen telegraphieren ihr: Ich vergöttere dich!, die ihren funken zurück: Ich dich auch, und ich weiß, dass du mir eines Tages dieses Ensemble ausziehen wirst, Ev Anckert, aber übertreib es in der Zwischenzeit nicht!

Paris. Mittwoch, den 12. Juli

Liebste Timothée,

danke für Deinen langen Brief, den ich wieder und wieder mit Freude gelesen habe. Du wirkst zufrieden mit Deiner Arbeit, und ich wage zu hoffen, dass Du mir Deine Fotos als Erster, noch vor der Ausstellung, zeigen wirst, alte Geheimniskrämerin! Übermittle Gilles bitte meine herzlichen Glückwünsche und einen dicken Schmatz, bis ich selbst in voller Lebensgröße wieder da bin – ich habe übrigens fünf Kilo zugenommen! Dass Euer Projekt, Euch ein eigenes kleines Paradies in den Laurentides zuzulegen, endlich Gestalt annimmt, macht mich ebenso glücklich wie Dich. Wann findet die Einweihungsparty statt?

Hier in Paris beruhigt sich die Lage allmählich. Noch ein paar Bombenalarme hie und da, immer noch die gleichen rassistischen Schweinereien, das gleiche intolerante Geschwätz in den Zeitungen, im Radio, im Fernsehen ... Man gewöhnt sich an alles, sagst Du mir immer wieder, und ich muss Dir voller Enttäuschung gestehen, dass Du recht hast. Zumindest haben die mörderischen Attentate aufgehört, immerhin, und ich durchstreife diese goldene Stadt wieder bis in ihre letzten Winkel. Paris im Juli kannte ich noch nicht. Es wimmelt von Touristen, man ist nicht mehr daheim! Ja, ich – ich wohne hier, ich fühle mich nicht als Touristin. Manchmal ein bisschen, wenn ein Ober im Restaurant mich wegen meines Akzentes oder einer Redewendung verbessert, aber im Umgang mit der hinreißenden Ev Anckert lerne ich, mich mit meinem schönsten Quebecer Akzent zu verteidigen. Zum Beispiel gegen den Kerl gestern früh in der Nähe des Lou-

vre, der mir zuraunte: »Na, mein Häschen, was kostet die Nummer mit dir?«, dem habe ich in unserer poetischen Sprache geantwortet mit einem »Verpiss dich, alter Wichser, und friss Scheiße«, das mir aus tiefster Seele kam. Er hat mich als Schlampe und Hure beschimpft. Wenigstens ist er konsequent, dachte ich.

Apropos Konsequenz ... Du machst Dir Sorgen um mich. Du fürchtest um meine körperliche und geistige Gesundheit. Meine liebe Timothée! Ich kann Dich beruhigen: Nein, Ev schlägt mich nicht; ja, ich würde sie verlassen, wenn sie es sich einfallen ließe; und nein, Ev ist keine gefährliche Frau. Stürmisch, ein Wildwasserstrom, der ohne jede Berechnung überfließt, wenn sie lacht, beim Sex, wenn sie diskutiert, reitet, arbeitet und eben auch, wenn sie in Zorn gerät. Sie hat rein gar nichts von der hingabeunfähigen Sadistin, die nie die Kontrolle über sich und die Menschen um sich herum verliert. Auch nichts von der ängstlichen Natur, die von zügelloser Leidenschaft träumt, aber vor jeglicher Intimität die Flucht ergreift wie vor einem bewaffneten Überfall. Was kann ich Dir noch sagen? Ihre Zärtlichkeit, ihre Sensibilität, ihre Spontaneität, ihr Humor, ihre Wärme und Großzügigkeit, das alles sollte Dich beruhigen: Ich bin mit Ev Anckert sicher.

Du fragst, ob sie bereut. Darin erkenne ich Deine bedingungslose Treue zu mir, und ich bin Dir dafür dankbar. Ich stelle mir vor, wie Du aus dem Flugzeug steigst, in der Überzeugung, Du müsstest mich bei dieser satanischen Frau rächen. Lach nicht. Ja, Timothée, ja, sie hat sich entschuldigt. Beruhige Dich, ich bitte Dich, Du brauchst nicht herbeizufliegen, um ihr die Augen auszukratzen oder sie zu skalpieren. Es tut Ev zutiefst leid, mich verletzt zu haben; ihre Reue ist aufrichtig, glaub mir.

Eine letzte Sache. Du sagst, Du fändest meine Drohung abzureisen, wenn Ev mich noch einmal schlagen sollte, nicht sehr glaubwürdig. Du hast recht. Es ist einfach so, dass man hier in Frankreich eine lose Hand hat. Es wird jedenfalls schneller geohrfeigt als bei uns. Im Übrigen haben sie eine Nomenklatur des

Schlags ins Gesicht entwickelt, die es bei uns nicht gibt: Ohrfeige, Backpfeife, Maulschelle, Kopfnuss, Watsche, Knallschote, Nasenstüber, Klaps, in allen Abstufungen, vom Schlag, der dich nur streift, bis zu dem, der dich erschlägt. Die Ohrfeige ist ein Teil der hiesigen Kultur, man müsste einmal die Ohrfeigen zählen, die es allein im französischen Kino gibt, ein aus dem Leben gegriffenes Klischee des Franzosen wie der Französin, so grob wie jedes andere Stereotyp, aber auch so realistisch wie das Baguette unterm Arm und das Glas Rotwein. Hier wird geohrfeigt, wie man bei uns »Verpiss dich« oder »Friss Scheiße« ruft. Beide Reaktionsweisen kann man nicht gerade als elegant bezeichnen ... Du und ich schrecken vor einer Ohrfeige zurück, wie sie von unserer ordinären Sprache schockiert sind. Ein Frage der Kultur. Ich muss gerade daran denken, was Du mir einmal über die japanische Fotografie gesagt hast: Ihre besondere Schönheit entgeht uns, wenn wir beharrlich glauben, dass die Japaner die Welt mit den gleichen Augen sehen wie wir. Nicht weil sie Schlitzaugen haben, wenngleich ich darauf beharre, dass das etwas damit zu tun haben könnte ... Aber im Ernst, Du erinnerst Dich sicher noch, dass Du mir sagtest, sie hätten nur ein einziges Wort, um alle Schattierungen der Farbe Blau zu bezeichnen, vom zartesten Azur bis zum tiefsten Ultramarin. Bei der Ohrfeige, denke ich, ist es ähnlich. Unser Mangel an Vokabular ist ein Zeichen ihrer Abwesenheit in unserer Kultur, im Vergleich zu ihrer alltäglichen Präsenz in der französischen. Und Ev ist Französin. Eine Ohrfeige hat in ihren Augen nicht die gleiche Bedeutung wie in meinen, und ich habe den Verdacht, dass sie es mehr bereut, zu weit gegangen zu sein, als eigentlich mich geohrfeigt zu haben. Kurzum, ja, es könnte sein, dass sie mich trotz meiner Drohung noch einmal ohrfeigt, aus dem einfachen Grund, dass ihr die Hand ausrutschen würde, wie mir ein »Verpiss dich« über die Lippen spränge, eine automatische, spontane Reaktion, ohne dass man darüber nachdenkt.

Die Macht, die von Ev ausgeht, berauscht mich auch gewissermaßen. Ich entdecke meine eigene Macht, eine neue Lust, meine Angst zu überwinden, wenn es stürmisch wird. Mein Leben lang bin ich vor Gisèles eisiger Gewalt in die Knie gegangen. Jetzt zeige ich die Zähne, fahre die Krallen aus, ich lasse den Sturm durch mich hindurchziehen, statt zu erstarren. Die Technik ist noch nicht voll entwickelt; die erste, spontane Reaktion ist nicht immer die beste. Im Übrigen ist es gar nicht gesagt, dass Authentizität stets angebracht ist. Aber in Sachen Stress und Schuldgefühle lerne ich im Umgang mit der schönen Ev Anckert, dass es besser ist, einmal tief durchzuatmen, als sich in transzendentales Grübeln hineinzusteigern.

Jetzt sieht es wohl aus, als würde ich mein Leben an Ev Anckerts Seite damit zubringen, die Drähte zu ziehen, um ihre Zornausbrüche zu kontrollieren! Wenn das Dein Eindruck ist, muss ich ihn berichtigen. Mein Leben bei Ev ist herrlich, es fließt heiter und lustvoll dahin, berauschend und faszinierend. Es ist keineswegs eine dauernde Corrida! Ev hält ihr Versprechen, ihr Verlag sorgt dafür, dass ich beschäftigt bin, und das Geld, das sie mir überwiesen hat, verdiene ich mir redlich! Ich habe großen Spaß an der Arbeit, ich lese Manuskripte und verfasse die Zusammenfassungen, die man dann auf dem Umschlag wiederfindet. Evs Werbefrau ist angeblich begeistert – direkt und verführerisch, lautet ihr Urteil. Ev behauptet, das sehe mir ähnlich, aber ich zweifle an ihrer Objektivität. Darling, sagt sie, du hast Talent zum Romaneschreiben ... Ich lasse sie reden, bin aber doch etwas geschmeichelt, dass meine Lieblingsverlegerin sich auch unter diesem Aspekt für mich interessiert.

Die Zeit läuft zu schnell davon, Timothée, es bleiben mir nur noch knapp zwei Wochen an der Seite meiner stürmischen Löwin, die immer früher von der Arbeit kommt, immer später hingeht und es sich leistet, ganze Nachmittage oder Tage zu schwänzen, die wir ausnutzen wie zwei ausgebüchste Kinder. Verliebte Bum-

meleien durch Paris; ein Ausflug nach Lyon, wo wir in allen nur denkbaren Sinnenfreuden geschwelgt haben; eine Führung durch Versailles, zu der ich Ev mitgeschleift habe, die dann als beschlagene Historikerin mit pikanten Anekdoten über königliche Bettgeschichten und Intrigen glänzte; eine Eskapade in die Vendée zu Blaubarts Schloss, wo ich mit spitzem Pariser Akzent und hochtrabenden Worten für zwei Französinnen, Mutter und Tochter, die Führerin gespielt habe, während Ev hinterhertrabte und sich bog vor Lachen; eine plötzliche Lustanwandlung, die uns in Nantes in ein Stundenhotel katapultierte, aus dem wir eine halbe Stunde später wieder herkamen, tot vor Lachen und mit zerstochenem Hintern, weil das Bett von Getier wimmelte, das noch ausgehungerter war als wir ... Das Menü ist so vielfältig, ich bräuchte hundert Jahre, um alles zu probieren.

Sie ist eine einzigartige Frau, und ich wehre mich wie der Teufel, um mich nicht zu sehr zu binden. Ich habe sie im Verdacht, dass sie sich ihrerseits genauso wehrt; das schließe ich aus ihren Anfällen von Melancholie, die sie nicht ganz verbergen kann und bekämpft, indem sie sich leidenschaftlich auf mich stürzt. Zwischen diesem anhaltenden Feuer und, mehr und mehr, dem ruhigen Wasser, das zwischen uns fließt, liegt meine Abreise vor uns wie eine Sackgasse. Ich hoffe, Du wirst am 31. in Mirabel sein, für den Fall, dass ich völlig aufgelöst sein sollte.

Ich höre hier auf. Sonst werde ich Dir gar nichts mehr zu erzählen haben. Ich freue mich so sehr, Dich wiederzusehen, altes Luchsauge, ich umarme Dich und liebe Dich,

Isabelle

P.S. Apropos Konsequenz ... noch ein Detail: Ich habe Ev geschlagen, an jenem Sonntag, einen kräftigen Schlag auf den Arm, sie hat kurzfristig die Kontrolle über das Auto verloren ... Ich habe mich nicht dafür entschuldigt. Oh, ich hatte meine Gründe, sehr gute Gründe! Sie hat mich provoziert, ich war wütend, der

Schlag ist von alleine losgegangen, sie hatte es verdient ... Mein Rechtfertigungssystem funktioniert ausgezeichnet, glaub mir. Nichtsdestotrotz war das physische Gewalt. Nicht akzeptabler als eine Ohrfeige ins Gesicht. Was denkst Du darüber, meine schöne Timothée? ... Du hast recht: Darüber zu reden ist unangenehmer als über die Ohrfeige, die ich bekommen habe.

Das Haus ist im normannischen Stil gebaut. In dem großen zentralen Raum mit den hohen Fenstern, die sich auf die Landschaft öffnen, und den soliden Balken an der Decke möchte man sich am liebsten, gleich wenn man hereinkommt, auf das anthrazitfarbene Sofa mit den weichen Kissen legen, die Beine unter sich gezogen, ein Glas Trester in der Hand, und die ganze Nacht am Feuer plaudern, oder es sich einen ganzen regnerischen Nachmittag lang auf einer der Recamieren rechts vom Kamin gemütlich machen, zu beiden Seiten eines Kaffeetischchens, auf dem sich schöne Bildbände und Kunstzeitschriften stapeln, oder abends nach dem Essen in der anderen Ecke verweilen, in einem der Ledersessel, bei einer Partie Dame plaudernd, oder am Morgen in einem der Ohrensessel mit den abgenutzten Cordsamtbezügen faulenzen und auf die Sonne warten, die jeden Moment hinter einem der Fenster auftauchen muss, das gerade noch vom Schatten einer Rotbuche verdunkelt wird.

»Ich mag dieses Haus«, sagt sie zu Ev, die erfreut antwortet, sie liebe es. Sie nimmt Ev um die Taille und küsst sie in die Halsbeuge. »Ach«, wundert sich Isabelle, »ich hatte gar nicht bemerkt, dass hier noch ein Zimmer ist …« In einem versteckten Winkel der Eingangshalle, zwischen dem großen Raum und der Küche, befindet sich ein Musikzimmer, das mit einem Klavier und fünf schlichten Stühlen eingerichtet ist. Ein Cello lehnt an der Wand, ein Stapel abgegriffener Partituren liegt auf dem Klavier, und die beiden Notenständer rechts und links des Klaviers sind mit einem Geigenbogen und einer Blockflöte bestückt. »Wow! Hier muss ja hübsch geklimpert und gestrichen werden!« Ev antwortet mit ihrem schönen schallenden Lachen und schreitet schnurstracks zur Tat, schon lehnt Isabelle mit dem Rücken gegen den Türrahmen, Ev streichelt ihre Brüste unter dem Polohemd, ihre Zunge erforscht ihren Mund, mit dem Knie öffnet sie kühn ihre Schenkel, Isabelle fängt Feuer. Heiliger Sigmund, sie wird sie doch wohl nicht hier zwischen Klavier und Cello aufs Kreuz legen! Madeleine rührt in der Küche gleich nebenan in ihren Töpfen! Bei Ev haben ihre Anflüge von Schamhaftigkeit allerdings keinerlei Wirkung. Es wäre vorausschauender gewesen, sich vor der Abreise auszutoben. Aber Ev hatte beschlossen, gleich loszufahren, um den Freitagsstaus zu entgehen. Sie fängt an, Isabelles Jeans aufzuknöpfen, während sie gleichzeitig mit der Zunge in ihrem Ohr Schubert spielt. »Ev, fändest du es nicht praktischer, wenn wir in unser Zimmer hochgingen?«

»Nein ... zier dich nicht, Darling!« Ihre Hand drängt sich in ihre Hose, Isabelle hält sie entschieden am Handgelenk fest.

»Nein, Ev, hör auf! Ich kann mich hier nicht gehen lassen.«

Sie hat gewonnen und bekommt ein tiefempfundenes »Verdammt!« zu hören. Sie setzen ihr Konzert oben fort, und Isabelle ist noch ganz benommen, als sie danach wieder in der Küche auftauchen. Madeleine ruft mit verschmitzter Miene aus: »Na sagt mal, war das ein Koffer oder ein ganzer Güterzug, den ihr da oben auszupacken hattet?«

»Tut mir leid, Mado, aber du weißt ja, wie es ist ... Isa ist so was von anspruchsvoll!«

»Ev Anckert, du bist unmöglich!«

Madeleine zwinkert Isabelle zu, während Ev eine Flasche Rosé entkorkt, glücklich wie eine Löwin in ihrer Höhle, die sich noch das Maul leckt von der Vorspeise, die sie sich gerade einverleibt hat.

»Darling, soll ich dir was Stärkeres servieren?« Das Wochenende verspricht aufregend zu werden. Ev ist in Höchstform.

»Danke, Ev, ich bin schon bedient!« Die Lachorgie fängt an, und Philippe ist noch gar nicht da. »Madeleine, kann ich mich irgendwie nützlich machen?« Die Krebse sind schon gekocht, Madeleine rührt gerade eine Sauce dazu an. Ev hat zwei Flaschen des hervorragenden Burgunders kalt gestellt, von dem sie Philippe eine Kiste mitgebracht hat.

»Danke, Isabelle. Alles unter Kontrolle. Es gibt nichts Aufwendiges, nur ein paar spätabendliche Kleinigkeiten!« Madeleine lacht noch immer so viel, mollig wie eine dicke Katze, die man zum Schnurren bringen möchte. »Philippe dürfte bald kommen«, fügt sie hinzu. »Evelyne wird fluchen, dass sie so spät dran sind.«

»Wie geht es denn meinem wunderbaren Patenkind?«, erkundigt sich Ev. »Meinst du, sie nimmt es mir übel, dass ich sie an ihrem Geburtstag versetzt habe?«

»Du fehlst ihr seit zwei Monaten, mein Schatz. Ich glaube, das nimmt sie dir insgesamt übel.«

»Hm, verstehe ... Isabelle, mach dich lieber darauf gefasst, dass sie dir die kalte Schulter zeigt, stellvertretend für mich.« Ev schiebt sich eine Karottenscheibe in den Mund und hält ihr ein Broccoliröschen hin.

»Und das findest du lustig!«, erwidert sie.

»Mhmm ... Sie wird das einzige Mitglied der Familie sein, das du nicht für dich wirst einnehmen können, Darling.« Ev wirft ihr einen Kuss zu und dreht sich zu Madeleine um: »Aber du hast ihr doch erklärt, was los ist, oder?«

»Nein, nein! Ich lasse euch das untereinander ausmachen. Ihr seid doch noch immer ohne mich klargekommen!« Isabelle wundert sich über die kaum verhohlene Heftigkeit in Madeleines sonst so verspielter Stimme.

»Soso ...« Mit einem schiefen Lächeln lehnt Ev sich gegen den Kühlschrank und mustert Madeleine, die plötzlich so konzentriert mit ihren Töpfen beschäftigt ist wie ein Koch im Maxim's. »Höre ich da etwas wie Eifersucht heraus? Ich dachte, das hätten wir geklärt?«

»Geklärt, liebe Ev, das ist leicht gesagt! Evelyne wird dir immer Dinge erzählen, die sie mir verschweigt, ebenso wie Philippe im Übrigen. Du musst verstehen, dass es auf die Dauer frustrierend ist, immer darauf zu warten, dass sie sich dir anvertraut, bevor wir dann auf den neuesten Stand gebracht werden – vorausgesetzt, du bist dazu bereit!«

»Mado«, erwidert Ev mit ihrer Fagottstimme, »ich sage dir noch einmal, dass ich daran nichts ändern kann. Ich kann sie nicht zwingen, dir zu erzählen, was sie mir schon am liebsten verheimlicht. Mit Evelyne, das weißt du, spiele ich Katz und Maus …« Ev wartet auf die Antwort, die nicht kommt; Madeleine konzentriert sich scheinbar auf ihre Sauce Dijonnaise, die, wie Isabelle fürchtet, zu Butter werden wird, so wie sie darin herumrührt. Von Madeleines mürrischer Miene nicht im Geringsten beeindruckt, setzt Ev noch einmal an: »Sag mal, gibt es da etwas Bestimmtes, das dir Kummer bereitet?«

»Hört mal«, unterbricht Isabelle. »Ich komme mir ganz indiskret vor. Ist es euch lieber, wenn ich euch alleine reden lasse?«

Ev und Madeleine wenden sich ihr zu und antworten im Chor mit einem deutlichen Nein, dem Madeleine leise hinzufügt: »Im Übrigen hat es indirekt auch mit Ihnen zu tun.«

Isabelle verbirgt ihre Überraschung ebensowenig wie Ev, die erwidert: »So, und jetzt erklärst du uns, was los ist, oder ich werde sauer!« Ev setzt sich neben Isabelle, streichelt ihr den Oberschenkel und gib ihr einen schnellen Kuss.

Madeleine setzt sich zu ihnen, und schon sprudelt es aus ihr hervor: »Philippe macht sich Gedanken um Evelyne. Sie schläft mit einem Mädchen, frisch-fröhlich, zumindest auf den ersten Blick, seit drei Monaten. Philippe glaubt, und mit gutem Grund, wie er sagt, dass Evelyne mitten in einer Identitätskrise steckt, ohne es sich einzugestehen.«

»Das ist doch ein Scherz, oder?« Ev lacht ungläubig.

»Leider nein, mein Schatz, das ist alles andere als ein Scherz, glaub mir!«

»Also, die Kleine schafft es doch immer wieder, mich zu überraschen! Und dieses Mädchen, kennst du sie?«

»Evelyne hält sie nicht vor uns geheim. Das ist es, was Philippe Sorgen macht, unter anderem. Wir haben sie in aller Form vorgestellt bekommen. Eine Freundin aus dem Gymnasium, an der sie einen Narren gefressen hat. Brillant, fröhlich, sehr sympathisch und natürlich, du kennst ja die ästhetischen Ansprüche deines Patenkindes, eine Schönheit, die selbst dem Papst den Kopf verdrehen würde!« Isabelle prustet mit Ev los. Verflixte Madeleine! Wie schafft es Philippe, sich an ihrer Seite zu grämen?

»Und«, ruft Ev aus, »was ist das Problem? Dass Evelyne sich mit einem Mädchen vergnügt oder dass Philippe deswegen besorgt ist?« Ev hat die Gabe, das heikelste Problem im Handumdrehen zu erfassen und auf seine einfachste Formel zu bringen. Mit der Folge, dass man am Ende das dumpfe Gefühl hat, dass erstens das Problem nur ein Scheinproblem ist, dass es zweitens keinen Grund zur Beunruhigung gibt, und drittens, dass man irgendwie naiv ist, weil man das nicht längst bemerkt hat.

»Madeleine«, schiebt Isabelle ein, »hoffen Sie, dass die Sache ein vorübergehendes Abenteuer ist?«

»Nein, ich hoffe überhaupt nichts ... Na ja, doch! Dass es ihr gutgeht, was sie auch tut. Ich habe nur meine Zweifel, ob sie selbst so genau weiß, was sie tut. Und wenn es ein gutgehütetes Geheimnis gibt, dann die Frage, wie Evelyne zurechtkommt mit ihrem Abenteuer, ich meine, mit dieser lesbischen Liaison. Und da wird man Feenfinger brauchen, um ihr die Würmer aus der Nase zu ziehen!«

»Und das ist es, was Phil so beunruhigt? Dass Evelyne völlig verwirrt sein und sich fragen könnte, wie es kommt, dass sie lieber mit Damen ins Bett hüpft...«

»... während ihre liebe Patentante«, knüpft Madeleine an,

»sich nicht geniert, sich mit den schönsten Frauen zwischen dem Elsass und der Bretagne zu vergnügen, ohne auch nur eine Sekunde daran zu zweifeln, dass das die natürlichste Sache der Welt ist, ja, genau!« Ev bricht in Lachen aus, Madeleine mit ihr. Mit den beiden wird es an dem Abend sicher zu keinem Drama kommen.

»Nur dass Evelyne«, merkt Isabelle an, »noch nicht das Format der großartigen Ev Anckert hat ...«

»Und das heißt, Darling?«

»Es ist das stabilste Format, das ich je gesehen habe, Ev ...«

»Während dein Patenkind, meine Löwin, eher von der zarten Sorte ist, wenn du verstehst, was ich meine! Sie hat das Modell vor sich, aber nicht die Gebrauchsanweisung.« Trotz des Ernstes der Lage müssen alle drei lachen.

»Ja, ich sehe das Bild vor mir! Also, Mado, überträgst du mir die Aufgabe, die unbewussten Wünsche deiner Tochter zu erforschen?«

»Oho! Handgreiflich?«

Isabelle hat gar keine Zeit, sich zu wundern, da protestiert Ev schon in den höchsten Tönen.

»Madeleine! Ich verbiete dir, so einen Unsinn auch nur zu denken!« Madeleine prustet los. »Du altes Miststück! Das war wirklich kein guter Witz!«

Madeleine steht auf, geht um den Tisch herum, schlingt die Arme um Ev und küsst sie in die Halsbeuge. »Du hast recht, aber es war zu reizvoll, meine Löwin ...«

Isabelle beobachtet sie schweigend. Das erste Mal, als sie gesehen hatte, wie die beiden sich umarmten und küssten, hatte sie sich ausgeschlossen gefühlt. Gilles war am Anfang auch eifersüchtig gewesen, wenn Timothée und sie sich berührten. Eine leidenschaftliche, unvergängliche Freundschaft ... Madeleines Anspielung war verrückt. Als könnte Ev ... Das ist grotesk! Wenn der Teufel galoppiert, fressen die Pferde Heu. Die Redensart von Großmutter Coache geht ihr durch den Kopf.

»Madeleine ... Glauben Sie und Philippe, dass Evelyne in Ev verliebt ist?«

»Isabelle! Wie kommst du denn darauf? Rührst du jetzt im Ödipus herum oder wie?«

»Glauben Sie das, Isabelle?«

»Nicht direkt«, antwortet Isabelle vorsichtig. »Und was du auch darüber denkst, Ev, ich will hier nicht herumpsychoanalysieren. Aber du führst ein Leben, das jedes einigermaßen aufgeweckte Mädchen zum Träumen bringen muss, und wenn du meine Patentante gewesen wärst, hätte ich dich absolut vergöttert ...«

»Vergöttert!«, fährt Ev hoch. »Das ist doch Blödsinn!«

»Jedenfalls«, fährt Isabelle fort, »wenn Evelyne meine Tochter wäre, würde ich mich fragen, ob sie wirklich Frauen vorzieht oder ob sie nicht dabei ist, dir nachzueifern – um so zu sein wie du.«

»He, wie stellst du mich denn hin, mit deiner Theorie? Und wenn ich nicht da wäre, Frau Doktor, wem würdest du dann die Schuld geben?«

»Ev, warte ...« Isabelle will sie beruhigen, aber Ev ist in voller Fahrt.

»Vielleicht Phils Spermien? Oder Madeleines Karriere? Was würdest du dann für eine Theorie zusammenspinnen, wenn ich nicht da wäre und als Erklärung für alles herhielte?«

»Ev, hör auf! Ich beschuldige dich doch in keiner Weise, ich sage nur, dass Evelyne möglicherweise den Anspruch hat, problemlos mit ihrem Lesbischsein klarzukommen, obwohl das vielleicht gar nicht so ist.«

»Was, dass sie lesbisch ist?«

»Nein, Ev, dass sie keine Probleme damit hat ... Das ist der Punkt, in dem sie dir vielleicht ähneln will, nicht darin, dass sie mit einer Frau schläft! Mensch, mit siebzehn zögert man doch noch, sich anders anzuziehen als die anderen, da ist es doch nicht selbstverständlich, sich in der Differenz zu suhlen und sich darüber zu amüsieren!«

Ein Mezzokaskade ergießt sich über ihren Satz. Isabelle will gerade einschnappen, da wirft Ev ihr einen verliebten Blick zu, bevor sie sich Madeleine zuwendet: »Glaubst du, mit einer solchen Psychologin kann man je das letzte Wort haben?«

»Mir scheint, als habe Isabelle das Wesentliche erfasst, mein Schatz. Was Evelyne angeht, würde ich mir allerdings wünschen, dass du das letzte Wort behältst. Sie bekommt jedesmal eine mörderische Laune, wenn man das Thema anspricht.« Madeleine lässt ihre Hand über Isabelles Schultern gleiten, als sie zu ihren Kochtöpfen zurückkehrt, ein liebevolles Dankeschön, das diese mit einem Lächeln annimmt.

»Komm her, du ...« Ev legt ihr den Arm um den Hals und küsst sie ungeniert, leidenschaftlich. Sie verschlingt sie, ihr Mund sagt, *ich will dich!* – das ist ihre Art der Liebeserklärung. Isabelle lässt es sich gern gefallen, bis plötzlich Madeleines Stimme durch den Nebel dringt: »Sag mal, mein Schatz ... Würde es mit meiner Dijonnaise nicht noch besser schmecken?«

»Sieh an! Meine fahnenflüchtige Patentante!« Isabelle erblickt sie zuerst von hinten – ein großes Mädchen in ausgewaschenen, am Hintern geflickten Jeans, lange Beine unter einem weiten Jeanshemd, einen prachtvollen Zopf, eher braun als blond, der sanft mitschwingt im Rhythmus eines federnden Ganges, in dem sie auf Anhieb den von Philippe wiedererkennt. Die Stimme, das verspielte Timbre und den direkten Ton hat sie von Madeleine. Ev begrüßt sie mit ihrem herzlichsten Lächeln und nimmt Evelynes Kopf zwischen die Hände, um sie zu küssen. Evelyne richtet sich sofort wieder auf: »Sag mal, was hast du dir eigentlich dabei gedacht, mich zu versetzen?«

»Darf ich dich daran erinnern, mein Liebes, dass du letztes Jahr an meinem Geburtstag auch nicht da warst?«

»Das ist etwas ganz anderes. Ich hatte Sommerkurse und habe über meinen Büchern geschwitzt. Und du warst in Les Baux und hast geschwitzt, weil du dich mit irgendeiner Tussi vergnügt hast, einer Quebecerin, heißt es ...« Nun hat Evelyne sie bemerkt. Mit drei Gläsern in den Händen schaut Isabelle Ev an, die sich auf die Lippe beißt, um nicht zu lachen; sie reicht ihr ein Glas Armagnac und stellt das von Madeleine auf dem Tisch ab.

»Hallo, Evelyne!« Sie sieht toll aus. Philippe als Mädchen, die gleichen grauen Augen, die Isabelle lächelnd fixieren. Sie hält ihr Glas in der linken Hand und reicht ihr die rechte, Evelyne schüttelt sie und schaut sie dabei an, als sei sie unter dem Tisch hervorgekrochen. »Isabelle ... Die Tussi, mit der Ev sich eine Woche lang in Les Baux vergnügt hat ... Ich bin aus Quebec, wie man hört. Und zudem bin ich so kühn zu glauben, dass Ev und ich uns gegenseitig ins Schwitzen bringen!« Madeleine und Ev brechen in Lachen aus, Evelyne entfährt ein lautes »Scheiße!«, aber dann kichert sie auch. »Tante Ev, du hättest mich ruhig warnen können!«

»Es ist eher Isabelle, die man vor deinen ungehobelten Manieren hätte warnen müssen, meinst du nicht, mein Schatz?« Madeleine, die der Vorfall nicht übermäßig aus der Fassung gebracht hat, lacht noch immer. »Habt ihr zu Abend gegessen, Philippe und du?«, fragt sie gleich weiter.

»Jaja, unterwegs, ich war am Verhungern.« Evelyne umarmt Madeleine. »Papa dürfte auch bald auftauchen, er wollte kurz im Stall vorbeischauen. Ich nehme auch einen Verdauungsschnaps.« Sie wendet sich Ev zu: »Was trinkst du da?« Sie probiert einen Schluck, stellt fest, dass es ganz schön stark ist, und meint: »Du hast es immer gern feurig, wie?« Ev lacht und betrachtet sie zärtlich; die beiden vergöttern einander, bemerkt Isabelle im Stillen. Da dreht Evelyne sich zu ihr um: »Sind Sie mir böse wegen meines Fehltritts?«

»Nein, überhaupt nicht. Ist es das Feurige, das Sie wieder an Les Baux denken lässt?«

»Verflixt noch mal! Ziehen Sie in Amerika immer so schnell?«

»Nur wenn wir uns in Frankreich tummeln – eine Frage des Überlebens!« Madeleine lacht lauthals, Evelyne verschluckt sich schier an ihrem Zopf und Ev stellt fest: »Evelyne, du hast dein Waterloo gefunden!«

Evelyne holt sich etwas zu trinken. Isabelle lässt sich neben Ev nieder, die ihr den Nacken streichelt und sanft fragt: »Alles in Ordnung, Darling?« Sie nickt, entzückt von ihrer eigenen Schlagfertigkeit, und schaut Madeleine an, die sie beide lächelnd beobachtet.

Evelyne setzt sich dazu und verkündet ohne Umschweife: »Isabelle, wir zwei sind die Jüngsten im Haus, wir duzen uns, einverstanden? Das ist doch echt netter!«

Das Wochenende, sagt sich Isabelle, verspricht unvergesslich zu werden.

»Ich hasse es, Auto zu fahren. Macht es Ihnen nichts aus?« Im Gegenteil, antwortet Isabelle, das entschädige sie dafür, dass Ev ihr dieses Vergnügen kategorisch verweigert. Madeleine erwidert: »Das wundert mich nicht, sie kann es nicht ausstehen, gefahren zu werden ... Ev wirkt immer sehr zärtlich mit Ihnen. Sie haben sie gezähmt, besänftigt ...«

»Ich beuge mich leicht – ich wundere mich selbst über meine Biegsamkeit!« Wieder das vertraute Lachen zwischen ihnen. »Nein, im Ernst, Madeleine, ich habe Spaß gemacht. Ich lerne mit Ev sehr viel. Sie ist großartig, wissen Sie. Und sie verwöhnt mich nach Strich und Faden, ich bin verdorben bis ins Mark! Sie ist manchmal aufbrausend, aber ich komme ganz gut damit zurecht ... Ich würde meinen Platz nicht für ein Königreich aufgeben. Oh, das erinnert mich daran, ich schulde Ihnen eine Flasche ...« Sie erzählt Madeleine die ganze Geschichte mit der Putzfrau und die Szene im Bataclan. »Ohne Sie hätte ich sicher wieder die Fassung verloren. Lassen Sie mir die Freude, das bin ich Ihnen schuldig. Wie wär's mit einem alten Portwein?«

»Gut, das nehme ich gerne an – unter der Bedingung, dass wir die Flasche heute Abend zusammen öffnen.«

»Einverstanden! Muss ich hier nach links?«

»Nein, nach rechts ... Was bin ich nur für eine Beifahrerin!«

»Es kann uns ja nichts Schlimmeres passieren, als dass wir uns in Honfleur verfahren. Statt des Ratatouille können wir dann immer noch drei Dosen Cassoulet aufmachen ...«

»Mit den großen Burgundern der Löwin im Sonntagsstaat, das sehe ich schon vor mir, ein Bild für die Götter!« Die Aussicht auf einen so spektakulären Flop bringt sie zurück zu einer Sorge, die ihr von Anfang an, seit Madeleine und sie ausgeheckt haben, Evs Geburtstag ohne ihr Wissen zu feiern, keine Ruhe lässt. »Madeleine, glauben Sie nicht, dass Ev sauer sein wird, dass wir das Ganze hinter ihrem Rücken geplant haben?«

»Sie wird ein bisschen schimpfen, das ist sicher.«

»Ich habe eher das Gefühl, sie wird ausrasten, wenn sie das Komplott bemerkt, dass nicht nur Evelynes Geburtstag gefeiert wird, sondern auch ihrer. Wenn Sie es mir nicht gesagt hätten, hätte ich nie erfahren, dass morgen ihr Geburtstag ist. Warum sie es mir bloß verheimlicht hat ...?«

»Ev lässt sich nicht gern feiern, das hat nichts mit Ihnen zu tun. Fahren Sie hier links ... Ja, genau.«

»Und Evelyne ist nicht enttäuscht von der Programmänderung?«

»Im Gegenteil, sie ist begeistert! Die Idee hat ihr auf Anhieb gefallen!«

»Aber das Nobelrestaurant heute Abend, das war doch für sie ...«

»Ach, von dieser Seite ist nichts zu befürchten! Ev führt sie von einem Spitzenlokal ins Nächste, seit sie alt genug ist, einen Löffel zu halten. Evelyne wusste, wie man einen Krebs isst, ehe sie laufen konnte.« Sie muss über das Bild lachen.

»Ja, ich kann mir Ev gut als Verwöhnpatentante vorstellen. Evelyne muss es ihr wirklich übelnehmen, dass sie zur Zeit so wenig für sie da ist.«

»Ich glaube, es gibt niemand anderen als Ev, dem sie alle ihre Gefühle anvertrauen kann ... Es ist doch unglaublich, dass wir nichts haben kommen sehen. Ev übrigens auch nicht.«

»Hat Ev ihre Geliebten immer zu Ihnen nach Hause mitgebracht?« Madeleine schaut sie einen Moment schweigend an. »Oh, Madeleine, ich will Sie nicht aushorchen, seien Sie unbesorgt! Ich dachte nur, für Philippe und Sie scheint es so selbstverständlich zu sein, dass eine Frau eine andere Frau liebt, dass es letzten Endes ... Wie soll ich sagen ...«

»Dass es gar nichts so Außergewöhnliches vorauszusehen gab, ist es das?« Isabelle nickt, Madeleine beobachtet sie, ihr schönes rundes Gesicht hellt sich in einem Lächeln auf. »Es ist nett, dass Sie versuchen, mich zu beruhigen ... Ihre Theorie, die Sie gestern in bezug auf Evelynes Bewunderung für Ev vorgebracht haben, nun, das ist genau das, was Philippe befürchtet. Vielleicht ist Evelyne dabei, sich auf Evs Spuren zu verlieren.«

»Beunruhigt es Sie, dass Evelyne lesbisch sein könnte?«

»Lesbisch, lesbisch ... Das ist nicht so sicher! Letzten Sommer war sie in einen jungen Mann verknallt, und glauben Sie mir, sie hat sich nicht gelangweilt!«

»Hat sie mit ihm geschlafen?«

»Ja, und es ging heiß her!« Ihr Lachen erfüllt das Auto. Für Madeleine spielt sich das Leben in einer Reihe von komischen Bildern ab, die sie in vollen Zügen genießt. »Ich erkläre es Ihnen«, fährt sie mit ihrer frischen Stimme fort. »Ich hatte mich im Morgengrauen aus dem Bett gequält, wollte meine Grisou satteln, und als ich den Stall betrat, waren die beiden im Heu miteinander zugange! So wie Evelyne stöhnte und keuchte, musste Nicolas es ihr ordentlich besorgen, und er selbst schien auch auf seine Kosten zu kommen. Woran ich jedenfalls nicht zweifle, ist, dass Evelyne ihren Spaß dabei hatte. Oh, Isabelle, nein, nehmen Sie nicht diese Kurve! ... Geradeaus ... Ja, so.«

»Puh! Fast wären wir in der Bretagne gelandet!«

Madeleine erwidert lachend, bis in die Bretagne sei es doch noch ein ganzes Ende, worauf Isabelle mit einer zweifelnden Handbewegung antwortet.

»Sagen Sie, langweile ich Sie auch nicht mit dieser ganzen Geschichte?«

»Überhaupt nicht, Madeleine ... Aber ich gebe zu, dass ich nicht ganz verstehe, was Ihnen bei all dem Sorgen bereitet.«

»Ach, ich tappe im Dunkeln! Ich verstehe nicht, warum es jetzt ein Mädchen sein muss. Wenn sie mit Männern keine Lust empfände, wenn sie sich überhaupt nicht von ihnen angezogen fühlte, dann könnte ich ja nachvollziehen, dass sie sich woanders umschaut …«

»Meinen Sie, dass es eine Notlösung ist – dass man aus Enttäuschung lesbisch wird?« Isabelle hat die Schultern gestrafft, der Ton ihrer Stimme ist kühler geworden.

»Nein! Legen Sie mir keine Dinge in den Mund, die ich nicht gesagt habe! Ich weiß nicht, was Sie für Erfahrungen gemacht haben – Ev jedenfalls hat hart kämpfen müssen, um sich Respekt zu verschaffen. Sie haben keine Ahnung, mit was für Gemeinheiten sie fertigwerden musste. Es braucht eine Menge Mut, um anders zu leben als die anderen, und ich weiß, wovon ich rede!«

»Und ist es das, was Ihnen für Evelyne angst macht? Dass sie sich das Leben schwermacht, wo sie doch …« Madeleine unterbricht sie.

»Wo sie es sich doch ganz einfach mit einem Typ gutgehen lassen könnte und, warum nicht, zwei oder drei Kinder kriegen und ein friedliches Leben führen, zum Donnerwetter, ohne ewig verteidigen zu müssen, mit wem sie ins Bett geht!« Isabelle lacht. Im Grunde hat Madeleine recht, so einfach ist es. Vor die Wahl gestellt zwischen jeder Menge Ärger und Friede, Freude, Eierkuchen, würde kein Mensch zögern – es lebe das ruhige Glück! Madeleine fügt leise hinzu: »Reizend, wie? Sie werden mir sagen, dass Evelyne selber wissen muss, was sie will.«

»Ev hat vor, heute Abend mit ihr zu reden, hat sie Ihnen das gesagt?«

»Ja …« Madeleine zieht sich in ihr Schweigen zurück. Isabelle wendet ihre Aufmerksamkeit der kurvenreichen Straße zu, den vom Wind zerzausten Bäumen am Rand, die in allen Grüntönen in der Sonne strahlen, von Blassgrün bis Smaragd, ein Lichtrausch, wie sie ihn sonst noch nirgends gesehen hat.

»Madeleine, Ev hat erzählt, Sie hätten früher mit Acryl gemalt.«

»Oh … Ja, am Anfang.«

»Glauben Sie nicht, ich wollte das Thema wechseln, aber ich musste gerade an Ihre Leidenschaft für die Radierung denken… Das ist doch sehr viel komplizierter als die Acrylmalerei, oder?«

»Sie schleichen doch um den heißen Brei herum, nicht?« Sie lacht und stößt Isabelle leicht mit dem Ellenbogen an. »Los, nun sagen Sie mir schon, was Ihnen im Kopf herumgeht!«

»Na ja, vielleicht hat Evelyne die Acrylmalerei ja ausgeschöpft, vielleicht erforscht sie jetzt die Radierung, vielleicht wird sie wieder zu den Acrylfarben zurückkehren, vielleicht auch nicht, aber wenn ihre Leidenschaft wirklich der Radierung gilt, wird sie gewiss die Kraft finden, die damit verbundenen Schwierigkeiten zu meistern, meinen Sie nicht? Zumal sie ja nicht allein ist, sie hat Sie, Philippe, Ev … Und mir scheint, Evelyne fehlt es nicht an Mut …«

»Oh, was das angeht, ähnelt sie der Löwin! Trotzdem … Ich habe Zweifel, ob Ev begreift, wie sehr Evelyne sie braucht.«

»Aber Sie – Sie sind da.«

»Ja, aber wenn es hart auf hart kommt, geht Evelyne mir aus dem Weg … Ich war nicht immer für sie da, wissen Sie. Ev schon. Von Anfang an … Evelyne verbrachte ganze Tage im Verlag. Ev hatte ihr in ihrem Büro eine Spielecke eingerichtet. Sie ließ sie ihre Post sortieren, ans Telefon gehen … Es ist wirklich unglaublich, wie viel Geduld Ev mit diesem Kind gehabt hat! Vor allem, wenn man die Löwin kennt!«

»Wie muss ich jetzt fahren, Madeleine?«

»Ordnen Sie sich rechts ein. Vorsicht an der Kreuzung, da geht es drunter und drüber! Ein anderes Thema, Isa … Darf ich Sie Isa nennen?« Isabelle nickt. »Steht Ihre Abreise am nächsten Sonntag endgültig fest?« Sie nickt wieder. »Schade, dass Sie nicht länger bleiben können … Sie werden uns fehlen«, fügt Madeleine hinzu und klopft ihr leicht auf den Schenkel. Auf den Themenwechsel war Isabelle nun nicht gefasst.

»Ich habe nicht die geringste Lust abzureisen, Madeleine … Aber die Seminare fangen wieder an, die Klinik ruft. Sie waren bereit, mich zwei Monate freizustellen, aber länger werden sie nicht auf mich warten.«

»Ev liebt Sie, das ist Ihnen bewusst, oder?« Madeleines Stimme ist ganz sanft, glatt wie Seide. Dabei würde sie ihr, sollte sie ihrer Löwin weh tun, die Augen auskratzen! Auch sie muss es ihr übelnehmen, dass sie weiß der Kuckuck wohin zurückkehrt. Ev selbst hat noch nicht wieder von ihrer Abreise gesprochen, aber ... »Da vorne biegen Sie wieder links ab«, schiebt Madeleine ein, »und dann parken Sie, sobald es geht. Wir sind ganz in der Nähe des Marktes ...« Isabelle ist erleichtert, angekommen zu sein. Dieses Gespräch beginnt einem Prozess zu ähneln. Höflich und nett, aber es wird Zeit, dass sie an ihre Verteidigung denkt. Madeleines Stimme bedrängt sie weiter: »Sie werden ihr sehr fehlen.«

»Sie wird mir auch fehlen ... Madeleine, Sie finden mich herzlos, weil ich zurückfahre, oder?«

»Ganz und gar nicht! Wie kommen Sie denn darauf?«

Als Antwort zuckt sie nur mit den Schultern, deutet ein schwaches Lächeln an. Von ihrer Abreise zu sprechen wühlt sie auf. Sie fühlt sich schuldig, alles zurückzulassen, eine kleine Stimme fleht sie an zu bleiben, ihr fehlt der Mut dazu. Aber Ev wird dir fehlen, Dummkopf! Oh, sie braucht mich nicht in ihrem Leben. Sie will mich, weil sie weiß, dass es sie zu nichts verpflichtet! Du machst dir was vor, Coache. Sie ist verrückt nach dir, sogar Madeleine versucht dich davon zu überzeugen! Madeleine, Madeleine ... Sie will, dass ich bleibe, weil ihre Löwin glücklich ist!... Alles gerät durcheinander.

»Oh, Isa ... Habe ich Sie traurig gemacht?«

»Madeleine, Ev vernachlässigt meinetwegen ihre Arbeit. Das würde nicht lange gutgehen ...«

»Jede ist sich selbst die Nächste ... Ich glaube nicht, dass Ev einfach alles stehen und liegen lassen würde, um an Ihrer Seite in Quebec zu leben. Und das trotz ihrer Gefühle Ihnen gegenüber. Warum sollte es umgekehrt für Sie einfacher sein, alles aufzugeben, hm?« Sie tätschelt ihr wieder den Oberschenkel, lächelnd. »Ach, Isa, fast hätte ich es vergessen! Philippe hat gestern Abend die Stiefel mitgebracht, wie vereinbart. Sie sind schon eingepackt. Er sagt, er habe genau das gleiche Modell wiedergefunden.« Isabelle dankt ihr, während sie den Renault 5 in die geräumige Lücke manövriert, aus der wie durch ein Wunder gerade ein BMW herausgefahren ist, direkt am Markteingang. »Haben Sie sie wirklich in voller Montur ins Wasser geschubst?«

»Ja. Und das Chlor hat ihre Stiefel ruiniert.«

»Ihr Stolz hat sicher mehr darunter gelitten als ihre Stiefel! Aber passen Sie nur auf, ich wette, Sie werden vor Sonntag mindestens ein Mal im Wasser landen!«

»Habe ich auch schon gedacht. In voller Montur oder pudelnackt. Mit Ev ...«

»... weiß man nie!« Gemeinsam brechen sie in Lachen aus.

»Haben Sie die Liste dabei?« Madeleine hält sie ihr vor die Nase wie eine Trophäe, mit einem Ausdruck, als wolle sie sagen: Ich bin eine schlechte Beifahrerin, aber so blöd bin ich nun auch wieder nicht. Isabelle lächelt vor Glück darüber, dass sie sich mit ihr so wohl fühlt, als würden sie sich schon seit Ewigkeiten kennen. »Ob wir es schaffen, in so kurzer Zeit alles vorzubereiten?«

»Ich denke schon, wenn wir nicht anfangen zu picheln. Philippe wird den Ausritt auf etwa drei Stunden ausdehnen. Und Sie können sich auf Evelyne verlassen, sie wird Ev bei ihrer Rückkehr abfangen und beschäftigen, in solchen Dingen ist sie unschlagbar. Und nun hören Sie auf, sich Gedanken zu machen, Isa, ja? Ev wird begeistert sein – überrascht, aber total begeistert. Sie hatten recht, Ihre Idee ist genial. Nichts könnte ihr, die ständig im Restaurant isst, mehr Freude bereiten als ein gutes Abendessen zu Hause. Ev mag zwar manchmal unberechenbar sein, aber wir werden schon nicht völlig falsch liegen, nicht wahr?«

»Es gefällt mir, wenn du nach Pferd und Schweiß riechst, aber deinen Duft nach Unterholz mag ich noch lieber.« Ev sieht phantastisch aus in dem blassblauen Kleid, Isabelle sagt es ihr. Ev bedankt sich mit einem Kuss auf die Wange und erwidert: »Ich bedaure nur, dich nicht ausgezogen zu haben, bevor ich dich ins Wasser geworfen habe …« Ihr gutes Rabane-Stück hängt kläglich zum Trocknen im Badezimmer. Ein spektakulärer Flug in hohem Bogen. Und sie hatte sich noch gefragt, worauf Ev denn wartete, um sich umziehen zu gehen, und befürchtet, sie könnte ahnen, was in der Küche vor sich ging!

»Ist dir klar, dass ich dich in Jeans in dieses Fünf-Sterne-Restaurant hätte begleiten müssen?« Ev summt ihr siegreiches kleines »mhmm«. Isabelle küsst sie in die Halsbeuge, sie liebt die Wärme von Evs Körpers und ihre Arme, die sie fest umschließen. Die Mezzokaskade ertönt, Ev fasst sie sanft um die Taille und hält sie ein Stück von sich weg.

»Du hast mich schön angeschmiert! Du kochst verdammt gut. Verheimlichst du mir noch andere Talente?« Abgesehen von Kaffee, Rühreiern und den einschlägigen Leibesübungen, die sie gelegentlich dort praktizieren, bleibt die Küche für Ev ein sinnlos eingerichteter Raum.

»Was mich betrifft, erkläre ich hiermit, dass das Abendessen perfekt war! Und nochmals danke, Ev, für den Burgunder … Ein edler Tropfen!« Philippe kommt ins Wohnzimmer, einen Eiskübel in der einen Hand, den Champagner in der anderen. Evelyne folgt mit den Gläsern, Madeleine öffnet die Flasche und sagt lachend: »Isa, schade, dass Sie sich nicht mehr um den Flan kümmern konnten, jetzt haben wir nur ein Dessert zur Auswahl …«

»Ev musste Isabelle ja ins Wasser werfen. Das war nicht vorgesehen im Programm!« Isabelle beobachtet Evelyne, versucht ihren herausfordernden Ton zu verstehen, der wie ein Teufel aus der Kiste geschnellt kommt.

Ev schießt ohne zu zögern zurück: »Verteidigst du jetzt Isabelle, oder attackierst du mich?«

Woraufhin Evelyne sich Isabelle zuwendet: »Und du, hattest du die Nummer geplant?«

Der Ton greift sie an, sie erstarrt, bleibt stumm.

Ev bricht das betretene Schweigen. »Evelyne, wenn du es unbedingt wissen willst, ich hatte mit Isa noch eine alte Rechnung offen, seit Les Baux. Das hatte nichts mit dem Essen oder der Überraschung zu tun, kapiert?« Und mit sanfterer Stimme fügt sie hinzu: »Apropos offene Rechnung, meine Liebe, wir zwei haben nach dem Dessert etwas zu besprechen.«

»Und worüber willst du reden?« Evelynes Antwort kommt wie aus der Pistole geschossen. Ihre Arroganz ist rührend, ein Löwenjunges, das vor der Nase seiner Mutter herumstolziert wie John Wayne.

»Unter anderem über den Ton, in dem du seit gestern mit mir redest. Und über deine neue Flamme. Willst du jetzt noch mehr Details?« Ev hat in ihrer monotonen Fagottstimme gesprochen, die bei Isabelle Alarm auslöst.

Evelyne starrt sie mit ihren grauen Augen scharf an, ohne mit der Wimper zu zucken. Isabelle muss auf einmal an das Wortduell denken, das sie zwischen Philippe und Ev mitbekommen hat. Fünfzehn Sekunden, höchstens zwanzig, bis Evelyne geradeheraus antwortet: »Die Details werde ich dir nachher selbst liefern.« Dann lachend: »Aber wenn du mir jetzt weiter dein grimmiges Gesicht zeigst, kannst du dir die Details sonstwohin stecken!« Eine gelungene Mischung aus Philippe und Madeleine. Ev lächelt und schaut zu Madeleine, die mit den Schultern zuckt, dann zu dem strahlenden Philippe, der stolz ist auf seine Tochter, die sich von der Amazone nicht beeindrucken lässt. Sorglos fährt Evelyne fort: »Also, ich gehe vor dem Dessert noch ein bisschen schwimmen. Isabelle, kommst du mit?« Noch unvorhersehbarer ist nur die Lotterie! »Ich kann dir einen Badeanzug leihen, es sei denn, du schwimmst lieber angezogen!«

»Nein, nur wenn ich in Abendkleidung bin!« Sie hat sich wieder gefangen und ist froh darüber. Evelyne kichert plötzlich komplizenhaft. Die Einladung bleibt ihr ein Rätsel. Wenn Evelyne ihre Schroffheit von vorhin wiedergutmachen will, ist es besser, nicht nein zu sagen. Isabelle zögert jedoch, sie will sich auf keine Rivalität einlassen. Madeleine hilft ihr aus der Patsche: »Isa, opfern Sie sich bloß nicht! Evelyne kann sehr gut ohne Sie ein paar Bahnen schwimmen. Aber wenn Sie Lust haben ... Wir warten auf jeden Fall mit dem Dessert.«

Evelyne besitzt mit siebzehn die Selbstsicherheit, die sie mit ihren zweiunddreißig Jahren hofft mit fünfzig zu haben. Trotz ihrer Verletzlichkeit begegnet sie ihren Zweifeln mit der gleichen Leidenschaft wie ihren Gewissheiten. Isabelle beneidet sie darum, in ihrem Alter schon zu wissen, dass das Leben ein Wildwasser ist, das ruhig dahinfließt, wenn man es nicht zurückhält. »Na ja, wenn du nicht darüber reden willst, brauchst du es nur zu sagen ...«

»Evelyne, lass mir doch etwas Zeit, darüber nachzudenken!... Nicht so lange, nein, das hätte nicht gehalten. Ich denke, wenn es ausschließlich sexuell wäre, wäre ich schon wieder weg. Es ist beides, ich liebe alles, was sie ist, und ich begehre sie.«

»Und hast du schon einmal jemanden so stark begehrt?« Isabelle schüttelt den Kopf. Evelyne sucht in ihr die Antworten auf ihre eigenen Fragen. Isabelle würde ihr ihre Fragen am liebsten zurückgeben, aber sie traut sich nicht. Evelyne nimmt sich das Privileg des Überfalls à la Anckert heraus: Du öffnest dich zuerst, und wenn du mir vertraust, werde ich mich vielleicht auch öffnen. Die Untersuchung geht zügig voran: »Und hast du es nie mit jemandem getan, den du nicht geliebt hast, nur wegen dem Sex, einfach so?«

»Doch, oft. Du nicht?« Den Bumerang kriegt sie zurück.

»Nein, das kann ich nicht ... Wenn ich nicht total verknallt bin, komme ich nicht in Stimmung, das ist echt doof!« Dieses Mädchen bringt sie aus der Fassung. Sie hat die arglose Frische eines Kindes, die freche Lässigkeit einer Jugendlichen und die verwirrende Intensität einer vierzigjährigen Frau.

»Bleib, wie du bist, Evelyne, du verpasst absolut nichts!«

»Dein Akzent gefällt mir, der ist echt klasse!«

»Mir gefällt deiner, und jetzt geh ich raus, mir ist eiskalt!« Eine halbe Stunde hat Evelynes Untersuchung ihres Begehrens gedauert. Sie hat sich nach ihrem Verhältnis zu Männern erkundigt. Ja, sie hatte mit Männern geschlafen. Ja, sie hatte Spaß daran gehabt. Nein, es hatte nichts mit ihren Vorlieben zu tun. Warum dann die Frauen? Weil sie sich vollständiger fühlt. Ob man in Quebec offener sei als in Frankreich? Und Ev? Ein heikles Thema, das Evelyne mit mehr Zurückhaltung berührt hat, wobei sich ihre diskrete Neugier gegenüber Isabelle mit ihrer offenkundigen Bewunderung für das gewagte Leben ihrer Patentante vermischte. Evelyne hat sie mit einer dringlichen Wissbegierde ausgefragt, auf der Suche nach der Schwachstelle, ihrer eigenen Schwachstelle. Isabelle erkennt sich in dieser fieberhaften Jugendlichen wieder, die aus ihrem kuscheligen Kokon herauskommt, leidet und sich dagegen auflehnt, dass man sie nicht davor gewarnt hat, dass das Leben draußen schwierig ist und auf die Freiheit mit dem Finger gezeigt wird. Die ganze Untersuchung führt sie unter dem Vorwand, sie wolle einen Kurzfilm drehen, an dessen Drehbuch sie schon seit einem halben Jahr bastle. Das sei ihr Traum, Filme zu machen, erzählt sie Isabelle mit der gleichen Leidenschaft wie Madeleine für ihre Kunst, gepaart mit der Fieberhaftigkeit derer, die ihre Bewährungsproben noch nicht bestanden haben. Aber das wird kommen, sagt sich Isabelle, während Evelyne begeistert von der »Super-Kamera« erzählt, die ihre »Super-Patentante« ihr geschenkt habe, stolz von den Filmen schwärmt, die sie damit drehen werde, und verspricht, diese »Spießerszene« zu revolutionieren! Isabelle zweifelt keinen Augenblick daran. Diesem Mädchen fehlt nur die Zeit, ein wenig gelebt zu haben; das Feuer und die Ausstrahlung dazu besitzt sie schon lange.

Isabelle fröstelt, die Luft ist frisch, obwohl es Juli ist. Evelyne bibbert, während sie sich abtrocknet. »Mama sagt, du reist nächsten Sonntag wieder ab, stimmt das?« Heiliger Sigmund, sie werden sie doch wohl nicht zu viert bearbeiten!

»Ja, das stimmt.« Die Antwort kommt schärfer heraus, als sie wollte. Aber das kann eine Evelyne Dauzières nicht entmutigen.

»Und was dann?«

»Wie – was dann?«, fragt Isabelle gereizt zurück.

»Na ja, du liebst sie doch!« Der Einwand springt über das Wasser, federt zurück in die Luft, nach der Isabelle schnappt. Evelyne hat sich in ihr Badetuch gewickelt und schaut sie seelenruhig an. Isabelle schießen mit einemmal die Tränen in die Augen. Es gibt unbewusste Grausamkeiten, die manch eine vorsätzliche Bösartigkeit übertreffen. Evelynes Blick hat schon alles begriffen, bevor sie sich ein Lächeln abringen kann. »Ich meine«, korrigiert sie sich, »wie soll es dann weitergehen? Du liebst sie doch wie verrückt.« Isabelle nimmt ihr ihre Direktheit übel.

»Evelyne, vermisch meine Gefühle bitte nicht mit deinen, ja!«

»Ich vermische gar nichts, ich sage nur, was ich sehe! Komm, bleib locker, das ist nicht die Inquisition!« Ihr Lächeln lässt sie wieder auftauen. Da ist keine Bösartigkeit von ihrer Seite, erkennt Isabelle, es liegt vielmehr an meiner Abwehrhaltung. Evelyne jedoch geht weiter in die Offensive: »Hast du Angst, dass ich es ihr verrate?«

»Nein, nein ... Ev weiß genau, was mit mir los ist. Ich habe nichts vor ihr zu verbergen.«

»Gut. Also?«

»Also ja, ich liebe sie! Und ich muss abreisen. Und ich habe keine Ahnung, wie es weitergehen soll! Beantwortet das deine Frage?«

»Und würdest du da nicht am liebsten alles kaputtschlagen?«

Sturer als ein Esel! Isabelle fällt langsam nichts mehr ein. Wenn man bedenkt, dass Ev sie entwaffnend findet ... Ihr Patenkind wird ihr ganz schön zu schaffen machen! Isabelle streckt lachend die Waffen: »Doch, manchmal ... Aber Vögeln ist mir noch lieber!«

»Siehst du«, schließt Evelyne und fällt in ihr Lachen ein. »Du bist wie für sie geschaffen!«

Ev kommt gegen ein Uhr nach oben, geht noch ins Badezimmer. Es dauert lange, Isabelle wartet ungeduldig auf sie. Schließlich schlüpft Ev zu ihr ins Bett. »Alles Gute zum Geburtstag, Madame Anckert!« Isabelle fällt über sie her. Sie will bis in ihr Innerstes vordringen, sie will sie berauschen, sie hat das Bedürfnis, sie spüren zu lassen, wie Himmel und Erde sich bewegen, sie aufstrahlen zu sehen. Ev überlässt sich ihr mit Leib und Seele.

Auch danach suchen ihre Münder sich weiter, tauschen Zärtlichkeiten aus, lösen sich, dann haucht Ev in einem Atemzug: »Sag mal, was hast du ihr erzählt? Evelyne glaubt, du wirst dich hier niederlassen.«

»Wie das?«, wundert sich Isabelle.

»Für immer, Darling ... Wie kommt sie denn darauf?«

»Ich weiß nicht ... Ich habe ihr gesagt, ich hätte nicht die geringste Lust abzureisen, dich zu verlassen. Vielleicht hat sie daraus geschlossen, dass ich es mir anders überlegt habe ...«

»Und das ist natürlich nicht der Fall ... Nicht wahr?«

»Nein, natürlich nicht ...« Isabelles Stimme hat sich zusammengezogen, ein ersticktes Flüstern. Ihr Körper zieht sich auch zusammen, sie friert plötzlich, drückt sich gegen Ev, die sie in die Arme nimmt und die Decke über sie beide zieht. Isabelle liebt diese Frau, sie verlässt sie, sie weiß, dass es richtig ist.

»Du hast Schiss, das ist es, nicht?«

»Nicht mehr als du!«, erwidert Isabelle herausfordernd. Die Mezzokaskade gurgelt an ihrem Bauch, löst den Knoten darin, sie lacht ebenfalls. Die Schlacht wird nicht stattfinden, beruhigt sie sich selbst. Es tut ihnen beiden sehr weh, dass es zu Ende geht, aber sie haben noch mehr Angst davor, dass es weitergeht. Ihr

Lachen verklingt, Ev umschlingt sie fester, zärtlich. Isabelle fragt, ob es gut gelaufen sei mit Evelyne.

»Sie verzehrt sich nach diesem Mädchen«, erzählt Ev. »Vierundzwanzig Stunden, ohne mit ihr zu reden, und sie stürzt in bodenlose Verzweiflung. Ich habe ihr zu bedenken gegeben, dass sie nicht unbedingt so maßlos in ihre schöne Michèle verliebt sein muss, um sich das Recht zu nehmen, sie zu begehren.«

»Meinst du, Evelyne verwechselt Begehren und Liebe?«

»Schlimmer, Begehren und Eroberung ... Sie bereitet mir Sorgen, weißt du.«

»Evelyne macht gerade ihre erste Erfahrung mit einer Frau, Ev, es ist normal, dass sie verwirrt ist.«

»Nein, eben nicht, es ist nicht ihr erster Versuch! Sie hat vor Michèle schon zwei Abenteuer gehabt, ohne dass irgend jemand etwas davon mitbekommen hätte. Das kleine Biest! Weißt du, was sie mir ins Gesicht gesagt hat? ›Wenn ich eine Frau nicht herumkriege, bloß weil sie bisher nur Männer gekannt hat, dann kann ich ja gleich abtreten!‹«

»Verflixt! Das muss sie von dir haben!«

»Tja ... Das befürchte ich auch. Verstehst du, das Problem ist, dass sie sich von Anfang an abgestrampelt hat, um die andere zu verführen. Und sie zum Höhepunkt zu bringen, noch dazu! Als könnte man die Lust erzwingen ... Madeleine hat recht, Evelyne hat das Modell vor sich, aber nicht die Gebrauchsanweisung!« Ev gesteht, dass sie sich verantwortlich fühlt für das, was sie Evelynes Don Juanismus nennt. Eine Verantwortung, die sie voller Energie auf sich nimmt, wie eine Amazone, die jede Bedrohung in eine Herausforderung verwandelt, jede Gefahr in eine Offensive, jeden Zweifel in eine systematische Untersuchung. Selbstgeißelung, Scham, Schuldgefühle haben in ihrem Innenleben keinen Platz. Ev glaubt an sich, wie andere an Gott glauben, in der festen Überzeugung, dass nichts schlimmer ist, als sich selbst nicht zu lieben. »Ich habe zu ihr gesagt: Deine Großtaten sind uns egal, damit beeindruckst du niemanden, und indem du versuchst, dieses Mädchen zu verführen, bringst du dich sinnlos um deine Lust! Sie hat mich zum Teufel geschickt und mir ins Gesicht geschleudert, ich sei gerade die Richtige, um ihr was vorzupredigen, mit meinen Heerscharen von Geliebten ... Ich habe sie darauf aufmerksam gemacht, dass ich mit all diesen Frauen geschlafen habe, weil ich sie in erster Linie begehrt habe, und nicht um des Verführens willen, und wenn sie weiter Begehren mit einer Kraftprobe verwechsle, würde sie sich am Ende selbst verlieren. Verdammte Scheiße, es war Zeit, dass ich ihr den Kopf zurechtrückte, dieser Göre, die die Frauenheldin spielt!«

»Ev, nicht so laut ... Du brauchst nicht zu schreien, ich kann zwischen den Zeilen lesen ...« Sie flüstert beinahe, um die Lautstärke auf ihren Anfangspegel zurückzubringen. Ev lacht spöttisch.

»Evelyne meint, du verdienst den Friedensnobelpreis. Ihr zufolge hast du aus mir eine Schmusekatze gemacht. Sie sagt auch, und darin gebe ich ihr rückhaltlos recht, dass du ein echt scharfer Feger bist.«

»Was? Heiliger Sigmund! Die ist ja noch machohafter als du!«

»Schhh ... Du wirst sie aufwecken, Darling! Sie hat einen leichten Schlaf, weißt du ...«

»Ev Anckert, kannst du jetzt mal aufhören, mich auf den Arm zu nehmen ...«

Ev zieht sie an sich und küsst sie lange. »Willst du jetzt die Fortsetzung hören?«

»Ja, wenn du deine Hände da wegnimmst ...«

»Na gut, aber ich werde nicht die ganze Nacht damit zubringen, dir von Evelyne zu erzählen!«

»Das will ich auch hoffen!... War sie dir wirklich böse?«

»Sie hat mich als Treulose beschimpft! Sie ist besitzergreifender, als sie sich eingestehen mag. Seit Wochen hat sie versucht, mich zu erreichen, und hat immer nur den Auftragsdienst erwischt. Sie war wütend. Vor allem auf dich, weil sie sich nicht traute, auf mich wütend zu sein.«

»Zum Glück habe ich die Kurve noch ganz gut gekriegt!«

»Du hast ihr auf Anhieb gefallen, Darling. Andernfalls, das kann ich dir versichern, hätte sie dir das Leben zur Hölle gemacht!«

»Ist das bei einer anderen Frau schon vorgekommen?«

»Ach ... Höre ich da etwa eine Spur von Neugier heraus?«

»Vergiss es, Ev, ich will nicht indiskret sein.«

»Ein paar Indiskretionen sind mir lieber als deine gespielte blasierte Gleichgültigkeit.«

»Na, du trägst ja ganz schön dick auf! Blasierte Gleichgültigkeit ...«

Ev wirft plötzlich die Decke zurück und legt sich mit einem Hüftschwung auf sie.

»Schau mich an ... Versuch mir ins Gesicht zu sagen, ohne zu lachen, dass die anderen, die vor dir kamen, dir vollkommen egal sind.«

»Sie sind mir nicht egal, Ev, aber deswegen fühle ich mich noch nicht berechtigt, dich mit Fragen zu belästigen. Im Übrigen, wann fragst du mich denn nach meinen verflossenen Abenteuern, na? Nie.«

»Verstehe ... Du spielst mir den Ball zurück und jetzt bin ich wieder dran, ja?«

»Nein, aber ich folge dir lieber, als voranzugehen. Wenn du nicht neugierig bist, schließe ich daraus, dass du es nicht schätzen würdest, wenn ich es dir gegenüber wäre. Täusche ich mich?«

Ev schweigt, mit blitzenden Augen. Sie streicht langsam eine Haarsträhne zurück, ihr Lächeln strahlt langsam auf.

»Weißt du, dass du eine Nervensäge bist? Auf hohem Niveau, aber trotzdem eine Nervensäge ... Immer verfügbar sein, aber niemals Forderungen stellen, nicht wahr? Und du willst mir weismachen, dass dein Mangel an Neugier Diskretion ist? Übermäßige Vorsicht vielleicht, aber sicher kein Takt. Das kannst du einer anderen erzählen!«

Isabelle spürt die Gereiztheit in der Stimme, deren Akzent sich dabei verstärkt, die Konsonanten pfeifen durch die Luft. Wie kann sie Ev wieder beruhigen, ohne sich zu viele Blößen zu geben? Sie verweigert sich ihr nicht körperlich, Ev hat recht, sie verweigert sich emotional. Die Vorstellung, sich ihr ganz und gar auszuliefern, diese totale Hingabe macht ihr panische Angst. Ihre Seele, ihre Eingeweide, ihr Herz, ihren Kopf, alles, Ev will alles von ihr, ohne Grenzen, ohne Ausweichmöglichkeit, jede ihrer Zellen soll ihr offenstehen und zugänglich sein.

»Woran denkst du, Darling? Bist du sauer auf mich?«

»Ich ... äh, nein ... Ich habe über das nachgedacht, was du mir gerade gesagt hast.« Ev wartet auf die Fortsetzung, ihre Augen in Isabelles versenkt, mit vollem Gewicht auf ihr liegend. Ev wartet, es gibt kein Entrinnen. »Ich weiß nicht, was ich dir sagen soll, Ev. Es stimmt, dass ich Distanz wahre. Es stimmt auch, dass ich dich nichts frage, oder so wenig wie möglich. Doch nicht aus Gleichgültigkeit, das versichere ich dir ... Ich habe das Bedürfnis, mich zu schützen. Ich will dich auch nicht verletzen. Verflixt, Ev, ich habe Angst, mich zu binden, weil ich weiß, dass ich wieder abreisen muss.«

»Aber verdammt, warum glaubst du denn, dass ich alles getan habe, damit du länger bleibst?«

»Ev, du könntest deine Arbeit nicht weiter so vernachlässigen, wie du es tust, seit ich da bin ... Und ich könnte mich nicht mit der Rolle der zweiten Geige abfinden. Das hast du doch von Anfang an gespürt.«

»Deine Unabhängigkeit beginnt da, wo meine Verfügbarkeit endet, hm? Ohne unsere Expansion auf den Ostmarkt hätte ich sehr gerne zwei Monate Urlaub mit dir gemacht.«

Isabelle nickt lächelnd: »Siehst du, mit dir ist es besser, unabhängig zu sein ... Und da glaubst du, ich könnte das zwölf Monate im Jahr aushalten?« Der Wind hat sich erhoben, der Tag bricht voller Unruhe herein, zieht seine Arabesken bis an das Fußende des Bettes. Die Brise erfüllt das Zimmer mit Meeresdüften. Isabelle atmet tief ein, um den Knoten in ihrer Kehle zu lösen. Ev seufzt laut.

»Gut, verstehe ... Deine Entscheidung ist also unwiderruflich?« Isabelle begnügt sich damit, ihr direkt in die Augen schauen. Ev schließt: »Trotzdem bleibt es dabei, dass Evelyne recht hat, du bist ein echt scharfer Feger – aber nicht gerade pflegeleicht!« Geschafft, denkt Isabelle beruhigt, die Amazone sitzt wieder im Sattel!

»Und solchen Unsinn über mich hörst du dir an?« Ev wird wieder heiter, ein Schauer, der über eine Wasserfläche läuft. Isabelle macht weiter, in neckendem Ton: »Hat sie dir noch mehr so schmeichelhafte Dinge über mich gesagt?«

»Oh, jede Menge, Darling! Evelyne ist eine aufmerksame Beobachterin. Ein bisschen wie du, eigentlich ...« Diesmal ist das Thema abgeschlossen, in beiderseitigem Einvernehmen. Ev hat ihre spöttische Stimme. Sie bemühen sich beide gemeinsam, alles wieder ins Lot zu bringen, sich liebend und zärtlich wiederzufinden, die friedliche Harmonie zwischen ihnen wiederherzustellen. Ein sehnsüchtiges Streben nach Liebe. Ev lacht, Isabelle lässt sich mit ihr den sanften Abhang hinabgleiten.

»Inwiefern?«

»Mmmh ...« Ev lässt ihre Lippen Isabelles Hals hinabwandern, ihre Hände streifen über ihre Brüste. »Wenn sie sich jemals eine ältere Frau ins Bett holt, wird das jemand sein wie du. Das ist doch ziemlich schmeichelhaft, oder?«

»Für dich oder für mich?«

»Na, für dich! Was mich angeht, ist das eher bedrohlich. Sie hat mich übrigens in dem Punkt beruhigt, dass ihre Absichten dir gegenüber völlig keusch sind. Sie zweifelt wirklich nicht an ihrem

Charme! Verdammt, sie wird Verheerungen anrichten, wenn sie ihren Kurs nicht ganz schnell korrigiert!«

»Und das ist dein Job, Ev.«

»Das verstehe ich jetzt nicht ...«

»Evelyne führt sich dir gegenüber als Don Juan auf, um dich nicht zu enttäuschen. Bei mir war sie nicht so draufgängerisch. Eher ratlos. Sie hat mir einen Haufen Fragen gestellt, über das Begehren, meine Erfahrungen. Ich habe den Eindruck, dass sie sie eigentlich gern dir gestellt hätte ... Sie braucht jemanden, dem sie sich anvertrauen kann, Ev, eine große Schwester, kein Idol, verstehst du?«

»Na eben, ich habe ihr vorgeschlagen, einmal mit ihr auszugehen, sie in Bars mitzunehmen, damit sie dort Frauen trifft, die sich nicht tausendundeine Frage über ihr Begehren stellen. Meinst du, das ist eine Lösung?«

»Vielleicht ... Du solltest besser mit Philippe und Madeleine darüber reden. Ich für meinen Teil kriege Krämpfe bei der Vorstellung, wie du flirtend in einer Bar sitzt.«

»Ach je!« Ev lässt ihre Hände über ihre Schenkel gleiten, die Leistenbeuge hinauf, streicht über ihren Bauch, schaut ihr direkt in die Augen. »Belle, was muss ich tun, damit du mir meine Taktlosigkeit verzeihst?« Isabelle flüstert ihr lachend zu, sie wisse schon, wie sie es anstellen müsse. Ev beschimpft sie als Opportunistin und küsst sie. Ihr gieriger Mund löst sich einen Augenblick, flüstert, dass sie am nächsten Tag früher als geplant aufbrechen wolle, Isabelle sagt, es sei ihr egal – »Hauptsache, du nimmst mich mit!« Ev lacht, nennt sie einen Dummkopf. Die Seide ihres Körpers auf dem ihren, ein Hafen des Glücks. Ev liebt sie voller Zärtlichkeit, lässt sie ohne Pause kommen und sich sehnen, geht in ihr ein und aus, ohne Eile. Isabelle schläft ein, mit der Nase in ihrem Unterholz, in das sich jetzt Meeresdüfte mischen.

»Wer ist Caroline?« Sie hat die Frage ganz vorsichtig gestellt. Ein Engel fliegt durch den Raum, ein Seraphim, der mit Vertraulichkeiten geizt. Ev zieht ihren Arm zurück, der sie zärtlich umschlungen hielt. Ein Tabuthema, das hatte Isabelle gleich gespürt, als Evelyne am Samstagmorgen diesen Namen aussprach. Ev hatte mitten im Eierschlagen innegehalten, sich umgedreht, Evelyne angestarrt, die wiederum ein SOS an Madeleine funkte, die wiederum einen besorgten Blick auf Ev warf. Eine schweigende 180-Grad-Drehung, ein Zoom in Zeitlupe, ein Kratzer in der Luft. Evelynes genaue Worte sind ihr entfallen. Sie hat nicht darauf geachtet, der Satz erschien ihr belanglos: »Ein Mädchen in der Art von Caroline.« Evelyne sprach von einer Schulkameradin, die Jungen verführe, provoziere, sich verweigere, sie glauben lasse, ein anderer, geschickterer habe ihre Gunst erworben, sich über ihre Niederlage amüsiere und sich dann wundere, wenn manche sie grob behandeln. Die Erwähnung war ihr bedeutungslos erschienen. Ev jedoch war bei diesem Namen aufgefahren. Ihr langer Rücken versteifte sich, die Schultern strafften sich, all ihre Muskeln spannten sich an, die Augen verdunkelten sich ins Veilchenblaue, eine Löwin, die drauf und dran war, eine Antilope zu reißen. Isabelle hatte einen Moment lang gedacht, sie würde auf Evelyne losgehen, sie lauerte auf die Beschimpfung, den Sarkasmus, den Tatzenschlag. Madeleine hatte gemurmelt: »Ruhig Blut, Ev!« Evelyne beharrte: »Was denn, der Vergleich liegt doch auf der Hand!« Mit schneidender Stimme entgegnete Ev: »Finde einen anderen, klar?« Evelyne machte den Mund auf, um etwas zu erwidern, aber Madeleine bremste sie: »Evelyne ...«, sehr sanft. Evelyne schwieg, Ev fuhr fort, die

Eier zu schlagen, und seitdem fragt sich Isabelle, wer diese Caroline ist.

Sie hat das Feld bei Madeleine vorsondiert. »Ev wird es Ihnen erzählen, wenn sie will, meinen Sie nicht?« Das war ihr eine Lehre. Sie würde sich an das gute alte Prinzip halten, sich niemals auf die Mittel der Spionage und der Ermittlung über Dritte einzulassen. In der letzten Nacht wäre Caroline ihr tatsächlich beinahe zum Verhängnis geworden. Ev hatte auf ihre Frage hin sofort zurückgeschossen, eingeklemmt wie sie war zwischen Isabelles Vorwurfshaltung und ihrer ungewohnten Neugier. Wenn der Geist galoppiert, müssen die Pferde im Stall bleiben. Bei ihrer Rückkehr aus Honfleur war Ev zunächst verspielt, gelöst, aufreizend und verführerisch gewesen. Sie selbst war fröhlich und willig bis zur Unanständigkeit. Sie liebten sich kurz, ungestüm, ihre Ekstase nahezu gleichzeitig. Der Moment erschien ihr günstig, um das Thema Caroline anzusprechen. Ev öffnete sich in der Horizontalen eher als in der Vertikalen. Die vertrautesten Momente mit Ev hatte Isabelle nach der Liebe erlebt, wenn Ev, dankbar und besänftigt, sich gutwillig auf ihre Seelenerforschung einließ, die sie »die Marotte der Frau Doktor« nannte.

Aber sie hat die Festung der schönen Anckert unterschätzt. Ev durchbohrt sie mit ihren veilchenblauen Blitzen, ihre Mezzostimme klingt scharf: »Caroline? Eine Frau unter vielen anderen!« Der schroffe Ton und das Bild verletzen sie; sie muss denken, dass Ev eines Tages mit derselben Gleichgültigkeit von ihr sprechen wird. Isabelle hakt sich fest.

»Willst du nicht mit mir darüber reden?« Die Frage ist in zögerndem Ton gestellt, die Antwort kommt scharf, unwiderruflich.

»Nein, ich will nicht darüber reden!« Ev springt plötzlich aus dem Bett, streift ihren Morgenmantel über und zieht sich ins Bad zurück. Flakons klirren, das Wasser schießt in die Badewanne, eine Schublade knallt, ein Plastikdeckel springt über die Kacheln, wird im Flug aufgefangen und mit einem Schlag wieder aufgesetzt, ein unvorsichtiger Fuß prüft das Wasser, ein lautes »Scheiße!« ertönt, ein Wasserhahn quietscht, knattert und spuckt, ein Wasserstrahl donnert gurgelnd hervor. Isabelle hört ungeduldiges Plätschern, dem Wasserhahn wird der Hals umgedreht und dann nichts mehr, nur noch ein langer Seufzer, der bis zum Bett durch die Luft schwebt.

»Gib zu, dass es schwierig ist, dir zu folgen, Ev. Erst wirfst du mir meinen Mangel an Neugier vor, und jetzt, wo ich dich etwas zu fragen wage, wirst du sauer.« Isabelle hat sich Mühe gegeben, sie zu besänftigen, hat Toast, verschiedene Sorten Käse und Gänsepastete angerichtet, zwei Gläser mit belgischem Bier eingeschenkt, sehr dunkles, wie Ev es liebt, ein Imbiss, der eines Grand Hotels würdig wäre. Ev hat sich entspannt und gelacht, als sie sie im Badezimmer auftauchen sah, pudelnackt und mit dem beladenen Tablett in den Händen, eine weiße Serviette über den rechten Unterarm gehängt. Isabelles Plädoyer hat sie dann vollends besänftigt. »Na los, komm her und lass mich dich einseifen ...« Nachdem sie das Tablett auf einem Hocker neben der Badewanne abgestellt hat, stürzt sie sich in Evs schaumbedeckte Arme.

»Macht es dich zornig, von Caroline zu reden?«, bohrt sie weiter.

»Ich bin nicht zornig, Isa ... Nicht auf dich.«

»Aua! Du schrubbst zu fest, du schmirgelst mir die Haut ab!«

»Tut mir leid, Darling!« Ev küsst sie in den Nacken, streicht ihr mit der flachen Hand über die Wirbelsäule, eine Liebkosung nach dem rauen Massagehandschuh.

»Siehst du? Du wirst zur Furie, sobald man den Namen Caroline ausspricht ...«

»Schon gut, ja ... Ist es so besser?«, fragt Ev ungeduldig.

»Mhmm ... Noch besser wäre es, wenn du mit mir darüber reden würdest, statt herumzuwüten.«

»Sturkopf!«

»Warum willst du nicht darüber reden, Ev?«

»Verflucht, du bist vielleicht ein Plagegeist! Ich bin dir für meine Heldentaten keine Rechenschaft schuldig.«

»Ach, Ev, ich bitte dich ... Da steckt doch mehr dahinter.«

»Du regst mich langsam wirklich auf! Ja, es steckt mehr dahinter, und es ist nicht besonders rühmlich, und ich habe nicht die geringste Lust, es dir zu erzählen. Also hör auf, mich zu nerven!« Es hat keinen Sinn weiterzubohren.

»Na gut, dann erzähle ich dir etwas, einverstanden?« Isabelle macht es sich in Evs Armen bequem, mit dem Rücken an ihrem Bauch, Kopf an Kopf. Ev küsst sie aufs Ohr. »Es war an dem Sonntag, als du mich geohrfeigt hast, und ...«

»Das fängt ja schon gut an!«, knurrt Ev.

»Ev, wenn du mich dauernd unterbr...«

»Ist ja schon gut, ich höre ...«

»Danke ... Ich war also mit Philippe im Auto, unterwegs in seine Praxis. Ich schämte mich. Nicht darüber, dass du mich geschlagen hattest, auch nicht über die absurde Situation, in der ich mich befand, im Auto mit einem Wildfremden, der mich wieder zusammenflicken würde, nein. Ich schämte mich wegen eines kläglichen Details: den Eiswürfeln auf meiner geschwollenen Lippe. Ich konnte nicht anders, als mir vorzustellen, wie ich im Radio saß, oder schlimmer noch, im Fernsehen, mit meinen Eiswürfeln, und erklärte, was Gewalt in der Ehe sei, wie man ihr aus dem Weg gehe, besser noch, wie man sie in den Griff bekomme.« Evs Hand auf ihrer Brust rührt sich nicht mehr, sie hört ihr aufmerksam zu. Isabelles Stimme gleitet durch das Badezimmer, fließend und ernst, sie lässt Pausen zwischen den Sätzen, Ev hört zu, sie kann ohne Furcht erzählen, in aller Ruhe nach dem richtigen Wort suchen, Ev nimmt alles auf. »Ich schämte mich für mich, ich schämte mich für die Psychologin, die so selbstsichere Expertin, die anderen sagt, was sie tun sollen, und selbst nicht in der Lage ist, eine Ohrfeige abzuwenden. Ich fand mich lächerlich, weil ich mich über der Menge erhaben gefühlt hatte, verstehst du?«

»Mhmm ...« Ev nickt.

»Unberührbar, unfehlbar, wie eine Päpstin ... Ich schämte mich, so viel Sicherheit und Unverwundbarkeit zur Schau gestellt zu haben, in einem Lebensbereich, der so voller Unwägbarkeiten steckt und in dem ich so fehlbar bin wie jeder andere Mensch auch ... Findest du das lustig?«

»Belle, du bist unüberbietbar! Was für ein Fingerspitzengefühl! Ich vergöttere dich. Komm her ...« Evs Hand auf ihrer Wange dreht ihren Kopf zu sich herum. Ein langer verliebter Kuss, bestrickend, leidenschaftlich, so wie sie es gern hat, und Ev weiß das. »Sag mal, Frau Doktor, kochst du deine Patienten auch auf diese Art weich?«

»Nein, das bekommst du exklusiv. Bei meinen Klienten und Klientinnen gilt das Abstinenzgebot. Eine Frage der Berufsethik, Madame Anckert.« Evs Lachen kitzelt ihr Trommelfell, läuft ihr den Nacken und zwischen den Schulterblättern hinab, die Löwin schnurrt.

»Du willst mich einwickeln! Du glaubst wohl, jetzt werde ich dir meine Geheimnisse anvertrauen ...« Ev zögert noch, zieht sich in die Ironie zurück.

»Das möchte ich gern, ja ...« Isabelle bricht zart die Tür ein.

»Du lässt wohl nie locker, wie! Los, raus hier, ich komme in fünf Minuten nach ... Isa, sei so lieb, schenk uns ein frisches Bier ein, das hier ist inzwischen ganz schal.«

Ev versetzt sie immer wieder in Erstaunen. Isabelle hat gedacht, sie würde die Fortsetzung des Gespräches auf den Sankt-Nimmerleins-Tag verschieben, aber da kommt sie aus dem Bad, macht es sich neben ihr auf dem Ledersofa bequem, eingehüllt in ihren schwarzseidenen Kimono und ein Bierglas in der Hand: »Wer hat dir von Caroline erzählt?«

»Evelyne hat sie doch am Samstag erwähnt. Ich habe verstanden, dass es sich um eine deiner alten Flammen handelt und dass mit ihr etwas Außergewöhnliches vorgefallen sein muss.«

»Ja ... Da sind die Flammen hochgeschlagen, in der Tat!«

»Ist das lange her?«

»Drei, nein, vier Jahre ... Eine ganz junge Frau, die ich in einer Bar auf der Rive gauche aufgelesen habe. Sie sah toll aus ... Hätte dir bestimmt auch gefallen! Zuerst habe ich an ein unkompliziertes Abenteuer geglaubt, an eine rein sexuelle Geschichte. Das war ein Fehler! Sie flirtete mit allem, was sich bewegte, unterschiedslos, Männern wie Frauen. So ein kleines Luder!« Ev nimmt sich einen Toast, beißt hinein, trinkt einen Schluck Bier. Mit halbgeschlossenen fliederblauen Seen und vorgeneigtem Kopf spielt sie mit ihrem Glas, fährt mit dem Daumen über die beschlagene Fläche. Schließlich schaut sie zu Isabelle hoch, ihr Glas spiegelt das Nachmittagslicht wider. Das Fagott in ihrer Stimme hinterlässt Löcher in der Luft: »Gut, ich war zwar alles andere als ein unbeschriebenes Blatt, aber ich habe mich immer an ein Minimum an Diskretion und Stil gehalten. Na ja, ich erspare dir die Details, jedenfalls war ich verliebt genug, um ihr vorbildlich treu zu sein. Und sie versicherte mir, sie sei es auch. Was sie im Übrigen keineswegs davon abhielt, ihre kleinen Flirts fortzusetzen, ganz offen, in meinem Beisein. Eine Manie, die mich am Anfang amüsiert hat. Sie versuchte, meine Eifersucht anzustacheln, und das fand ich bezaubernd.«

»Was bezauberte dich daran? Hat es dich erregt, ihr dabei zuzusehen?«, fragt Isabelle nach, zunehmend fasziniert von der Geschichte.

»Oh, das war sicher ein Teil davon, ja, Erregung ... Ich fühlte mich so sicher. Zu sicher. Verstehst du, ihre außergewöhnliche Kühnheit reizte mich. Dieses kaum erwachsene, unerfahrene Mädchen, das mich herausforderte, mich, die mit allen Wassern gewaschene Frauenheldin, doppelt so alt wie sie und mit einem ziemlich langen Register, danke schön! Sie strengte sich unheimlich an, meine Eifersucht zu erregen ... Wenn du sie gesehen hättest, wie sie herumscharwenzelte, wie eine rollige Katze!«

»Und das kam dir nicht ein wenig seltsam vor? Das musste dich doch auch nerven, oder?«

»Am Anfang nicht, Isa, nein. Ich hatte Spaß daran. Mein Amazonenstolz, wahrscheinlich! Das meinte jedenfalls Philippe. Er lag nicht falsch damit. Ich sagte mir, soll sie sich doch ruhig ein bisschen austoben, wenn sie sich so ihrer Reize vergewissert, warum nicht? Mir nahm das nichts weg. Sobald ich sie im Arm hatte, schmolz sie buchstäblich dahin ... Isa, schockiere ich dich?« Sie schüttelt den Kopf. Ich schmelze auch dahin, sobald du mich berührst, denkt sie. Ev fährt beruhigt fort: »Außerdem gingen ihre Verführungsversuche nie sonderlich weit. Ein paar schmachtende Blicke und Hüftschwünge, manchmal eine gewagte Geste, eine Hand, die sich auf den Rücken einer Frau verirrte oder auf die Brust eines Mannes, nichts wirklich Ernstes, verstehst du?« Ja, ich verstehe, denkt Isabelle. Nichts Schlimmes, ein Spiel. Aber wenn du das mit mir machen würdest, Ev, wenn du dich damit vergnügen würdest, vor meinen Augen zu flirten, würde ich dich auf der Stelle verlassen. Ich bin eben keine Amazone, schließt sie. Ev trinkt langsam, probiert einen Happen Pastete, schaut Isabelle schweigend an und fährt dann vorsichtig fort: »Aber es bewirkte ein Unbehagen, eine Mißstimmung, die mich mit der Zeit nervte. Die Abende, an denen wir ausgingen, entwickelten sich allmählich zu regelrechten Schlachten. Ich überwachte sie auf Schritt und Tritt, sie lauerte auf jede hochgezogene Augenbraue meinerseits, die sie natürlich für Eifersucht hielt.«

»Warst du denn nicht eifersüchtig? Niemals?«, wundert sich Isabelle.

»Nein, ich glaube nicht ...« Ev zögert, ihr spöttisches Lächeln zeichnet sich ab: »Ich bin nicht so ein Macho, wie du glaubst, Darling! Außerdem war ihr Spiel zu offensichtlich, als dass ich darauf hereingefallen wäre ... Trotzdem hat sie es schließlich geschafft, mich zur Weißglut zu bringen ... Dieses Biest, sie säte überall Unheil! Du kannst es dir sicher vorstellen. Die Frau oder der Typ fühlten sich zwangsläufig in der Klemme. In ihren Augen war ich entweder Komplizin oder Opfer. In beiden Fällen fühlten sie sich durch meine Anwesenheit gestört. Auch wenn ich ihr in allen Tonlagen sagte, sie solle mit dem Zirkus aufhören, bei mir greife das nicht, es war nichts zu machen! Das war es, was meine Geduld schließlich überstrapaziert hat – es war nicht meine Eifersucht, Isa, sondern ihre Manie, mich eifersüchtig machen zu wollen. Begreifst du das?«

»Mmmh ... Als hätte allein eine ordentliche Eifersuchtsszene sie über deine Gefühle für sie beruhigen können.«

»Genau ... Sie haben es verstanden, Frau Doktor!«

Isabelle ignoriert den leichten, aber schneidenden Sarkasmus, gibt Ev Zeit, ihren Bissen herunterzuschlucken, trinkt einen Schluck, das Schwierigste steht noch aus. Sie bohrt sanft weiter. »Und dann gab es natürlich Szenen ...«

»Höllisch! Wenn ich nicht reagierte, trieb sie es auf die Spitze, führte sich auf wie ein Flittchen, bis ich explodierte. Ich wurde immer heftiger. Und sie immer nuttiger in Gesellschaft, aber zuckersüß und anschmiegsam, wenn wir zu zweit waren ... Ich dachte, ich werde verrückt, weißt du.«

»Und du hast sie nicht verlassen?«

»Oh, zehn-, zwanzigmal! Ich habe die Trennungen nicht gezählt. Kaum schmiss ich sie raus, kam sie reumütig wieder an, gelobte Besserung, und dann ging das Inferno von vorne los ... Ich weiß schon, was du denkst: Das ist eine ungesunde Geschichte, ich hätte sie ein für allemal zum Teufel schicken sollen. Mado und Philippe haben mich dazu gedrängt ... Vor allem Mado, die sah, wie ich mich immer mehr verstrickte und die Angst um Caroline hatte, obwohl sie ihr selbst ganz gern mal eine geknallt hätte, glaube ich.«

»Aber du warst ihr mit Haut und Haar verfallen ...«

»Tja! Dir kann man wirklich nichts verheimlichen, wie?«

»Am Ende hast du aber doch mit ihr gebrochen, oder?«

»Natürlich ... Nach zwei Jahren ... In den letzten Monaten, das muss ich zugeben, habe ich öfter einmal die Beherrschung verloren. Es verging keine Woche, ohne dass sie sich ein paar Ohrfeigen einfing. Und das benutzte sie dann, um ihre Seitensprünge zu rechtfertigen.«

»Hat sie dich denn schließlich wirklich betrogen?«

»Natürlich, das war ihr letztes Mittel, das musste sie ja noch ausschöpfen!«

»War es das, was dich dazu gebracht hat, sie zu verlassen?«

»Ach was, dazu war ich viel zu stur! Ich habe ihr alle Freiheiten gelassen, die sie sich nehmen wollte, und leistete mir selbst hie und da ein Abenteuer, nur um nicht zurückzustehen. Nichts zu machen, die Szenen gingen weiter. Und was für Szenen! Schlechtestes Boulevard! Ich würde sie nicht wirklich lieben, weil ich nicht eifersüchtig war. Ich explodierte, sie warf mir vor, ich wolle sie erdrücken. Ich flehte sie an, ihre Spielchen zu lassen, drohte ihr, sie zu verprügeln wie noch nie in ihrem Leben, und sie kokettierte herum: Ich kann nichts dafür, es ist stärker als ich, ich liebe doch nur dich ... Du kannst dir das Theater vorstellen! Und dann beruhigte es sich. Für eine, zwei, manchmal drei Wochen. Sie benahm sich anständig, ich war nicht gewalttätig; ich bewies ihr meine Leidenschaft, sie versicherte mir die ihre. Und dann plötzlich fing es wieder an wie zuvor!«

»Und wie ist es dann zu Ende gegangen, Ev?«

»An dem Tag, als sie sich an Evelyne vergriffen hat.«

»Evelyne? Heiliger Sigmund, sie schreckte ja wirklich vor nichts zurück!«

»Nein, in der Tat, aber da war das Maß wirklich voll! Bei Tisch legte sie ihr die Hand auf den Nacken, auf dem Weg ins Wohnzimmer auf die Hüfte, dann fuhr sie ihr durch das Haar ... Unschuldig, wie man es mit dreizehn, vierzehn Jahren noch ist, sah

Evelyne nichts als freundschaftliche Zuneigung darin. Vielleicht auch etwas anderes, was weiß ich, aber als ich Carolines Hand über ihren Hintern streichen sah, hätte ich sie am liebsten umgebracht ... Es hätte nicht viel gefehlt. Wenn Philippe mich nicht gewaltsam zurückgerissen hätte ...« Isabelle spürt wieder ihre Wut, die vom Vortag in Honfleur, die von vorhin, als sie das Thema ansprach, Ev schwitzt vor Wut. Der Zorn grollt in ihrer Stimme, macht ihre Augen eiskalt, quillt ihr aus allen Poren; sie erstarrt, ein Eisberg aus Schmerz und Wut.

»Ev, ist das Ganze bei Philippe und Madeleine passiert?«, flüstert Isabelle. Sie ist erschüttert, Ev in diesem Zustand zu sehen, der sie vor zwei Monaten noch gelähmt hatte ... Vor einer Ewigkeit, denkt sie sofort.

»Ja ... in ihrer Pariser Wohnung ... Verdammte Scheiße!« Ihre Stimme ist nur noch ein fernes Grollen. Ev trinkt einen Schluck Bier und spielt mit ihrem Glas, hält es schief, bis der Schaumrest den Rand berührt, lässt dann mit einer geschickten Handbewegung das Bier kreisen, bis oben hin, ein trauriges Karussell.

»Ev, was ist passiert?«

»Oh, das überlasse ich deiner Phantasie! Krankenwagen mit Blaulicht, Philippe leistet erste Hilfe, Evelyne löst sich in Tränen auf und fühlt sich verantwortlich, Madeleine verwandelt sich in eine Furie und verpasst mir ein paar schallende Ohrfeigen, und dann noch die Polizei, die von den Sanitätern alarmiert worden ist ... Ein Drama!«

»Und ... Caroline?«

»Übel zugerichtet ... Privatkliniken, Spezialisten, Operationen ... Es hat mich ein Vermögen gekostet. Und der juristische Kram, das ganze Drum und Dran! Sie hat sich auf eine Abfindung eingelassen, die im Übrigen nicht zu verachten war! Das Mindeste, was ich tun konnte.«

»Hast du sie wiedergesehen?«

»Nein ... Das heißt, doch! Im Krankenhaus, einmal, kurz danach ... Ich hatte sie schlimm zugerichtet, weißt du. Nase gebrochen, kaputte Zähne, zwei angeknackste Rippen, ich hätte sie umbringen können. Verfluchte Scheiße!«

Isabelles Magen zieht sich zu einem Stein zusammen. Sie will nichts mehr hören. Timothée hatte recht, sich Sorgen zu machen ... Sie kann sich doch nicht dermaßen selbst verleugnen! Sie wünscht, sie hätte nie so tief gebohrt.

»Was denkst du, Darling?« Evs Stimme liebkost die Luft, spielt damit, Schauer über das Wasser zu jagen, die Stimme, die Isabelle liebt, das schöne Gesicht, das sie liebt. Ev lächelt sie melancholisch an, und ihr Fuß an ihrem Oberschenkel streichelt sie und fordert sie heraus. »Es schockiert dich, was du gerade gehört hast, nicht wahr?«

»Es ist eine schreckliche Geschichte ... Und ich habe Angst, Ev. Ich habe Angst davor zu entdecken, dass du Gefallen an der Gewalt findest.«

»Wie kommst du darauf, dass ich Gefallen an der Gewalt finden könnte?«

»Ich weiß es nicht!«

»Wenn das so eine bescheuerte Psychologinnen-Interpretation ist, die du mir da unterschieben willst, kannst du sie dir sonstwohin stecken!«

»Findest du denn, es war richtig, sie zu schlagen?«

»Nein, natürlich nicht! Es war falsch ... Ich bin völlig ausgerastet.«

»Nein, Ev, das genügt mir nicht. Du wusstest genau, was du tatest. Wenn du sie hättest umbringen wollen, hättest du woanders hingeschlagen als in ihr hübsches kleines Gesicht, das dich herausforderte, während ihre Hand an Evelynes Hintern herumfummelte!«

»Herrgott, man möchte meinen, du warst dabei!«

»Berufskrankheit von bescheuerten Psychologinnen!«

»Oje ... Das wirst du mir jetzt ewig unter die Nase reiben!« Sie mimt Betrübnis, während sie sich vorbeugt, um sich ein Stück Käse zu nehmen. Ihr Mund schickt Isabelle einen Kuss zu, bevor sie in den Käse beißt, und der Ausschnitt ihres Kimonos bietet einen kurzen, tiefen Einblick auf die Rundungen ihrer Brüste. Sie hat die sinnliche Anmut einer Geisha und den unbezähmbaren Stolz eines Samurai. Und Caroline, denkt Isabelle, muss eine seltene Macht über sie gehabt, muss eine unwiderstehliche Anziehung ausgeübt haben, damit diese Frau, die das Leben so liebt und zu größter Zärtlichkeit fähig ist, sich zu dem blinden, fruchtlosen Wahnsinn des Kamikaze hinreißen ließ.

»Du hast nicht die Kontrolle verloren ... Damit machst du es dir zu einfach. Du hast auch schon gedroht, mich zu verprügeln, und hast dich doch zurückgehalten.«

»Aber verdammt, das ist doch etwas ganz anderes! Das hat Mado mir auch schon versucht zu erzählen, aber so ist es nicht!«

»Verflixt, Ev, wenn ich mich gewehrt hätte, hättest du mich fertiggemacht!«

»Nein! Nein, ich hätte dich nicht angerührt ... Du standest in Panik vor mir ... Herrgott, ich habe Angst gehabt, Isa, Angst vor mir selbst.« Ihre Stimme ist nur noch ein dünner Faden, der sich zwischen ihnen spannt. »Ich hätte dich nicht angerührt, so wenig wie ich den Klaps erwidert habe, den du mir im Auto gegeben hast. Und da hätte ich weiß Gott Grund dazu gehabt, wir hätten unter diesen Lastwagen geraten und tot sein können!« Ev fixiert sie eindringlich, zögert, setzt erneut an: »Belle, du musst mir glauben ... Ich müsste dich verabscheuen, so wie ich sie verabscheut habe ... Im Krankenhaus, als ich sie wiedergesehen habe mit ihren Bandagen und ihrem entstellten Gesicht, da lächelte sie, Isa, sie lächelte mich an! Vor Befriedigung. Ein böses kleines Lächeln ... Ihre Augen forderten mich schon wieder heraus, sie hatte gewonnen, sie hatte mich so weit gebracht. Ich habe die Phantasie gehabt, sie zu erwürgen, ich spürte den ganzen Hass in meinen Fingerspitzen, meine Hände haben angefangen zu zittern, ich bin hinausgegangen, ohne ein Wort zu ihr gesagt zu haben, fast rennend, um sie nicht umzubringen ... Ich erinnere mich nicht, vor ihr jemals einen Menschen gehasst zu haben ... Um jemanden zu schlagen, verstehst du, muss man erst einmal hassen ... Ich hätte dich nicht noch einmal schlagen können ...« Sie fügt nichts mehr hinzu, greift wieder nach ihrem Glas, leert es in einem Zug, stellt es zurück auf den Tisch und richtet ihre fliederblauen Seen auf sie. Sie wartet auf ihre Reaktion – Verzeihen, Verständnis, irgend etwas, das sie beruhigen könnte.

»Ich glaube dir, Ev ...«

»Du liebst mich nicht mehr.«

»Ev! Oh, ich bitte dich, ich will nicht, dass wir einander weh tun!«

»Ich will dir nur Gutes ... Das weißt du, oder?« Isabelle nickt. Das Fagott quietscht, macht Kringel im Wasser. »Belle, ich mache dir angst ... nicht? Ist das der Grund, warum du abreist?« Isabelle schüttelt den Kopf, zuckt die Schultern, ratlos.

»Ich liebe dich, Ev, und es geht mir gut mit dir ... Aber du weißt, dass ich nicht bleiben kann ...«

Ev seufzt, beißt sich auf die Lippe, legt den Kopf an die Sofalehne und schließt die Augen. Isabelle wartet schweigend, bis Ev zu ihr zurückkommt. Es spielt sich ein Kampf ab, die Drachen der Löwin sind entfesselt, sie wollen Zorn, Donner und Krach. Ev presst die Kiefer zusammen, atmet aus, beißt sich auf die Lippe, die Teufelchen ziehen vor ihren fliederblauen Augen vorüber, bis sie sie langsam öffnet und Isabelle zuwendet: »Ich weiß, dass dein Leben dort drüben ist ... Ich weiß es, Isa, und das macht mich fertig, verstehst du?«

Isabelle nickt, sie versteht; es bringt sie auch schier um. Sie zieht ihren Morgenmantel aus, ganz langsam. Nimm mich, Ev, komm und pflücke mich. Das ist alles, was ich dir anzubieten habe, das Glück, das du von der ersten Liebkosung an auf mir lesen wirst. Die malvenfarbenen Seen fließen über sie, die Fontänen beben. Verlange nicht mehr von mir, Ev, ich kann nicht bleiben.

Ich weiß, ich weiß, ich weiß ... Evs Mund, ihre Hände, ihr Körper auf dem ihren antworten immer wieder ich weiß, ich weiß, ich weiß.

London. Montag, den 24. Juli

My dearest Timothy,

der Groom hat vorstehende Zähne, abstehende Ohren, einen Hühnerpopo-Akzent und exquisite Umgangsformen: Wir sind im Wales, wo Ev uns für zwei Tage einquartiert hat. Eine Luxussuite, um mich nicht von dem Lebensstil zu entwöhnen, an dem sie mich seit dem ersten Abend hat teilhaben lassen. Weiß der Himmel im Übrigen, wie sie es geschafft hat, in der Hochsaison diese Suite zu ergattern, obendrein nur zwei Stunden im Voraus. Gestern Nachmittag, Punkt fünf Uhr: Wir fahren nach London. Ev dixit. Ich frage: Wann? Sofort. Ev dixit. Ich wende ein: Ev, du bist todmüde, und ich auch. Ein paar Telefonate, schnell unter die Dusche, um sieben Uhr waren wir unterwegs. Das ist Ev, wie sie leibt und lebt – um ein Uhr schliefen wir eng umschlungen in einem Londoner Bett.

Ein amüsantes Detail: Der Groom heißt mit Vornamen Timothy. Wenn Deine Mutter ihn gekannt hätte, glaub mir, sie hätte bestimmt einen anderen Namen für Dich ausgesucht, ein so hübsches kleines Baby, mit zarten Öhrchen, ohne Zähne und obendrein noch weiblichen Geschlechts! Du weißt, dass ich nie die mindeste deplazierte Bemerkung dazu habe durchgehen lassen, aber ich bin Dir ein Mindestmaß an Ehrlichkeit schuldig: Timothée, selbst für das elfte von zwölf Kindern, das war doch einigermaßen gewagt, oder? Oder war sie Loyalistin? Ev sagt, Timothys gebe es in Wales wie Sand am Meer. Dieser Vorname sei für die Briten wie Gustav für die Teutonen und Wladimir für die Russen. Hatte Deine Mutter ein Faible für die königliche Familie? Frag sie doch mal unauffällig danach, wenn Du sie siehst ...

Wenn Du diesen Brief auf dem dünnen Papier mit dem altmodischen Wappen dieses nicht weniger altmodischen Hotels liest, werde ich seit Tagen, wenn nicht seit Wochen zurück sein. Ich weiß nicht recht, für wen ich diese Erinnerung festhalte, für Dich oder für mich. Erinnerungen häufe ich zur Zeit massenhaft an, greifbare und flüchtige, bewusste und unbewusste, einen Haufen Erinnerungen, um sie Dir zu erzählen, und andere, um damit einzuschlafen. In diesem Moment schläft Ev gerade, und ich wache und schreibe Dir. Eine Seltenheit! Sie ist völlig fertig und weigert sich, es sich einzugestehen. Sie führt ein Doppelleben, seit ich bei ihr eingezogen bin, erfüllt ihre gesellschaftlichen Verpflichtungen, erhält trotz unserer kurzen Nächte ihren Arbeitsrhythmus nahezu unverändert aufrecht und macht mir darüber hinaus ohne Unterlass leidenschaftlich den Hof: Theater, Museen, Kino, schicke Restaurants, spontane Kurztrips, ich bin ganz außer Atem. Und sie ist zehn Jahre älter als ich! Diese Frau hat eine unglaubliche Energie (verflixt! Jetzt hat meine Feder dieses hauchdünne Papier schon wieder durchbohrt ... Selber zu viel Energie, jaja, Tim, ich höre Dich von hier aus!).

Ich hätte am liebsten umgehend auf Deine Postkarte geantwortet, die mich in Paris erwartete. Ich habe Deinen Humor wiedererkannt: eher die Karikatur als das Wortspiel. Gut, ja, ich gebe Dir recht: Der türkisfarbene See von Deux Montagnes vom goldenen Strand von Oka aus gesehen kann es durchaus mit all meinen malvenfarbenen Seen, meinen Felsen von Les Baux und meinem Kopf zwischen zwei Hügeln aufnehmen! Du hast meine Romantik angekratzt, und ich muss Dir schließlich doch sagen: Ich bin gekränkt!

Abgesehen davon, würdest Du mir wohl erklären, was Du am See von Deux Montagnes zu suchen hast? Habe ich recht verstanden, dass Du darauf Surfen übst? Habe ich richtig gelesen?

Hat Gilles Dich so weit gebracht? Ich wusste ja, dass Du sehr in ihn verliebt bist. Aber dass Du ihm bis in seine Heldentaten folgst! Bist Du Dir sicher, dass es Dich nicht schlimmer erwischt hat, als Du es mir gestehen willst? Ich bin ratlos. Wie hat er Dich überzeugt? Was hat er Dir versprochen? Oder schlimmer, womit hat er Dir gedroht, falls Du Dich weigerst? Ich habe sogar davon geträumt, ein Alptraum. Du glittest über einen ruhigen, friedlichen See, von einer schüchternen Brise angetrieben, lockerflockig auf deinem blau-weißen Brett stehend ... Plötzlich erhebt sich ein starker Wind, Böen heulen auf, Du gleitest nicht mehr, sondern fliegst dahin wie der Teufel, die Elemente sind entfesselt, vor dem Hintergrund der Kühe, die im Schatten der Pinien am Ufer grasen. Und Deine Mütze – ja, die rosarote mit den Bommeln ... ich schwör's Dir! – Deine Mütze weht davon, wirbelt durch die Lüfte, Gilles fängt sie auf – nein, ich weiß nicht, wo er die ganze Zeit war, aber jetzt ist er endlich da, verkleidet als Ivanhoe, ohne Quatsch! – Gilles beschnuppert sie, nimmt Deine Witterung auf und folgt Dir, erreicht Dich auf Deinem geflügelten Brett, Du bist gerettet ... Ich bin schweißnass aufgewacht. Dabei schlief Ev ganz brav an meiner Seite ... Eine alptraumhafte Vision. Ich würde mich ohne Weiteres dazu erniedrigen, Dich anzuflehen, mir auf der Stelle ein paar Deiner prosaischen Erklärungen zu telegrafieren, aber da ich ja bald selbst da sein werde, begnüge ich mich damit, mich vor Sorge zu verzehren und zu hoffen, dass Du nicht noch vor meiner Rückkehr ertrinkst. Gilles könnte es mir nie erklären. Er ist ja der Überzeugung, es sei ein Sport. Ich beharre darauf, dass es eher etwas wie Selbstmord ist. Und noch dazu ein kollektiver, in Eurem Fall! Wahnsinn zu zweit, sagt Dir das was?

Hier nimmt der Wahnsinn zu zweit weiter seinen Lauf. Die Leidenschaft lodert noch. An beiden Enden. Ekstase und Schmerz. Meine von Tag zu Tag näherrückende Abreise bringt Ev ganz offensichtlich durcheinander. Zum Beispiel hat sie beschlossen, dass wir nachher, wenn wir das Hotel verlassen, ein paar Wollsachen für mich aussuchen gehen. Es herrschen im Moment etwa 26 Grad in London. Ich habe protestiert. Und sie, wie aus der Pistole geschossen: »Und warum nicht? Willst du mich unbedingt in deine Sommerschubladen einsortieren?« Ich war einen Moment lang sprachlos, habe geschluckt und dann geflüstert: »Touché!« Mir sind die Tränen in die Augen geschossen, Ev hat den Blick gesenkt, eine ungewöhnliche Reaktion für die Amazone, aber nur kurz, schon war sie wieder gefasst und ließ ihre Mezzostimme erklingen: »Darling, ich behalte mir das Privileg vor, dir im nächsten Winter Hitzewallungen unter deinen Shetlandpullovern zu verschaffen!« Ein Privileg, das sie sich natürlich auf der Stelle genommen hat.

So geht sie mit ihrem Groll um, wie Du siehst, alles in allem elegant und diskret. Ich sollte stolz darauf sein zu wissen, dass dieser Jägerin so viel daran liegt, mich an sich zu binden. Aber das ist nicht der Fall. Ich bin keine Strategin, ich habe weder den Opportunismus noch die Härte einer Femme fatale. Es tut mir weh, ihr weh zu tun. Und es tut mir auch sonst weh. Es hätte gar nicht erst so weit kommen sollen. Das Feuer hätte erlöschen sollen, kaum dass es entzündet war. Aber es lodert und lodert ... Und ich bin verzweifelt.

Tim, das Saxophon steckt mir noch in den Knochen. Eine Erinnerung für die Ewigkeit, die eine Schneise bis in meine Seele geschlagen hat. Wir waren in jenem Parc Montsouris spazieren, den Prévert in einem seiner Gedichte für die Dauer eines Kusses verewigt hat. Wir träumten vor uns hin, glücklich, am Leben zu sein, redeten ein bisschen, schau diesen Baum an, wie schön er ist, wir schwiegen viel, ich liebe es, ihre Hand auf meiner Hüfte zu spüren, es war zehn nach vier, wir suchten ein Café. Als wir den Park verließen, Rue Braque, vor einer von einer Kastanie beschatteten Fassade, plötzlich die Magie: Jemand spielte Saxophon, ganz in unserer Nähe. Ein unsichtbarer Mund warf Mu-

sikphrasen durch die Fenster nach draußen. Der Klang schwoll an, mit Macht, wirbelte die Luft um uns auf, ergriff uns, Ev und mich, und ließ uns erstarren, wie betört. Von der anderen Seite der schmalen Straße her formten Finger die Noten, kneteten, tasteten, höhlten sie bald aus, schmachtend und furchtsam, bald packten, schüttelten sie sie, perlend und geschmeidig, dehnten sie bis zu uns herüber, ein langes melodisches Seufzen, eine Portion Ewigkeit, die Hunger und Durst weckte. Dann flogen mir nach und nach Worte zu, ein Lied nahm Gestalt an. Dieses Arpeggio, dieses Crescendo, ich suchte nach einem Anhaltspunkt, Aragon fiel mir ein, ich murmelte seinen Namen und drehte mich zu Ev um. Sie war verschwunden. Die Leere verknotete mir den Magen, eine endlose Note klagte in meinem Rücken, Ev zog mich an der Hand. Sie hatte sich auf den Bordstein gesetzt, die Knie unters Kinn gezogen, wie ein Kind, das nicht mehr laufen kann. Ihre Hand rief mich zu sich, ihre Augen suchten meinen Körper, ich setzte mich zu ihr, ganz dicht, der Musik gegenüber. Das Saxophon stammelte noch ein paar Töne, wurde heiser und verstummte. Eine bis dahin am Fuß der Kastanie versteinerte Taube flog laut raschelnd über unsere Köpfe hinweg. In dem Augenblick habe ich den Vogel dafür verflucht, die Magie zerbrochen zu haben. Ev flüsterte mir leise zu: »Belle, hast du es erkannt? ›Mir, die ich immer zitterte ...‹« Ihre Stimme suchte nach der Melodie. Die Finger im Schatten hinter der Kastanie drehten ein Blatt um, jemand räusperte sich, und das Saxophon erklang wieder durch die Luft, ganz glatt, schließlich erkannte ich das Lied. Ich legte meinen Kopf an ihren Hals, Evs Stimme ließ eine Strophe über meine Haut fließen. »Mir, die ich immer zitterte, ich weiß nicht, vor welchem Zorn, haben zwei Arme eine große Kette aus Luft um mein Leben gelegt ...« Das Lied ging weiter, ich habe mit beklommenem Herzen mitgesummt. »Nur einen Moment später und der Tod hätte mich geholt ...« Nur diese paar Worte tauchten auf, der Rest versank. Ev schwieg, ich weinte leise, das Saxophon verstummte. Wir sind sitzen geblieben, aneinandergeschweißt, reglos. Ein metallisches Klicken, Papier, das raschelnd weggeräumt wurde, Schritte, die im Dunkeln hallten, und wir haben begriffen, dass die Musik fortging und nicht mehr wiederkommen würde. Wir haben kein Wort gesprochen, sind zu Fuß nach Hause gegangen, stumm und schwer, aneinandergeklammert. An diesem Abend haben wir uns geliebt, wie man das Ende der Welt verkündet, ungläubig ...

An diesem Punkt stehen wir also. Wir horten einen Reigen von Erinnerungen, eine romantischer als die andere, als glaubten wir, sie würden uns Schmerz und Trauer ersparen. Wir machen uns beide nichts vor, zeigen uns trotz allem zurückhaltend in unserem Kummer. Schließlich sind wir zwei sehr zivilisierte Frauen. Wohl bekomme es uns, wir könnten uns genausogut zerreißen!

Ich sehe keinen eleganteren Weg, aus dieser leidenschaftlichen Liaison herauszukommen. Kannst Du Dir vorstellen, dass ich nach Paris ziehe, um von der Liebe und dem Geld der schönen Ev Anckert zu leben? Die Leidenschaft würde vergehen, ihr Arbeitsalltag würde wieder sein Recht verlangen, zwangsläufig. Und der ist voll bis zum Anschlag, das kannst Du mir glauben. Kein Wunder, dass sie sich sonst nur flüchtige Bettgeschichten leistet, die bald wieder zu Ende sind. Ich höre an dieser Stelle auf. Ev regt sich, es ist soweit, sie steht auf, für die verbleibende Zeit gehöre ich ihr.

Bis sehr bald, mit liebsten Grüßen
Deine Isabelle

»Aber was spricht denn dagegen, dass du mich bei der Fnac absetzt und ich dann nachkomme? Du musst wirklich immer alles bestimmen, die ganze Zeit! Das Ziel, und selbst noch den Weg dahin. Willst du nicht auch noch meine Atmung kontrollieren, wenn du schon dabei bist?« Seit zwei Tagen spürt Isabelle, wie der Druck steigt, seit zwei Tagen beschießt Ev sie mit ihren Sarkasmen. Je näher ihr Abreisetermin rückt, desto mehr entwickelt Ev das Bedürfnis, ihre Macht durch autoritäre Vorladungen, willkürliche Entscheidungen oder unvorhersehbare Empfindlichkeiten zu demonstrieren. Isabelle beugt sich all dem so widerwillig, dass ihre scheinbare Unterwerfung Evs Zorn eher noch verstärkt, als ihn zu besänftigen. Jetzt reicht es ihr, eine Bagatelle hat genügt, um das Fass zum Überlaufen zu bringen. Sie hat die Beherrschung verloren und sie angeschrien.

Ev drückt plötzlich auf den Halt-Knopf des Aufzuges, der zwischen zwei Etagen stehenbleibt.

»Und wenn ich jetzt beschließe, dich zu vögeln, lässt du mich dann?« Ihre Stimme ist gefährlich scharf und ironisch. Isabelle fragt sich, ob es ihr ernst ist, ernst genug, um zur Tat zu schreiten, oder ob sie nur versucht, sie einzuschüchtern und das letzte Wort zu behalten. Ihr bleibt keine Zeit, sich über die Glaubhaftigkeit der Drohung auch nur ansatzweise eine Meinung zu bilden, denn Ev packt sie an der Taille und drückt sie mit dem Rücken gegen die Wand. Sie hält sie fest, die Hände beinahe grob um ihre Hüften geschlossen, das Becken gegen das ihre gepresst. Isabelle spürt Evs ganze Kraft, das ganze Gewicht ihres athletischen Körpers, ihre ganze Wut vor allem, kurz vor dem Sturm. Sie nickt, handlungsunfähig, ein kaum merkliches Nicken, um ein paar Sekunden zu gewinnen. Ev legt die Lippen auf die ihren, Isabelle weicht leicht zurück, Ev drückt ihr Becken hart gegen sie. Sie lässt sich küssen, versucht, sie zu besänftigen, ohne sie zu reizen, weiterzugehen, ihr Kopf sucht nach einem Ausweg, ihr Körper verliert die Kontrolle. Du weißt, dass ich dir nicht widerstehen werde, Ev, verlang das nicht von mir! Ihre Zunge, ihre Lippen, ihre Arme, die sie um ihren Hals schlingt, ihr ganzer Körper gibt nach, geh nicht weiter, Ev. Die Hände umschließen sie noch fester, als sie ihren Mund von Ev löst.

»Ev ...« Ihre Kehle ist zugeschnürt »Du tust dir selbst genauso weh wie mir.« Sie möchte hinzufügen, dass es ihr leid tut abzureisen. Aber es kommt ihr nicht über die Lippen, nur die Tränen schießen ihr in die Augen. Jetzt ist sie dran, denkt sie schließlich. Ev spürt es, lockert ihren Griff, rückt leicht ab.

»Verdammt geschickt ...« Ev hat einen Notausgang gefunden, Isabelle atmet auf, antwortet nichts. Sie hat das Duell gewonnen, fühlt sich jedoch besiegt. Ein langes Schweigen, Isabelle verliert sich in den allmählich blasser werdenden Seen, schließlich drückt Ev auf den Knopf, und der Aufzug setzt sich wieder in Bewegung. Ev lehnt sich neben sie an die Wand. Das Ehepaar aus dem zwölften Stock steigt zu. Ihre Sonnenbrille! Fieberhaft wühlt Isabelle in ihrer Tasche, ihre Brille ist nicht drin, vor ihrem geistigen Auge sieht sie sie auf dem Tischchen im Flur liegen. Ev beobachtet sie aufmerksam. Isabelle fragt sich, was in ihr vorgeht. Die Frau aus dem Zwölften lächelt ihr freundlich zu. Sie ringt sich ein Lächeln ab, gleich muss sie weinen. Die Tür öffnet sich, sie geht eilig in die Tiefgarage hinaus, Ev folgt zwei Schritte hinterher.

Ihre Schulter streift sie, ihr Geruch reibt sich an ihr, Ev steckt ihren Schlüssel ins Schloss der Beifahrertür, ihre Hand lässt ihn los und greift unter Isabelles Kinn, zieht es sanft zu sich. »Isa, schau mich an ...« Ihr Gesicht ist tränenüberströmt, sie ist erschöpft, ihr ist nicht nach Kämpfen zumute. Ev umfängt sie, zwei riesige Flügel um ihre Schultern. »Komm her ...« Ev drückt sie an sich, ein Strom von Zärtlichkeit. Mit der Nase an ihrem parfümierten Hals weint sie leise. Evs lange Hände streichen ihr über den Rücken, »schhh ... beruhige dich, ich bitte dich ...«, ihre linke Hand reibt ihren Nacken, eine besänftigende Liebesbezeugung, Isabelle schluchzt, ihr Leid hat keine Worte mehr, nichts als salziges Wasser, dem sie freien Lauf lässt, ohne irgend etwas zu denken. Ev wiegt sie, ihre Stimme bebt: »Madeleine hat recht ... Wenn mir etwas weh tut, werde ich unausstehlich ... Schhh ... Ruhig, Belle, beruhige dich.«

Ev sagt nichts mehr, drückt sie fest an sich, Isabelle wird allmählich ruhiger. Als sie sich losmacht, sieht sie, dass ihre Seen ganz trüb sind, dass ihr Tränen die Wangen hinablaufen, die sie nicht abwischt, Ev weint still, ohne sich zu wehren. Dann beißt sie sich auf die Lippe, wendet den Kopf ab, dreht ihn langsam zurück: »Ich will nicht, dass du abreist ...« Sie ist so schön mit ihren nassen Wangen, eine verletzliche Amazone.

»Es tut mir genauso weh wie dir ...«

»Mhmm ...« Ev beißt sich auf die Lippe, dreht ihr Gesicht wieder weg, wischt sich über die Wangen. »Verdammte Scheiße! Es macht mich rasend, dass du fortgehst!« Der Blick, den Ev ihr zuwendet, ist jedoch von Zärtlichkeit erfüllt. »Und ich tue dir eine Gemeinheit nach der anderen an ... Ich bitte dich um Verzeihung, Isabelle, es hat nichts mit dir zu tun.«

»Ich weiß, Ev ... Hast du ein Taschentuch?« Isabelle trocknet sich die Wangen und putzt sich die Nase, während Ev die Autotür öffnet. Mit noch immer zugeschnürter Kehle sagt sie heiser: »Du solltest Philippe zurückrufen und heute Abend mit ihm Tennis spielen, wie es geplant war. Es würde dir guttun, auf einen Ball einzudreschen, oder?« Ev lacht, während sie sich schneuzt.

»Ist das eine ärztliche Verordnung, Frau Doktor?«

»Nein, nur ein Rat.« Isabelle erholt sich langsam von der Szene. Mit Ev dauern die Dramen nie ewig.

»Und kommst du mit?«

»Nein, ich spiele zu schlecht, ihr würdet mit mir nur eure Zeit verschwenden. Außerdem habe ich keine Lust, mich ständig vier zu null schlagen zu lassen.«

»Immer noch besser, als dir in einem Aufzug Gewalt antun zu lassen, oder?« Sie ist schon wieder auf der Höhe, stellt Isabelle verblüfft fest. Evs Art, ihre Gewalttätigkeit einzugestehen, ihre Schwächen zu benennen, ohne sich zu rechtfertigen oder sich zu verdammen, bringt sie aus der Fassung.

An der Art, wie sie um den Wagen herumgeht, ihre Tür aufschließt und sich neben sie ans Steuer setzt, kann Isabelle ablesen, dass die Krise vorüber ist. Ev erklärt: »Du hast recht, Darling ... Ich werde Philippe anrufen. Überlegst du es dir auch nicht anders?« Sie schüttelt den Kopf. Ev Anckert hat wieder Boden unter den Füßen. Als sie den Motor anlässt, erkundigt sie sich: »Willst du immer noch, dass ich dich bei der Fnac absetze?« Isabelle sagt ja und dankt ihr. Ev fügt hinzu: »Na, dann gib mir jetzt schon mal einen Abschiedskuss; vor dem Laden werde ich nur kurz halten können, da wird uns keine Zeit bleiben!« Und es folgt ein langer, zärtlicher und leidenschaftlicher Kuss, den Isabelle mit geschlossenen Augen genießt.

Schließlich fährt Ev los, sie tauchen aus der Tiefgarage auf. Isabelle liebt es, ihr beim Fahren zuzusehen, Evs Hand auf ihrem Oberschenkel, an ihrer Wange und auf dem Lenkrad, die Augen nach vorn, im Rückspiegel und auf ihren Brüsten, Ev ist überall zugleich, ihre Energie ist hier ebenso überwältigend wie im Bett. Ev sagt plötzlich: »Habe ich dir die Geschichte erzählt, wie ich einmal ein Mädchen bezahlt habe?«

»Wie ... eine Prostituierte?«

»Mhmm ... eine alte Phantasie, die ich aus der Welt schaffen wollte. Schockiere ich dich?« Nein, sie prustet los. »Eine Edelhure, weißt du, zweitausend Franc die Nacht und ein paar kleine Extras. Und dann habe ich noch fünfhundert zusätzlich hinblättern müssen, um sie küssen zu dürfen. Alles andere durfte ich, aber das nicht ... Kannst du dir vorstellen, mit einer Frau zu vögeln, ohne sie zu küssen?«

»Hat sie denn wenigstens gut geküsst, zu dem Preis?«

»Von wegen! Wie eine Schlaftablette ... Nichts Aufregendes. Ein Typ hätte sich vielleicht damit zufriedengegeben, aber ich nicht! Nach einer Stunde hatte ich die Schnauze voll und habe mich wieder angezogen.«

»Was passiert in so einem Fall? Kriegst du dein Geld wieder?«

»Darling, in dem Milieu gibt es keine Rücktrittsversicherung! Außerdem bin ich zwar anspruchsvoll, aber nicht geizig!«

»Ev, ich komme heute Abend doch mit zum Tennis. Wenn deine Einladung noch immer gilt, natürlich.«

»Da bin ich jetzt nicht mitgekommen. Erklärst du mir den Zusammenhang?«

»Die Schlaftablette, glaube ich. Ich spiele wie eine Schlaftablette, aber ich will mit dir zusammensein.« Ev bricht in schallendes Gelächter aus, wie sie es seit zwei Tagen nicht mehr gehört hat. »Ich hole dich dann trotzdem zum Mittagessen im Büro ab, oder?«, vergewissert sich Isabelle.

»Auf jeden Fall!« Ev hält das Auto in zweiter Reihe an. Isabelle beugt sich zu ihr hinüber, um sie zu küssen. »Isa, ob du auf dem Tennisplatz wie eine Schlaftablette bist, ist mir egal ...«, sie streift ihre Lippen, »... solange du sonst so aufputschend wirkst!« Sie bekräftigt das Kompliment mit einem langen Kuss.

Hinter ihnen erklingt ein Hupkonzert.

»Weißt du, Ev, ich wollte dich nicht lieben ...« Mit ihrer sanftesten Stimme taucht Isabelle in ihre tiefen Seen ein.

»Ich weiß, Darling ...«

»Aber es hat mich erwischt!«

»Mhmm, ich weiß ...«

»Ich hasse Trennungen ... Und trotzdem habe ich mich in dich verliebt, Ev Anckert.«

Ev lächelt. Sie sieht wunderbar aus. Stein und Seide, das Bild fällt ihr wieder ein.

»Das höre ich gern. Ist das mein Abschiedsgeschenk?«

»Das Einzige, das ich für dich habe, wie du weißt.«

Das Abschiedsgeschenk, das Isabelle bekommen hat, ist schon durch den Zoll, sorgfältig verpackt, sie wird es in Mirabel wieder in Empfang nehmen. Als sie am Vortag von einigen Besorgungen zurückkam, erwartete sie eine Überraschung: An der Stelle der *Frau im Morgenmantel* hing das *Lavendelfeld* von Joyce. Es traf sie mitten ins Herz. Ein Feld in Lilatönen, so weit das Auge reichte. Die weiße Katze im Vordergrund, mit spielerisch erhobener Pfote, um einen Schmetterling zu fangen. Dahinter die herrlichen Frauen und ein kleines Mädchen mit einer Geige, alle in Weiß gekleidet, Musikerinnen, die sich anschicken, etwas von Händel, Schubert oder vielleicht Chopin zu spielen. Kammermusik, sie kann sich nichts anderes vorstellen als eine sanfte Kammermusik inmitten dieses Lavendelfeldes. »Es gehört dir, Darling.«

»Ev, du bist ja völlig verrückt! Es ist wunderschön ... Du verwöhnst mich maßlos!« Sie weiß nicht, wer von ihnen beiden beglückter war. »Aber woher wusstest du ...?«

»Na, von Philippe! Er hat versucht, deine Geschichte von der Galerie nachzuerzählen ... von dem Taifun, der auf Joyce losging wie auf ein einsames Floß ... Mado hielt sich die Seiten, und Phil ahmte deinen Akzent nach ... Wir haben vielleicht gelacht!« Sie standen beide mitten im Salon und führten sich die Szene kichernd vor Augen.

Die Ewigkeit ist lang, vor allem zum Ende hin. Ach, Schnickschnack, wie Großmutter Coache zu sagen pflegte. Ihr Flug wird zum zweiten Mal aufgerufen. Die Zeit drängt. Wenn der Geist galoppiert, müssen die Worte im Stall bleiben. »Ev, ich werde dir nicht schreiben, verstehst du das?«

»Ich glaube schon, Darling.«

»Ich will keine Freundschaft mit dir, und ... Und ich glaube nicht, dass man das Begehren brieflich erhalten kann.« Isabelle versucht zu lachen, Ev lächelt, aber ihre Augen leuchten nicht. Ev streicht mit der rechten Hand sanft über ihre Wange.

»Das glaube ich auch nicht ...«, sagt sie schließlich. Ihre fliederblauen Augen lassen sie nicht los, wandern ihren Hals hinab, wühlen sich in ihre Bluse, gehen wieder hinauf zu ihren Lippen, »Belle ...«, und kehren zu ihren Augen zurück, »... ich bin verrückt nach dir gewesen.« Isabelle verwendet all ihre fünf Sinne darauf, sich Ev fest einzuprägen.

Ev hatte verkündet: »Ich begleite dich zum Flughafen.« Sie küsste Isabelle in die Halsbeuge, der Kopf dicht neben ihrem, ihr Geschlecht an ihrem Hintern, ihr Bauch, ihre Brüste an ihren Rücken geschmiegt, sie lagen ineinander verschlungen auf ihrem smaragdgrünen Sofa, »grün wie deine Augen«. Es war warm, es war sanft und kuschelig; Isabelle wünschte, das wäre die einzige Erinnerung, die ihr von Ev Anckert bliebe. Sie wollte sie nicht verwischen, da murmelte Ev: »Versprich mir, nicht zu weinen ...« Sie antwortete nicht, sie konnte es nicht versprechen. Nun weiß sie, dass sie das Versprechen nicht gehalten hätte. Sie stehen gleichzeitig auf, in stummem Einvernehmen. Es ist die Stunde ihres Abschieds, die bis jetzt tabu zwischen ihnen war. »Belle, du musst mir eine Sache versprechen, nein, zwei!«

»Was denn?«

»Sobald dein Roman erschienen ist, will ich, dass du mir ein Exemplar zukommen lässt, mit Widmung.«

»Ev, ich werde nie einen Roman schreiben, das weißt du doch.« Ev antwortet nicht, deutet jenes Lächeln an, das sie drei Monate zuvor in ihren Bann geschlagen hat, gibt ein leises, selbstgewisses Summen von sich und verschlingt sie mit ihren Amazonenaugen wie beim ersten Mal, ungeniert und ohne Scham.

»Und die zweite Sache?«, fragt Isabelle, um dieses gar zu intime Schweigen zu brechen, das ihr die Kehle zuschnürt.

»Wenn du mal wieder nach Paris kommst und Zeit hast, natürlich, dann ruf mich bitte an.«

»Oh! Für ein Abendessen oder eine gemeinsame Nacht?«

»Beides, wenn du dann immer noch so gierig bist!« Ev lacht über die Röte, die Isabelles Gesicht überzieht, beglückt von dem Begehren, das sie mit ihrer öffentlichen Schamlosigkeit weckt. Sie nimmt ihr die Tasche ab, stellt sie auf den Boden und küsst sie, zuerst keusch, mit kaum geöffneten Lippen, dann drängend. Isabelle überlässt sich ihr, legt die Arme um ihren Hals, presst sich an diesen Körper, den sie mehr als jeden anderen geliebt hat, sie gibt sich hin, und sie lieben sich ein letztes Mal, hemmungslos, in der Menge stehend, ein schamloser Kuss, den sie andauern lassen, bis ein Lachanfall sie beide überkommt. Isabelle drückt sie fester an sich, küsst sie in die Halsbeuge, wieder dieser Duft nach feuchtem Unterholz. Ev löst sich sanft von ihr, Isabelle sieht Tränen in ihrem schönen Gesicht, gleichzeitig entdeckt Ev die ihren. Ihre Hände drücken noch einmal Isabelles Taille und lassen sie dann los, Ev greift nach ihrer Reisetasche, ohne sie aus den Augen zu lassen, hängt sie ihr über die Schulter, steckt die Hände in die Taschen und sagt mit ihrer dunklen Stimme: »Gib auf dich acht, Belle!« Isabelle wendet sich wortlos ab, drei Schritte und sie hat die Sperre der endgültigen Abreise passiert.

Das ist nun sechs Jahre her. Sie hat ihr Versprechen gehalten. Beide, genau genommen. Die Editions Anckert haben soeben ihren dritten Roman herausgebracht. Ihre Lieblingsverlegerin schenkt ihr nichts. Unnachgiebig zwingt Ev sie, ganze Kapitel umzuschreiben, diskutiert leidenschaftlich die eine oder andere Szene, kennt keine Gnade: »Isa, es fehlt dir doch nicht an Phantasie! Überarbeite mir diesen Dialog so, dass man dein Herzblut spürt, Herrgott noch mal!« Sie geht sogar so weit, dass sie ihr ein Manuskript zurückgibt, mit einer Notiz auf der Titelseite: »Das ist Pfusch. Du kannst es besser, Darling!« Isabelle protestiert, stellt sich stur, jagt sie zum Teufel, was alles nichts ändert, beschimpft sie als zwanghaft und besessen, was Ev zum Lächeln bringt, als gefallene Diamantenhändlerin, sie lacht laut heraus, sie freut sich über den Widerstand, im sicheren Wissen, dass Isabelle sich zwei, drei weitere Monate an den Schreibtisch setzen wird, so lange sie eben braucht, um die Sache zur Reife zu bringen. Und Isabelle gebiert sich unter ihren verliebten Augen selbst, wie aus einem Bett heraus, wo sie sich ihr noch immer mit der gleichen Leidenschaft hingibt. Und Ev dankt es ihr, glücklich über ihre Treue.

»Ev, ich habe nur eine Frage an dich. Ich will nicht, dass du jetzt gleich antwortest. Wenn die Antwort nein ist, werde ich es verstehen, dann hörst du nichts mehr von mir ... Wenn es ja ist, werde ich zu Weihnachten da sein, für immer ... Ev, willst du mich heiraten?« Sieben Wochen lang hatte sie sich herumgeschleppt wie eine leere Hülle, ohne jeden Antrieb, ohne Lust zu essen, zu trinken, zu schlafen oder zu lachen, zu irgendwas. Erinnerungsblitze an ihre beiden Körper aufeinander, Evs Duft nach Unterholz auf ihrem Kopfkissen, das *Lavendelfeld*, das sie melancholisch machte, das fortwährende Begehren nach Ev, das Sehnen nach ihrer Stimme auf ihrer Haut, ihrer Anwesenheit in ihr, das Bedürfnis nach ihren Armen um ihren Rücken, die Sehnsucht nach ihr überall in ihrem Leben. Timothée hatte die Geduld verloren: »Worauf wartest du, um sie anzurufen und ihr zu sagen, dass du kommst? Wovor hast du Angst, zum Kuckuck?«

»Dass sie mich zum Teufel schickt ...«

»Aha ... Dein verfluchter Stolz!«

»Verflixt, Timothée, sie wollte nicht, dass ich weggehe, und ich bin trotzdem gegangen! Wie würde ich denn dastehen, wenn ich jetzt wieder ankäme?«

»Wie eine Frau, die jemanden liebt und sich zu Tode grämt ...«

»Eher wie eine echte Verrückte!«

»Ja, verrückt nach ihr, da widerspreche ich dir nicht!«

»Nur zu, lach mich auch noch aus ...«

»Auch nicht mehr als du mich ausgelacht hast, als ich solche Bauchschmerzen hatte bei dem Gedanken, Gilles zu heiraten!«

»Tim, deine große Angst rührte daher, dass er schon einmal geschieden war. Das hat nichts mit Ev und mir zu tun.«

»Ich war halbtot vor Angst, so wie du heute, aber ich habe trotzdem etwas getan, zum Kuckuck! Ich habe nicht einfach dagesessen, nägelkauend und flennend, wie du es seit zwei Monaten tust!«

»Was soll ich denn machen, deiner Meinung nach? Sie anrufen und ihr sagen, dass ich komme? Und sie, am anderen Ende, glaubst du, sie wird sich vor Freude auf dem Boden wälzen?«

»Vielleicht nicht, aber ihre Reaktion, wie du so oft sagst, gehört ihr allein. Es ist nicht deine Sache, im Voraus darüber zu entscheiden!«

»Du hast gut reden! Sie wird mich in die Wüste schicken!«

»Und wenn? Wenigstens hast du dann Klarheit. Wach auf, Isabelle! Du isst nicht mehr, du lachst nicht mehr, du gehst nicht mehr aus, du bist grün im Gesicht, du bist dabei, krank zu werden vor lauter Gram. Himmeldonnerwetter noch mal, du bist dabei, die Chance deines Lebens zu verpassen! Meinst du nicht, dass es an der Zeit ist, zum Telefon zu greifen und alles auf eine Karte zu setzen?«

»Du hast ja recht, Tim, ich weiß, dass du recht hast. Aber ich bin ein Hasenfuß ...«

»Also mir scheint, es ist viel schwieriger, ohne sie zu leben, als ihr zu sagen, ich brauche dich. Wovor hast du eigentlich solche Angst? Zu erfahren, dass deine schöne Ev Anckert dich nicht so liebt wie du sie? Ist es das? Willst du dich lieber weiter vor Sehnsucht nach ihr verzehren?«

»O Tim, ich bitte dich, behalt deine Ironie für dich! Ich bin halbtot vor Angst, abgewiesen zu werden, wie jede andere an meiner Stelle es auch wäre! Dich eingeschlossen.«

»Isabelle, wenn alles, was du mir in deinen Briefen erzählt hast, wahr ist, dann liebt Ev dich ebenso sehr, wie du sie liebst. Es sei denn, du hättest maßlos übertrieben, was mich allerdings wundern würde, das ist nicht deine Art.«

»Ja, aber sich langfristig zu binden ist doch etwas anderes ... Ich wäre ja bereit, ich würde den großen Sprung wagen. Im wahrsten Sinne des Wortes. Es ist keine Kleinigkeit, ein für allemal nach Paris zu ziehen ... Ach, es ist doch eine hirnrissige Idee! Sie hat ihre Arbeit, ihren Verlag, ihre Freunde, ihre Verpflichtungen, ihr Leben ist ausgefüllt bis obenhin! Und da soll ich hineinplatzen? Es wären ja keine Ferien mehr – es ginge darum, richtig mit ihr zusammenzuleben! Wovon sollte ich denn leben, hm? Und vor allem wie? An ihrem Rockzipfel hängend?«

»Das ist doch eine astreine Perspektive, wie ich dich kenne!«

»Tim, es ist mir ernst ...«

»Zu ernst, jawohl! Du bist dabei, deine Spontaneität zu verlieren, und das bekommt dir nicht! Du hast gerade drei traumhafte Monate mit dieser Frau verbracht, ohne dich alle naslang zu fragen, wie es weitergehen würde. Sie hat Mittel und Wege gefunden, dir aus der Patsche zu helfen, ohne dass du dich ausgehalten gefühlt hast, und sich dir zuzuwenden, ohne sich selbst aus dem Blick zu verlieren. Ich verstehe nicht, was daran anders sein sollte, wenn du für längere Zeit in ihrem Leben Platz nehmen würdest. Worüber machst du dir denn Sorgen? Sie ist steinreich, und sie ist doch nicht dumm, oder? Sie kann dir sicher helfen, Fuß zu fassen, bei all den Beziehungen, die sie haben muss!«

»Eben ... Begreifst du denn nicht? Ich werde dort drüben vollkommen allein sein, Timothée, ich habe keine Freunde, keine Freundinnen in Paris, niemanden außer Ev. Ich werde völlig abhängig sein ...«

»Seit wann, Isabelle Coache, hast du denn Angst, zu wenig Freunde zu haben? Deine schöne Ev wird dich mit allen möglichen Leuten bekanntmachen! Sie wird dich wohl kaum einsperren! Einigen hat sie dich doch schon vorgestellt ... Ich gebe dir kein Jahr, und du wirst Einladungen ausschlagen müssen! Abgesehen davon wird der Flugverkehr schon nicht eingestellt werden, Isabelle. Du kannst ja ab und zu mal zu Besuch kommen. Ich werde dich auch besuchen. He, stell dir doch mal vor! Wir zwei, wie wir im Deux Magots sitzen und quatschen ... Ich hätte nichts dagegen, für ein, zwei Wochen bei euch unterzukommen und mich von dir durch Paris führen zu lassen. Und wenn du kommst, führe ich dich dann durch Montreal ... Oder nein! Ich würde dich vielmehr das Kind hüten lassen, während Gilles und ich als Liebespaar durch die Stadt bummeln.«

»Das Kind? Du bist schwanger und hast es mir nicht gesagt?«

»Nein, noch nicht, aber wir versuchen's auf Teufel komm raus! Wenn man alle Versuche zusammenzählt, muss da doch langsam mal was Kleines dabei rauskommen ...«

»Um an ein Kind zu denken, müsst ihr euch ja wirklich lieben, ihr beiden ...«

»Kind oder nicht – ich gehe jede Wette ein, dass ihr euch genauso liebt wie wir uns. Los! Ruf sie an, Isabelle ... Wenn Ev dich nicht genug liebt, um dich für das ganze Leben zu nehmen, wird das ein Schlag für dich sein, aber dann kannst du wenigstens trauern und dich damit abfinden.«

»Aber es würde so weh tun, Timothée ...«

»Ich helfe dir dann schon wieder auf die Beine, Isabelle. Es wäre nicht das Ende der Welt ... Und du würdest bestimmt wieder eine andere finden, Fasten ist nicht gerade deine Stärke, das weißt du. Zur Zeit siehst du aus, als hättest du mit Makrobiotik angefangen – ganz ausgezehrt!« Isabelle muss lachen.

»Kannst du mir sagen, Timothée Barrette, wie ich ohne dich auskommen soll, wenn ich mich tatsächlich über den großen Teich verpflanze?«

»Na ja, du wirst mir deine Schweinereien schreiben, ich werde sie Gilles vorlesen, wir machen noch mehr Kinder und ich erzähle dir in meinen Briefen davon!...«

»Ach, Timothée, ich habe nun mal nicht den Stoff zur Präsidentengattin, weißt du? Sie ist keine Frau wie alle anderen ... Sie wird ihren Verlag nicht wieder so vernachlässigen können, wie sie es drei Monate lang getan hat. Ich ... Ich bin dem nicht gewachsen, verstehst du, Tim, ich schaffe das nicht!«

»Isabelle, nun weine doch nicht ... Du quälst dich sinnlos. Wenn diese Frau dich nicht genug liebt, um dir in ihrem Leben einen Platz zu schaffen, dann weißt du wenigstens, woran du bist. Schlimmstenfalls kommst du eben zurück. Und bestenfalls machst du ihr begreiflich, was du von ihr erwartest. Es fehlt dir doch nicht an Mumm. Genau deshalb liebt sie dich, unter anderem, weil du ihr die Stirn bietest ... Zum Kuckuck, Isabelle, wenn sie dich will, wird sie alles tun, um dich zu behalten! Du wirst doch wohl nicht aufgeben, ehe du es versucht hast, oder?«

»Meinst du wirklich, es liegt ihr so viel an mir?«

»Isabelle, wir reden hier über dich, nicht über Ev Anckert! Und dir liegt doch an ihr, oder?«

Isabelle putzt sich die Nase und nickt.

»Wir reden über dein Leben ... Du hast mit deiner schönen Ev etwas zu beenden oder fortzuführen. Das wirst du doch nicht sausen lassen, nur weil du Angst hast, dass sie nein sagt? Ich würde mir bis an mein Lebensende Vorwürfe machen, wenn ich tatenlos zusähe, wie du diese Chance verpasst ... Isabelle, dein Leben ist dort drüben. Du bist dabei, deine Seele zu verlieren ... Es ist höchste Zeit, dass du wieder Licht in dein Leben bringst, meinst du nicht?« Und Isabelle hatte begriffen, dass Ev Anckert unwiderruflich nicht nur ihren Körper, sondern auch ihre Seele bewohnte.

Es war an einem Montag. Es regnete in Montreal. Es regnete in Paris. Ihr Lachen am anderen Ende der Leitung, ihr transatlantisches Lachen, das schon ja sagte. Ev hatte sie zurückgerufen. In Montreal war es fünf nach vier, ein Mezzosolo, das Hohelied, sie sah das Nordlicht schillern. »Belle, ich will dich ... Wirst du ein ganzes Leben mit mir verbringen können?« Morgen sind seither sechs Jahre vergangen. Auch bei stürmischem Wetter würde sie immer noch ja sagen.

Die kanadische Originalausgabe erschien unter dem Titel *Ev Anckert*
bei Éditions Trois, Laval, Quebec, Kanada.

Auger, Louise: *Eine Sommerliebe in Paris* / Roman
Aus dem kanadischen Französisch von Claudia Kalscheuer
ISBN 978-3-95917-005-5

3. Auflage 2016
Lektorat: Andrea Krug, Berlin
Umschlag, Gestaltung und Satz: Grafikbüro Schadenberg, Berlin
Rosenfotos: Christiane Pausch, Berlin
Druck: CPI – Clausen & Bosse, Leck

Wir danken dem CANADA COUNCIL FOR THE ARTS /
LE CONSEIL DES ARTS DU CANADA für die Unterstützung
der Veröffentlichung dieses Buches.

»Ivan E. Coyote ist zweifelsfrei eine meisterhafte Erzählerin.« AVIVA-BERLIN.DE

»Die neueste Roman-Entdeckung von Krug & Schadenberg bekommt als Allererstes *douce points* für einen Titel, der Neugier weckt: *Als das Cello vom Himmel fiel.* Der Roman bietet die einmalige Chance, eine lesbische Liebe (und vieles mehr) durch die Augen und Ohren eines ›ganz normalen‹ Mannes zu erleben. Wobei diesen Mann eine Frau ersonnen hat, die Frauen liebt und Joeys Story den Männern in ihrem Leben widmet. Normal ist das nicht – höchstens für einen außergewöhnlichen Lesbenverlag. Und die zartbesaitete Übersetzung von *Bow Grip,* wie der Roman im Original heißt, ist ein Gedicht ...«
Birgit Scheuch, Blattgold

Ivan E. Coyote | **Als das Cello vom Himmel fiel**
224 Seiten, gebunden | ISBN 978-3-930041-74-9

www.krugschadenberg.de